KB121620

◍ ◍ ◍ ◍ ◍ ◍

이오덕의 글쓰기 교육 ⑤

아이들 글쓰기 +

∧∧∧∧∧∧

글쓰기 더하기

▾▲▾▲▾▲▾

이오덕의 글쓰기 교육 ❺

글쓰기 더하기

1판 1쇄 2017년 9월 25일 | 1판 2쇄 2020년 11월 3일

글쓴이 이오덕
펴낸이 조재은 | 펴낸곳 (주)양철북출판사 | 등록 제25100-2002-380호(2001년 11월 21일)
편집부 김명옥 김원영 육수정 | 마케팅 조희정 | 관리 정영주
주소 서울시 마포구 양화로8길 17-9 | 전화 02-335-6407 | 팩스 0505-335-6408
ISBN 978-89-6372-237-5 04810 | 값 13,000원

편집 이송희 이혜숙 | 디자인 표지·오필민 본문·육수정

※ 잘못된 책은 바꾸어 드립니다.

어린이제품 안전특별법에 의한 기타표시사항
품명 아동 도서 | 제조자명 (주)양철북출판사 | 제조 연월 2020년 11월 3일 | 제조국 대한민국
주소 서울 마포구 양화로8길 17-9 | 연락처 02-335-6407 | 사용 연령 10세 이상

글쓰기
더하기

양철북

글을 쓰려는 어린이들이 맨 처음에 부딪치는 문제는 무엇을
쓰나, 하는 일입니다. 어떤 어린이는 아무것도 쓸 것이 없어
서 쩔쩔매는데, 어떤 어린이는 이것저것 쓰고 싶은 것이 많
습니다. 쓸 것이 많은 사람이야 여러 가지 쓸거리 가운데서
가장 쓰고 싶은 것, 쓸 가치가 있는 것을 골라내면 되겠지
만, 아무것도 쓸 것이 없는 사람이 큰일 났지요. 쓸 것이 없
는데 어찌합니까?

쓰고 싶은 이야깃거리만 있다면 그다음에는 그 이야깃거
리의 보따리를 잘 풀어놓기만 하면 됩니다. 글쓰기 공부는
쓸거리를 장만하는 일이 가장 근본이 된다고 하겠습니다.

그래서 이 책 1장은 무엇을 쓸까, 하는 문제를 중심으로
글쓰기 공부를 하는 자리를 여덟 자리 마련했습니다. 이 여

덟 자리에는 자리마다 여러분과 같은 어린이들이 쓴 글이
여러 편 나오고, 그 어린이 글 다음에는 글마다 그 글에 대
한 내 생각을 적은 이야기가 나옵니다. 이런 어린이 글과 내
가 쓴 글을 읽어 나가면 아마도 여러분들은 저도 모르게 어
느새 글을 바로 볼 수 있는 눈이 환하게 트일 것이고, 그래
서 글쓰기를 즐기게 될 것입니다.

더구나 보기글에는 여러 지방의 어린이들이 보고 듣고 생
각하고 겪은 온갖 재미있는 이야기들로 가득합니다. 이런
글들을 읽으면 '나도 비슷한 일이 있었는데' '나도 이만큼
쓰겠다' '이 글은 잘 못 썼어. 난 이보다 더 잘 쓸 자신이 있
어' 이런 생각이 들면서 글이 저절로 쓰고 싶어질 것입니다.

2장은 어린이들이 글을 어떻게 쓸 것인가, 하는 물음에
여덟 가지로 대답해 놓았습니다. 이 여덟 가지는 글을 쓰려
고 하는 사람 누구나 반드시 알아 두어야 할 아주 중요한 문
제와 방법들이니 부디 잘 살펴서 읽어 주세요. 여기에서도
여덟 자리마다 어린이들의 글을 여러 편 들어 놓고, 그 글마
다 내 생각을 적어 놓았는데, 내가 미처 생각하지 못한 것을
어린이 여러분이 느끼고 생각할 수도 있겠습니다.

이 책을 낸 이력은 이러합니다. 여러 해 전에 어느 어린이
잡지에서 어린이들의 글을 달마다 모집해서 실었는데, 그때
내가 글을 가려 뽑는 일을 하면서 뽑은 글마다 내 생각을 적

어 함께 실었습니다. 그런데 전국에서 보내온 어린이들의 글이 너무 보잘것없었고, 거의 모두 교과서나 그 밖의 책에 나온 글을 흉내 내거나 베껴 쓴 것이어서 뽑아 실을 만한 것을 한 달에 한두 편 얻기가 어려웠습니다. 그래서 할 수 없이 웬만한 글이면 싣게 되었고, 한편 한국글쓰기교육연구회 회원 선생님들이 보내 준 학급 문집에서 몇 편씩 찾아내어 싣기도 해서 그럭저럭 두어 해 연재할 수 있었습니다.

그 뒤 그 글들을 그대로 버려두었던 것인데, 다시 읽어 보니 아깝다는 생각이 들어서 모두 모았습니다. 먼저 체계를 세워 자리를 정하고, 작품을 골라 자리에 맞춰서 앉혀 보니 작품이 모자랐습니다. 그래서 다시 또 글쓰기회 선생님들의 학급 문집에서 글을 찾아내는 수밖에 없었습니다. 내가 쓴 글 이야기도 다시 읽어 보니 너무 허술해 죄다 고치고 새로 쓰고 했습니다. 이래서 된 것이 이 책입니다.

이 책을 읽는 모든 어린이들이 글쓰기의 바른길을 알게 되고, 글쓰기를 즐기게 되기를 바랍니다. 참사람이 되는 가장 확실한 방법은 살아 있는 말로 살아 있는 글을 쓰는 일입니다. 부디 이 책을 읽는 여러분들이 참사람 되는 글쓰기 공부를 하면서 건강하고 즐겁게 살아 주시기 바랍니다.

1993년 4월 이오덕

2장 이렇게 써 보세요

읽어 두기

1　이 책은《와아, 쓸 거리도 많네》《이렇게 써 보세요》(지식산업사)를 합쳐 새로 고쳐 펴냈습니다. 1장은《와아, 쓸 거리도 많네》, 2장은《이렇게 써 보세요》에 해당합니다.

2　이 책에서 보기로 든 글은 이오덕 선생님이 지도한 아이들 글과, 일부 연재했던 잡지에 보내온 어린이들의 글 밖에, 여러 곳에서 나온 학급 문집에서 가려 뽑았습니다.

3　맞춤법과 띄어쓰기는 지금 표기법을 따랐습니다. 다만, 이오덕 선생님이 지금 맞춤법과 달리 띄어 써야 옳다고 여긴 '우리 말' '우리 나라' 같은 말은 그 뜻에 따랐습니다.

4　이 책에 실은 아이들의 글은 띄어쓰기만 바로잡았습니다. 사투리나 입말, 아이들 말은 그대로 살렸습니다.

5　'국민학교'는 '초등학교'로 바꾸었으며, 대구 논공초등학교와 북동초등학교는 이전의 경북 달성 논공초등학교와 북동초등학교입니다.

①

와아,
쓸거리도
많네요

본 것을 본 대로 쓰자

우리는 하늘과 땅 사이에 있는 모든 것을 봅니다.

 멀리 있는 것, 가까이 있는 것, 큰 것, 작은 것, 무리를 지어 있는 것, 외톨로 있는 것, 움직이는 것, 빨리 움직이는 것, 천천히 움직이는 것, 가만히 있는 것 같은데 어느새 움직여 있는 것, 부드러운 느낌이 나는 것, 날카로운 느낌이 나는 것, 똑바로 뻗어 있는 것, 꼬불꼬불한 것, 가느다란 것, 굵은 것, 무거워 보이는 것, 가볍게 뜬 것, 온갖 모양, 온갖 빛깔, 살아 있는 풀과 나무와 벌레와 새와 짐승들의 움직임, 사람의 모습과 움직이는 모양, 가볍게 날뛰는 것, 괴로워 몸부림치는 것, 기계가 움직이는 것, 한낮에 보이는 것, 새벽에 보이는 것, 밤중에 보이는 것, 보고 싶어서 보는 것, 보기 싫어도 보아야 하는 것…….

우리는 눈으로 세상을 보면서 살아갑니다. 이 세상 이치를 알아내는 가장 확실한 길은 바로 눈으로 보는 것입니다. 그러니까 본 것을 본 대로 쓴 글은 진리를 나타냅니다.

코 고시는 할머니 박치근 경북 경산 부림초 6학년

지금 할머니께서 주무시면서 코를 '더렁더렁' 고신다. 입을 벌려 놓으시고 '더렁더렁' 고신다. '더렁' 하실 때마다 이불이 들썩거린다. 그 이유는 늘어났다 줄어들었다 하는 배 때문이다.

할머니의 얼굴을 보면 큰 주름살 열 개, 귀에도 주름이 가 있다. 할머니의 몸에는 온통 주름뿐이다. 머리는 희끗 해끗 하시며, 흰머리를 뽑아드리려고 하면 "놔둬라. 흰머리 뽑아 버리면 머리카락 없게" 하신다.

볼은 유난히 볼록 튀어나오시고 눈까풀에 주름이 네 개나 있다. 할머니 손은 소가죽처럼 되었고, 오른 손가락의 손톱은 썩어 들어가 검게 변하고, 차츰 손마디가 굵어지시고 반지 하나 없는데, 상처 자국이 남아 있어 더 보기 흉하다.

할머니 다리를 보면 저게 다리일까 싶은 마음이 든다. 뼈만 남아가지고 살은 밑으로 쳐져 철렁거린다. 그래도 일은 누나보다 더 많이 하신다.

왠지 코가 찡하여 오고 울고 싶다. 아버지가 안 계신 그 길고 긴 시간을 어떻게 지냈을까 생각하니 사람이란 참 용하다는 생각이 든다. (1987. 12. 12. 월요일 맑음 바람)

주무시는 할머니가 코를 고시는 모양, 할머니의 얼굴과 몸의 주름살, 머리털, 손, 손가락과 손톱, 상처 자국, 다리…… 같은 것을 아주 자세하게 보고 썼습니다. "왠지 코가 찡하여 오고 울고 싶다……"고 했습니다. 무엇이든지 잘 보고 살피면 그렇게 본 것을 깊이 알게 되고 따라서 정이 생기게 됩니다. 더구나 아버지 대신 일하며 살아오신 할머니인데 눈물인들 나지 않겠습니까.
　잘 본다는 것은 사람답게 살아가는 길이기도 합니다.

엄마 학교를 다녀와서 윤종원 서울 유석초 2학년

엄마 학교는 충남 당진군 우강면이라는 조그마한 시골 마을에 있었다.
내가 지금 다니는 학교보다는 높지도 크지도 않았다.
그렇지만 공기가 맑고 큰 나무들이 많았다.
그리고 화단에는 꽃들이 울긋불긋 피어 있고 운동장이 넓어 동네 형들이 편을 갈라 축구를 하고 있었다.
놀이 기구도 많았다.

옛날에는 앞에 1층짜리 건물만 있었는데 1층을 없애고 2층짜리를 새로 지었다.

뒷문 쪽에는 구멍가게도 있었다.

학교 이름은 우강국민학교이다.

엄마가 다닐 때 민옥이 이모를 업고 다닐 때도 있다고 하셨다.

그렇게 먼 길을 힘들고 다리가 아프셨겠지만 동생을 무척이나 사랑하신 것 같다.

엄마와 학교 여기저기를 둘러보고 교실도 보았다.

나무 그늘에 앉아, 엄마는 선생님과 친구들 그리고 재미있던 일을 생각하시는 것 같았다.

오래 앉아 있고 싶지만 우리는 가야 한다.

다음은 엄마가 사시던 집을 찾아보기 위해 학교 문을 나섰다.

내가 크면 엄마를 모시고 다시 오겠다는 생각을 하면서…….

• 국민학교: 초등학교.

어머니가 어렸을 때 공부한 학교에 가서 여러 가지 본 것을 쓴 글입니다. 한 가지 조그마한 것을 자세히 본 것이 아니라 이것저것 큰 것을 대강대강 본 것이 되어 있습니다. 그런데 나는 이 글을 반 이상 읽어 가기까지, 이 글이 엄마가 현재 교사로서 아이들을 가르치고 있는 학교인 줄 알았습니다. "엄마 학교"라고만 했고, 엄마가 그 옛날에 공부했던 학

16

교란 말은 없기 때문입니다. 글이란 자기 혼자만 읽고 알면 되는 것이 아니고 남들이 잘 알 수 있게 써야 하는 것이지요. 그러니까 이 글은 첫머리에 언제, 누구하고, 엄마가 옛날에 공부했던 초등학교를 찾아갔다는 말을 써 놓았더라면 좋았을 것입니다.

"엄마가 다닐 때 민옥이 이모를 업고 다닐 때도 있다고 하셨다"라는 글에서 "있다고 하셨다"는 '있었다고 한다'로 써야 합니다. 지나가 버린 일을 나타낸 말이기 때문입니다.

우리 교실 이효민 서울 성일초 6학년

우리 교실 뒤에는 '글쓰기 교실'이 있다. 거기에는 '일기 별' 2개 받은 사람이 원고지에서 압정으로 꽂으면 된다. 거기에 놔두면 아이들이 보고 선생님이 검사를 한다. 밑에 보면 낙서판이 있는데 우리가 하고 싶은 얘기를 다 말하는 낙서판이 있다. 선생님이 말하면 아이들이 많이 쓰고 말하지 않으면 안 쓰는 불쌍한 낙서판이 있지요. 그리고 글쓰기 옆에는 '골고루 해 보기'가 있다. 자기가 거기 있는 것을 다 할 수 있는 골고루 해 보기이다. 그리고 게시판에 우리들이 미술 시간에 그린 것을 걸어 두는 게시판이 있고, 그리고 우리 반에는 제기, 여러 가지 장식품, 꽃, 우렁이, 공, 막대기, 주전자, 식판, 없는 게 없다. 쓰레기통 2개, 우산꽂이 2개 등이 있고 벽에는 어린이헌장이 있다. 그리고 바보상자에는 우리가 일 년 내내 읽을 책들이 많고, 우리 교실은 넓어서 짐들이 많다. 짐도 많고 넓어 우리 교실에 있으면 마음이 시원하다. (1991. 5. 28.)

날마다 공부하는 교실에 앉아서 교실 뒤편에 놓여 있거나 걸려 있는 여러 가지 물건들을 본 대로 쓴 글입니다. 누구든지 이 글을 읽으면 '이런 것도 글이 되는구나' 하고 생각할 것입니다. 그렇지요. 이런 글은 누구나 웬만하면 쓸 수 있을 것이고, 좀 더 자세히 보고 생각하면 더 재미있게 쓸 수도 있을 것입니다.

"원고지에서 압정으로 꽂으면 된다"고 한 말은 어떻게 한다는 말인지 잘 모르겠네요. 또 "자기가 거기 있는 것을 다 할 수 있는……" 했는데, 거기 있는 것이 무엇인지도 모르겠어요.

글을 너무 거칠게 써 버렸어요. 좀 천천히 쓰고, 다 쓴 다음에 다시 읽어 보고 말이 되었는가, 잘 알 수 있는가 살펴서 글을 바로잡고 다듬어야 합니다.

"압정"이란 말은 쓰지 말고 '납작못'이라 해야 합니다.

이 글은 교실 뒤쪽을 보고 썼지만, 칠판이 있는 앞쪽을 보고 쓸 수도 있고, 교실 밖, 유리창 너머 운동장 쪽을 내다보면 더욱 많은 쓸거리가 있을 것입니다.

관찰 일기 경북 상주 청리초 3학년 1반

[날씨]

4월 11일 목요일
오늘 학교서 공부 한 시간 마치고 난깨 하늘에 구름이 하나도 없었습니다. 날씨도 맑고 따뜻하고 참 좋았습니다. 운동장에 뛰놀던 아이들도 좋아합니다. (박희복)
 • 마치고 난깨: 마치고 나니까.

4월 12일 금요일
오늘은 구름이 때때로 낍니다. 아이들이 비가 오겠다 합니다. 나도 참말로 오겠다고 말했습니다. 구름이 자꾸 낍니다. (남경삼)

아침에는 구름이지만 조금 있으니까 빛이 납니다. 그래 또 조금 있으니까 날씨가 흐립니다. 바람은 안 붑니다. (정명옥)

4월 13일 토요일
오늘은 비가 온다. 비를 맞으며 학교에 갔다. 학교에 온깨 비가 더 많이 온다. 구름도 많이 끼이고 날씨도 어둡다. 산에 심은 나무도 잘 자라나겠다. (박희복)

- 온깨: 오니까.

4월 15일 월요일
날이 흐려서 운동장에 있으니 땅에 물이 좀 있다. 미끄럼틀에 올라가서 미끄럼을 타니 대단히 미끄럽다. (김경수)

4월 24일 수요일
오늘은 흐리다. 바람은 북쪽에서 분다. (김준규)

4월 25일 목요일
오늘은 구름이 하나도 없고 날씨가 따뜻합니다. 바람도 안 불고 참 따뜻합니다. (최인순)

5월 13일 월요일
오늘은 날씨가 흐리고 산에 안개가 하얗게 끼어 있다. 오늘 암만 캐도 비가 오겠다고 생각이 났다. (김경수)
- 암만 캐도: 암만해도. 아무리 해도.

아침에는 날씨가 흐리더니 차차 맑아집니다. 바람은 안 붑니다. 안개는 조곰 깠습니다. (정명옥)
- 깠습니다: 끼었습니다.

20

5월 14일 화요일

오늘 아침에 낯을 씰라고 손을 물에 대니 대단히 써늘합니다. 그래 을렁 씻고 집으로 갔습니다. (김경수)

• 씰라고: 씻으려고. • 을렁: 얼른.

5월 15일 수요일

날씨가 따뜻합니다. 어항에 있는 올챙이들이 풀에 붙어서 놉니다. (박희복)

날씨가 따뜻하다. 바람도 안 분다. 구름도 안 끼고. (김진국)

오늘은 춥도 덥도 안 하고 따뜻합니다. (김순옥) (1963.)

• 춥도 덥도: 춥지도 덥지도.

[새·벌레·물고기]

4월 11일 목요일 맑음

개미가 큰 벌레를 물고 뒤로 간다. 자세히 보니까 개미가 안 죽인다. (박훈상)

4월 13일 토요일 비

나는 어제 집으로 갈 때 도랑에서 아들하고 보니 미꾸라지를 물고 검저리가 미꾸라지 배를 막 먹습니다. 그래 자세히 보니 배가 빨갑니다. (이득훈)

• 아들: 아이들. • 검저리: 거머리.

어제 아침에 학교 제비가 전깃줄에 앉아서 재재골 재재골 합니다. 보니까 입 있는 데 빨갑니다. 빨간 데서 재재골 재재골 합니다. (이순희)

5월 1일 수요일 맑음
아침에 학교 올라 하니 커다란 벌레가 나무에 붙어 있다. 그래 잘 보니 뿔이 있다. (박훈상)

5월 2일 목요일
아침에 학교 오는데 하얀 황새하고 깜장 황새하고 날개를 버쩍버쩍 들며 날아간다. (이순희)

5월 11일 토요일 맑음
바개스를 가지고 올챙이를 담고 풀을 넣고 물을 담고 학교에 왔다. (정홍수)

• 바개스: 양동이.

5월 14일 화요일 흐림

아침에 학교에 오단깨 까치가 병아리를 물고 나뭇가지로 날아갑니다. 그래 나는 깜짝 놀랐습니다. (이순희)

• 오단깨: 오다 보니까.

상추를 씻다 보니 상추에 벌레가 붙어 있는데, 상추를 띠 내니 어머니가 왜 띠 내나 하십니다. 어머니한테 벌레 붙었어 하니 띠 내라 캅니다. (박갑분)

• 띠 내니: 떼어 내니. • 캅니다: 합니다.

어항에 있는 올챙이가 꼬리를 들고 막 쫓이갑니다. 보니 물기신이 가는 같습니다. (정흥수)

• 쫓이갑니다: 쫓아갑니다. • 물기신: 물귀신.

5월 15일 수요일 맑음

아침에 참새 한 마리가 양철집에 앉으니 또 한 마리가 앉아 가지고 머리를 물고 올라타 가지고 막 흔든다. (박훈상)

5월 20일 월요일 흐림

나는 정호하고 고기를 잡으로 갔습니다. 정호는 미기를 내 손까락만 한 걸 두 마리 잡았습니다. (김승식)

• 미기: 메기.

5월 22일 수요일 맑음

학교에 와서 교실에 들어오니, 새가 벌을 잡아먹을라 한다. 1학년
3반 교실 밖에서 벌레는 내빼고 새는 따라간다. 새는 입을 벌리고
날개를 치고 벌은 안 붙잡힐라고 내뺍니다. 그래 못 따라가 가지
고 아가시나무에 앉아 가지고 벌레 내빼는 그를 보고 앉아 있습
니다. (김용구) (1963.)

• 그를: 것을.

[풀·꽃·나무]

4월 11일 목요일 맑음

냇가에 나가니 민들레가 있다. 민들레꽃은 가지가 뻗어 나왔다.
그래 내가 한 피기 가지고 왔다. 민들레꽃을 심었다. (주형철)

• 피기: 포기.

4월 15일 월요일 흐림

오늘 아침에 학교 교문 앞에 온깨 살구꽃이 눈같이 하얗게 피었
습니다. (김진복)

• 온깨: 오니까.

24

오늘 아침에 학교 오미 산에 본깨 참나무는 추아서 허리를 굽히고 오리나무는 좋아서 새파랗게 돋아 올라온다. (정종수)

• 오미: 오면서. • 본깨: 보니까. • 추아서: 추워서.

4월 23일 화요일 흐림
고구마가 방에 온상 했을 직에는 발갛디는 한데 옹깨 새파랗게 됩니다. (정종수)

• 발갛디는: 발갛더니. • 옹깨: 오니까.
• 한데 옹깨: 바깥에 나오니까. 추운 데 나오니까.

5월 20일 월요일
교실 앞에 가니 수국꽃이 활짝 피었습니다. 수국꽃이 복슬복슬합니다. (여해순)

4학년 3반 교실 앞에 가 보니 금추리꽃에 벌이 앉아 있는데, 벌이 금추리 한쪽에만 꿀을 빨아 먹습니다. (전윤희)

붓꽃 안에서 벌이가 노랑 꽃잎을 물고 갑니다. (강희철)

장미꽃이 복슬복슬합니다. 나팔꽃이 1센치 4미리나 컸습니다. (유승자)

온실에 가니 금싸래기가 폈다. (정화자)

5월 21일 화요일 맑음
감나무 잎파리가 새파랗다. 감꽃 필라 카는 걸 뚝 뙀다. 그래 가
지고 까 보니 노란 게 될라 카기에 내가 감 열리만 따 먹을 걸 백지
땄네 이캤다. (조병련)
- 필라 카는: 피려고 하는. • 뙀다: 뗐다.
- 될라 카기에: 되려고 하기에. • 백지: 괜히. 공연히.
- 이캤다: 이랬다.

5월 22일 수요일 맑음
오늘 아침에 금싸래기를 재어 보니 9센치나 자랐습니다. 또 해바
라기도 9센치나 자라났습니다. (정익수)

5월 23일 목요일 맑음
오늘 아침에 옥자하고 꽃밭에 가 보니 도라지가 내 눈에는 배추
같았습니다.
미나리꽃나무가 시들어진 것 같다. 그래 일라 시았다. (정향숙)
- 일라 시았다: 일으켜 세웠다.

5월 24일 금요일 맑음

내 동생 꽃밭에 가 보니 봉숭아가 제일 큽니다. (박운택)

도라지가 1센치만 합니다. (박정숙)

5월 29일 수요일 흐림
정민수가 봉숭아를 재어 보니 3센치나 컸습니다. (김영조) (1963.)

이 관찰 일기는 교실 뒤편에 놓아둔 공책에 누구든지 그때그때 쓰도록 해서 된 것입니다. '날씨 일기' '새·벌레·물고기 일기' '풀·꽃·나무 일기' 이렇게 나누어 쓰도록 했더니 거의 모두 무엇을 본 것을 썼습니다. 보는 것은 이렇게 중요하지요. 다만 3학년 어린이들이 그때그때 본 것을 썼기 때문에 한 가지를 자세히 보고, 오랫동안 보면서 달라진 모양을 살펴서 쓰지는 못했습니다.

이런 관찰 일기를 한 사람 한 사람 따로 쓸 경우에는 이것저것 보는 대로 쓰지 말고 한 가지를 정해 두고 살펴보도록 하는 것이 좋겠습니다. '콩싹 일기' '못자리 일기' '까치 일기' '고양이 일기' '구름 일기' '바람 일기'와 같이 말입니다. 관찰하고 쓰는 동안도 일주일 동안이라든가, 열흘이라든가, 한 달이라든가 정해 놓는 것이 좋겠지요.

발견 이동영 경기 시흥 소래초 6학년

오늘 이상한 발견을 하였다. 쇠그릇에 물을 가득 붓고 그릇 모서리가 마르게 한 다음 스프레이로 물을 조금씩 부었더니 그릇 표면으로 흐르지 않는 것이었다. 조금 더 부었더니 물의 높이만 올라갈 뿐 아무 변화가 없었다. 이상하다 싶어서 그릇 표면과 수평이 되게 보았다. 그릇 표면이 물을 떠받쳐 주는 것 같았다. 물은 그릇 표면이 막고 있어서 조금씩 부으면 쏟아지지 않았다. 그래서 한 번 그릇 표면에 손가락을 대니까 손가락을 타고 물이 흘렀다. 그릇 표면에 있는 떠받쳐 주는 힘이 사라져서 물이 흔든 것 같다. 참 묘한 일이다.

참으로 좋은 발견을 하였습니다. 알맹이가 있는 진짜 공부는 이렇게 실험하고 관찰하는 것이지요. 관찰한 것을 잘 알 수 있게 쓴 것이 더욱 좋습니다. 다만 "그릇 모서리" "그릇 표면"이라고 쓴 말은 '그릇 가장자리'라고 해야 맞는 말이 됩니다.

식용 개구리 장동천 경북 경산 부림초 6학년

옆방 아저씨가 회사 갔다 오다 잡았다며 내 주먹보다 큰 식용 개

28

구리를 들고 오셨다.

개구리는 자꾸 봉지 안에서 빠져나갈려고 뛰었다. 그러나 개구리
지 힘으로 봉지를 뜯을 수 없었다. 아저씨는 개구리를 그물에 넣
어 바게스 속에 담구어 놓았다. 그래도 개구리는 계속 도망갈려
고 힘껏 뛰어 보기도 했다.

아이들과 놀다가 집에 와서 개구리를 보니 얼굴만 내밀고 있었다.
배가 고파서 그러는 것 같았다. 그래서 파리를 잡아 주고 "기운 차
리고 도망가라. 안 그라마 죽는다" 하고 방으로 들어왔다.

밤이 되자 목욕탕에서 '웅웅' 하고 소리가 들려왔다. (1987. 8. 10. 월
요일)

　잡혀 온 개구리가 도망가려고 애쓰는 모양을 보고 쓴 글
입니다. 본 것, 들은 것, 느낀 것, 행동한 것이 다 적혀 있는
짧은 글이지만, 본 것을 가장 많이 썼습니다.

　이 글은 글을 쓰기 위해 일부러 개구리를 관찰한 것이 아
니고, 개구리가 가엾다고 생각하다 보니 저절로 보게 되었
습니다. 개구리가 당하는 고통을 생각하는 사람다운 마음이
이 글을 쓰게 한 것이지요. 사람다운 마음은 이와 같이 세상
의 참모습을 보게 하고, 훌륭한 행동을 하게 합니다.

불구자 김필선 경북 경산 부림초 6학년

이모와 같이 하양시장에 갔다. 안으로 들어가니 무슨 음악 소리가 막 들렸다. 내가 뻔히 쳐다보니 어떤 아줌마 아저씨가 니아까를 끌고 다리를 땅에 꺼실며 이쪽으로 왔다.

'어, 이상하다. 왜 다리를 땅에 꺼실고 오는공?'

그 니아까에는 이쑤시개, 화장지 등이 있었다. 내가 옆에 가서 보니 다리가 없고, 고무 쥬부 같은 것에 다리를 끼고 고무 쥬부를 꺼실고 다녔다. 아줌마는 두 다리 다 고무 쥬부를 끼고, 아저씨는 오른쪽에만 끼웠다. 아저씨의 다리 하나는 내 다리보다 더 가늘었다.

내가 "이모야, 우리 화장지하고 이쑤시개 사자" 하니 이모는 "왜? 우리 집에도 많이 있는데" 하셨다. "그래도 이모야, 아저씨와 아줌마가 불쌍타" 하니 오냐 오냐 하면서 샀다.

아줌마는 "감사합니다" 하고 말씀하셨다.

내 마음이 뿌듯했다.

불쌍한 아줌마 아저씨 어떻게 하다가 저렇게 되었을까? (1987. 7. 29. 수요일 맑음)

- 니아까: 리어카. • 꺼실며: 끄실며→끄을며→끌며.
- 고무 쥬부: 고무 튜브.

이 글도 본 것, 들은 것, 말한 것, 생각한 것이 씌어 있지만 본 것을 많이 쓴 글이 되어 있습니다. 불행하게 살아가는 사람을 동정하는 마음이 그 모습을 자세하게 보게 한 것입니다.

시장 같은 데 가서도 몸이 건강하여 잘 먹고 잘 입고 돈도 잘 쓰고 하여 행복하게 살아가는 듯한 사람이 얼마든지 있을 터인데, 그런 사람들 다 두고 어째서 이런 기막힌 병신이 된 사람을 보고 마음을 썼을까요? 그것은 앞에서도 말한 것같이 힘이 없어 짓밟히기만 하여 고난을 받는 목숨을 생각하는 가장 사람다운 귀한 마음을 가졌기 때문입니다.

보는 것도 중요하지만 마음은 더 중요합니다. 결국 마음이 보게 하니까요.

도둑 김준한 서울 월천초 6학년

며칠 전에 일이다. 내가 선거 유세장에 갔다. 연설을 듣기 위해 온 사람은 그리 많지 않았다. 연설하는 것을 듣자니 따분했다. 어머니, 나, 동생이 유세장에서 돌아와 가게로 가서 과자를 고르고 있었다. 어머니가 나에게 입을 벙긋거리며 도둑이라고 말씀하셨다. 처음에는 도둑이 어디 있냐고 관심 없는 투로 말했다. 그런데, 어떤 아줌마가 수상한 행동을 하고 있었다. 큰 천 가방을 들고 가게 안을 두리번거렸다. 그래서 행동하는 것을 유심히 지켜보았다. 아줌마가 완두콩 통조림을 고르는 척하더니 그 큰 가방에 재빨리 집어넣었다. 그때 나와 어머니와 눈이 부딪혔는지 갑자기 빵 하나를 가지고 카운터에 가 "이것밖에 없네" 하고 말하였다. 의심을 풀려고 하는 것 같았다.

카운터에 있는 아저씨께 말하자고 하자 어머니는 "해코지하면 어떻게 할려고" 말씀하셨다. 보복이 무서워 말을 못 하는 것이 안타까웠다. (1991. 3. 19.)

어느 아주머니가 가게의 물건을 훔치는 것을 본 이야기입니다. 그런 일을 눈앞에서 보고도 말을 못 하는 것이 참 딱합니다. 말은 못 했지만 글로 이렇게 썼으니 잘했습니다.

우리가 본 것을 그대로 죄다 쓴다면 별의별 이야기가 다 나오겠지요. 모두가 본 것을 이렇게 써서 알리면 재미있는 읽을거리도 되고, 세상을 바로잡는 일에도 큰 힘이 될 것입니다.

"카운터"는 계산대라고 쓰면 좋겠습니다. 어른들이 그렇게 말하더라도 우리는 깨끗한 우리 말을 쓰도록 합시다.

들은 소리, 들은 이야기를 쓰자

초여름 어느 날 셋째 시간.

시골 학교 6학년 교실.

수업을 하고 있던 선생님은 갑자기 교실 뒤에 있는 살구나무에서 보리매미 소리가 나는 것을 들었습니다.

"어이 조용! 저 매미 소리 들어 보자."

선생님 말씀에 교실은 쥐 죽은 듯이 조용해졌고, 아이들은 귀를 기울였습니다. 더러는 발뒤꿈치를 들고 살금살금 골마루까지 나가서 듣고 와서는 입으로 따라 소리 내어 보고, 공책에다 그 소리를 적기도 했습니다.

그때 몇몇 아이들과 선생님이 공책에다 적은 보리매미 소리가 이렇습니다.

이이토안 이이토안 이이토안…… 찌찌찌찌…… (흠재)

이이이창 이이이창 이이이창…… 찌찌르르르…… (형용)

이이씨용 이이씨용 이이씨용 찌찌르르르르…… (무연)

찌이리 찌이리 찌이리…… 찌르르르르르…… (원득)

찌이용 찌이용 찌이용…… 찌찌 찌찌…… (성식)

찌찌르르 찌찌르르 찌찌르르(은순)

찌이이찌용 찌이이찌용 찌이이찌용…… 찌리리리리리 찍(태규)

이것은 윤태규 선생님이 쓰신 글 '매미 소리'(《나뭇잎 교실》)
에 나오는 내용입니다. 윤 선생님은 이렇게 써 놓으시고, 다
시 다음과 같이 말씀하셨습니다.

똑같은 매미 소리를 이렇듯 모두 다르게 듣습니다. 만약 녹음기
에 매미 소리를 녹음했다면 어떻게 나올까요? 열 대고 백 대고 모
든 녹음기가 똑같은 소리를 되풀이하겠지요.
우리는 사람이지 녹음기가 아닙니다.

그런데 우리 나라 학생들이 쓴 글을 보면 봄바람은 언제
나 '살랑살랑' 불고, 유리창을 열고 닫을 때는 반드시 '드르
륵' 하는 소리만 나고, 땀은 '뻘뻘' 흘릴 줄밖에 모릅니다.
이건 모두가 녹음기와 같은 기계가 된 것이지요.

기계가 적어 놓은 글을 그 누가 재미있게 읽어 주겠습니까.

우리는 날마다 온갖 소리를 듣습니다.

조그만 소리, 큰 소리, 속삭이는 듯한 소리, 우렁찬 소리, 멀리서 들리는 소리, 바로 옆에서 들리는 소리, 낮은 소리, 높은 소리, 길게 꼬리를 끄는 소리, 짧게 끊어지는 소리, 갑자기 터지는 소리, 부드러운 소리, 거친 소리, 머리를 울리는 시끄러운 소리, 많은 무리들의 소리, 온갖 바람 소리, 온갖 비 소리, 눈 오는 소리, 물결 소리, 큰물 지는 소리, 새들의 소리, 벌레들의 소리, 짐승들 소리, 그 밖에 온갖 자연의 소리, 사람의 말소리, 온갖 웃음소리, 울음소리, 아파서 앓는 소리, 온갖 기계 소리, 차 소리……

이런 모든 소리를 기계가 아니라 살아 있는 사람이 듣고, 그렇게 들은 것을 그대로 글에 옮겨 적으면 그 글은 살아납니다. 그런데 우리 나라 학생들은 이런 소리를 들을 줄 모르고, 붙잡을 줄 모르니 참 딱합니다. 모두 기계가 된 것은 아닌지 모르겠습니다.

소리뿐 아니라 우리는 또 온갖 이야기를 듣습니다. 들은 이야기, 들은 노래를 글에 적는 것도 재미있습니다.

횃불 놀이 김대철 경북 의성 하령초 3학년

어젯밤에 나와 정우, 그리고 시우와 횃불 놀이를 하였다.

먼저 짚단을 가져와 불을 피웠다.

우리는 재를 끌어모아 깡통에 담았다.

나무를 넣었다. "윙윙" 하고 소리가 나도록 돌렸다.

불이 붙었다. 캄캄하던 것이 밝아졌다.

정우와 나는 횃불을 돌리고, 시우는 까스통을 불에 넣었다.

조용하던 것이 2분쯤 있으니 "시시시시" 하고 소리가 나더니 "펑"
하고 시끄러워졌다.

횃불을 돌리던 정우도 깜짝 놀라, 횃불 깡통을 쏟고 말았다.

우리는 주워 담고, 횃불 깡통을 공중으로 던졌다. 아주 멋있었
다.

우리는 다시 주워 물에 던졌다.

김이 나면서 "씨씨씨" 하고 소리가 났다.

우리는 내일 또 놀기로 하였다. (1986.)

횃불 놀이를 하면서 들은 소리를 몇 가지 적어 놓았습니
다. "윙윙" "시시시시" "펑" "씨씨씨" 이런 소리시늉말이 이
글을 잘 살렸다고 봅니다. "윙윙" "펑"과 같은 소리는 듣는
사람마다 조금씩 달리 쓸 수도 있겠지요.

까치 김가이 서울 유석초 2학년

36

우리 집은 높은 곳에 있어 마을을 한눈에 볼 수 있습니다.

그중에 우리 집 앞의 큰 나무는 하늘에 닿을 것 같습니다.

이 나무에는 까치가 집을 지었고 여름이 되니 까치 수가 더 많아진 것 같습니다.

그래서 나는 이 나무를 까치나무라고 부릅니다.

까치는 까-악 까-악 하고 우는 것만이 아니라 따다다닥 하고 울기도 하나 봅니다.

요사이는 까치나무에 잎이 우거져 까치집이 안 보입니다.

오늘은 칠월 칠석날 견우와 직녀가 만나는 날이라서 까치는 하늘나라로 올라가 다리를 놓아 주느라 까치 소리를 들을 수 없습니다.

견우와 직녀는 까치를 밟고 건너가 서로 만났고 까치 머리는 그래서 벗겨졌다고 합니다.

까치 소리를 듣는 것이 습관이 되어 아침에 눈을 뜨면 밖으로 귀를 기울이며 까치 소리를 들으려 합니다.

집 앞에 있는 나무에 집을 짓고 살아가는 까치 이야기를 썼습니다. 이 글에서 까치 울음소리를 적어 놓은 말이 있는데, "까치는 까-악 까-악 하고 우는 것만이 아니라 따다다닥 하고 울기도 하나 봅니다" 하고 쓴 것이 아주 잘되었습니다. 책에서 배운 대로 녹음기가 되어서 썼더라면 결코 이렇게 쓸 수는 없었을 것입니다. 어디까지나 실지로 들었던 것을 그대로 쓴 것이지요.

새든지 벌레든지 나무든지, 자연을 잘 살펴보고 그 소리를 들어 보면 그 모든 것이 우리의 다정한 형제라는 것을 느낄 수 있습니다.

까치가 집을 지은 그 큰 나무는 무슨 나무던가요? 나무 이름을 아는 것도 귀한 공부입니다.

꿩 배경오 경북 성주 대서초 6학년

어제는 낮에 내 동생이 새끼 꿩 한 마리를 상준이한테서 얻어 왔다. 나는 박스에서 꿩 집을 만들어 주려고 꿩을 마루 위에 올려놓았다. 그리고 박스에다 짚을 깔고 꿩 집을 빨리 만들고 꿩을 꿩 집에다 넣어 주려고 했는데 어디로 달아났는지 없었다. 내 동생은 꿩을 빨리 찾으라고 울었다. 나는 그냥 가만히 있었더니 더 울면서 졸랐다. 나는 하는 수 없이 꿩을 찾아보았지만 어디 있는지 없었다. 밤이 되자 집 뒤에서 "구욱, 구욱" 하는 소리가 들려서 후라쉬를 비추어서 가 보았더니 풀이 많이 나 있는 속에서 소리가 들려왔다. 나는 풀을 뒤적거려 보았더니 새끼 꿩이 있었다. 그래서 얼른 붙잡아서 박스 안에 넣고 먹이를 주었더니 참 잘 먹었다. (1983. 5. 23.)

여기는 단 한 군데 나오는 소리시늉말이 아주 중요한 노릇을 하고 있습니다. "구욱, 구욱" 하는 소리는 실지로 듣지 않고서는 이런 시늉을 할 수 없지요. 꿩 병아리가 배가 고팠는지 겁에 질렸는지 모르지만 밤중에 그렇게 울었던 모양입니다.

할머니들 이름 최세영 경남 거창 남하초 4학년

11월 6일 수요일

말리에는 새집 할머니, 용인이 할머니, 용근이 할머니 이렇게 세 집이 있습니다.

새집 할머니께 급한 일이 있으면 "던동띠가, 던동띠가!" 하면은 대문 소리가 요란스럽게 들립니다.

용인이 할머니께서 급한 일이 있으면 "대동띠가, 대동띠가!" 하면은 개 두 마리가 멍멍 하고 계속 짖습니다.

용근이 할머니께 급한 일이 있으면 "진양띠가, 진양띠가!" 하면 고양이가 야옹야옹 하며 웁니다.

그런데 그 세 집뿐만 아니라 딴 집 할머니들도 이런 이름이 있을 것입니다. (1991.)

이 글은 어느 때 누가 어느 집 앞에서 말한 것을 잡아서

쓴 것은 아닙니다. 그러나 세 집 할머니들을 부르는 말과 그 말에 따라 대문 소리며 개 짖는 소리와 고양이 우는 소리를 견주어서 쓴 것이 재미있습니다.

"새집 할머니께 급한 일이 있으면"이란 말은, '새집 할머니께 급히 부탁해야 할 일이 있으면'이란 말이겠지요. 그러니까 "용인이 할머니께서……"는 '용인이 할머니께……'로 써야 할 것 같습니다.

아침에 일어나 들은 소리 김경희 경북 성주 대서초 5학년

나는 매일 엄마한테 꾸중을 듣는다. 나는 매일 아침 7시에 일어난다. 내가 6시 50분 되면 엄마께서 "경희야, 학교 안 갈래? 아침 일찍 일어나 마당에 풀이나 좀 뽑던가 하지" 하면서 큰 소리로 말씀하신다. 아래는 "경희야, 일어나서 마당의 풀 좀 뽑아라" 하고 말씀하셨다.

어제는 "논에 가서 모 좀 심어라. 빨리 일어나거라" 하고 말씀하셨다.

오늘 아침에는 "밥 먹고 학교에 안 갈 거냐? 빨리 일어나라"라고 말씀하셨다.

나는 이와 같은 소리를 가끔 듣는다.

나는 하루라도 잠을 실껏 자고 싶다. (1983. 6. 27.)

• 아래: 그저께. • 실껀: 실컷.

아침에 눈을 떴을 때 맨 먼저 듣는 소리는 어머니가 빨리 일어나서 무엇을 하라는 소리라고 합니다. 아침마다 듣는 어머니 소리를 대강 한마디로 적은 데 그치지 않고 아래 아침에 들었던 소리, 어제 아침에 들었던 소리, 오늘 아침에 들었던 소리, 이렇게 실제로 들었던 소리를 그대로 생각해 내어서 쓴 것이 아주 잘되었습니다.

하루라도 잠을 실컷 자고 싶다고 한 마음을 잘 알겠습니다. 그런데 첫머리에는 "매일 엄마한테 꾸중을 듣는다"고 해 놓고, 끝에는 "이와 같은 소리를 가끔 듣는다"고 한 것은 앞뒤가 좀 맞지 않습니다.

"매일"이란 말은 '날마다'라고 쓰는 것이 좋겠어요. "매일 아침"은 '아침마다'로 하면 되지요.

어머니가 밥하시는 소리 이현자 경북 성주 대서초 6학년

우리 집에는 새벽 5시가 되면 언제나 어떤 소리가 난다. 그 소리는 바로 우리 어머니께서 밥하는 것과 설거지를 하시는 소리이다. 나는 아침 6시에 일어나도 일찍 일어났다고 생각하는데 우리 어머니는 새벽 5시를 매일같이 일어나니 어머니의 눈 옆, 콧등 위에는 매일같이 주름살이 생긴다. 나는 우리 어머니께서 몸살과 감기를 앓아 누워 계실 때는 눈물이 자꾸 나온다.

또, 우리 오빠가 방위를 받으러 성주에 다닐 때는 언제나 첫차를 타고 가기 때문에 어머니는 요즈음보다 더 빨리 일어나셔야만 했다. 그래서 언제나 우리 집 감나무에 까치가 앉아서 울면 오늘 오빠가 안 오나 하며 주막에 나가 기다리시곤 한다. 또 어쩌다가 한 번 오빠가 집에 들리면 어머니는 장에서 사 오신 맛있는 과일을 내놓으시기도 하고 보자기에 싸서 대구에 가져가라고 하신다. 우리 오빠가 차에 타기 전에 어머니는 우리들과 오빠 몰래 살짝 뒤로 돌아서 우신다. 나는 어머니께서 우시면 나도 자꾸만 눈물이 나올려고 한다.

우리 어머니와 명화 어머니를 비교해 보니까 흰머리도 주름살도 어머니가 조금 더 많이 나 있었다. 나와 내 동생은 겨울철이 되면 고무장갑을 끼시고 설거지를 하라고 하면 걸그친다고 안 끼신다. 우리 어머니는 일곱 살 때 밥하는 것과 바느질하는 것을 배웠다고 한다.

어머니가 일찍 일어나서 해 주신 밥의 맛은 조금씩 다르다. 어쩔 때는 축축한 맛, 어쩔 때는 태워 맛이 이상한 밥도 있다. 그러나, 우리 어머니가 해 주신 밥은 다른 집의 밥보다 백배, 아니 천배 더 맛있다. 나는 내가 빨리 커서 어른이 되어 돈을 많이 벌어 부자가 되어 우리 어머니 아버지를 행복하게 잘 모시고 살겠다. (1983. 4. 11.)

• 걸그친다고: 걸리적거린다고. • 찌신다: 끼신다.

"아침에 일어나 들었던 소리를 글로 써 보아라"고 한 선생님의 말을 듣고 쓴 글입니다. 어머니가 부엌에서 밥 짓는 소리, 설거지하는 소리로 쓰기 시작해서 어머니 이야기가 이 글의 중심이 되어 있습니다. 그러다가 마지막에 가서 다시 어머니가 지어 주시는 밥 이야기가 나와서 자연스럽게 제목에 맞는 글이 되었습니다. 밥하는 소리, 설거지하는 소리, 감나무에서 까치 우는 소리, 이런 소리를 들은 것으로 되어 있지만 그 소리가 어떻게 났는지 쓰지는 않았습니다. 이 글이 어느 특정한 날 아침에 일어나 듣고 생각한 것을 쓴 글이 아니고 평소에 늘 듣고 보고 느낀 것을 쓴 글이 되어 있기 때문입니다. 이런 설명하는 글도 쓸 수 있지만, 어느 날 어느 때 어디서 듣고 보고 느낀 것을 그대로 붙잡아 쓰는 글쓰기 공부를 더 많이 해야 합니다. 그런 글에서는 들었던 소리도 들은 대로 생생하게 나타낼 수 있지요.

설명하는 글이 되어 있기는 하지만 어머니 모습을 잘 잡아 쓴 곳도 있습니다. 어머니를 생각하는 마음이 잘 나타난 글이라 하겠습니다.

장사 집에서 놀기 백석현 경북 안동 임동동부초 대곡분교 3학년 어제 나와 대연이와 복현이와 셋이 장사 집에 구경 갔습니다. 거게 가니 하마 종이로 꽃을 만들어 가지고 행상 틀에 꽂아서 사람들이 열여섯이 행상을 밉니다. 우영엉처, 하며 미고 일어섭니다. 내가, "대연아, 송장은 참 재미 좋을다" 하니 "죽었는 기 머 재미가 좋은동 아나" 합니다. 상도꾼 한 사람이, "누가 여기 와서 메기소" 하니, 억교네 아버지가 메기러 옵니다. 행상 앞에서, "헤에, 천지지간 만물지중에 유인이 최귀하니라" 하고 소리합니다. 내가, "복현아, 저기 《동몽선습》 첫머리다" 하니 맞다 합니다.

"가네 가네 나는 가네.

이래 가면 아주 간데이.

우리 아들 잘 있거라."

억교네 아버지가 이렇게 부르니 상주들이 행상 앞에 매달려 웁니다. 나도 슬픈 마음이 들었습니다. 옆에 섰던 할먼네들도 웁니다.

"나는 인제 저승 간데이.

저승길이 멀다더니

대문 밖에 저승일세."

하길레, 사람이 죽으면 저승으로 가는가 생각했습니다.

"우리 사위 어디 갔노.

여비 한 푼 보태 다오."

하니, 돈을 100원 주고서 행상을 보고서 절을 하니, 행상도 같이 절을 꿈벅하고,

"반갑도다 반갑도다.

 우리 사위 반갑도다.

 여비 백만 원을 주는구나."

그래서 나는 죽은 사람한테는 백 원을 보고 백만 원이라 하는 게

다 생각했습니다. 이래고는 산으로 미고 갑니다. 밭둑이 무척 높

아도 막 갑니다. 뫼 있는 데까지 세 번 쉬어 갔습니다.

산에 가서 땅 구덩이를 다 파고 송장을 넣고 상주가 흙을 한 줌

넣고는 상도꾼들이 삽으로 흙을 한참 퍼붓고 또 들구를 찧는다

합니다.

"어허, 들구여,

먼 데 사람 듣기 좋게

곁에 사람 보기 좋게

쿵덕쿵덕 찧어 주세."

하며 사람들이 빙글빙글 돌아다니며 다 찧어 놓고, 술을 먹고 또

묘를 만듭니다.

장사를 다 지내고 사람들이 마구 집에 가고 나도 집에 갔습니다.

(1970. 7. 20.)

• 행상: 상여. • 밉니다: 맵니다. • 좋을다: 좋겠다.

• 좋은동: 좋은지. • 상도꾼: 상여를 메는 사람.

• 메기소: 소리를 먼저 하시오. • 뫼: 묘. 무덤.

• 들구를 찧는다: 달구질한다. 땅을 단단히 다진다. 여기서는 무

덤 흙을 발로 밟아 다진다는 뜻. •마구: 모두.

죽은 사람을 많은 사람들이 상여로 메고 산에 가서 묻는 장사 지내는 일에 따라갔다가 보고 들은 것을 쓴 글입니다. 이 글에는 상여를 메고 가는 상여꾼들이 부르는 노래가 적혀 있고, 또 죽은 사람을 땅에 묻어 흙을 덮고는, 그 흙을 발로 밟아 다지면서 부르는 들구 찧는 노래도 적혀 있습니다.

이런 노래가 이 글의 분위기와 흐름을 잘 나타내고 있는데, 참 용하게도 들은 노랫말들을 잊지 않고 잘 적었다는 생각이 듭니다.

불쌍한 고양이 김필선 경북 경산 부림초 6학년

순희의 이모가 우리 집에 놀러 오셨다. 어머니와 이야기를 하시다가 고양이 이야기를 하셨다. 이야기는 이렇다.

그때번에 어머니께서 순희 이모 집에 놀러 가셨을 때 어미 고양이가 새끼를 여섯 마리나 낳았다고 했다. 그 고양이를 시장에 팔러 갔는데 한 마리에 100원도 안 되어서 집에 가지고 왔다고 했다.

순희 이모는 "돈도 안 되는 고양이 키워 봤자 뭐하노. 마 죽이 뿌까" 하셨다.

어머니께서는 "말라고 죽이노. 저 산에 갖다 버렸뿌라, 죽이는 것보다 안 낫나."

그래도, 순희 이모는 시어머니께 "어무예, 부석에 고양이 있는데 불 질렀뿌까예?" 하니 시어머니께서는 "불 질렀뿌라. 불 질렀뿌라" 하셨다.

우리 어머니께서 "죽이지 마라. 말라고 죽이노. 돈은 안 되지만 그래도 키워 봐라 왜" 하니 "말라고 냐두노" 하시면서 부석에 불을 질렀는데, 불이 활활 타는 데서 고양이가 막 튀어나왔다고 했다. 고양이 털이 불에 타서 털이 없다고 했다. 또 어떤 고양이는 불에서 못 나와 죽었다고 했다.

왜 그렇게 잔인하게 죽이는지 몰라. 뭐가 답답해서 가만히 있는 고양이를 죽이노. 불쌍한 고양이. 순희 이모는 좀 착한 편인데 왜 그런 짓을 했는지 잘 모르겠다.

또 시어머니께서 죽이라 하는 일이 어디 있노. 아무리 순희 이모가 죽일라 하드라도 "아가야, 왜 죽일라 하노. 죽이지 마라" 하셔야지. 왜 아무 죄도 없는 고양이를 죽이노.

불쌍한 어린 고양아, 잘 가거라. (1987. 7. 18. 토요일 맑음)

- 그때번: 그전번. • 죽이 뿌까: 죽여 버릴까.
- 버렸뿌라: 버려 버리라. • 말라고: 무얼 하려고.
- 부석: 부엌. • 불 질렀뿌까예?: 불 질러 버릴까요?

어른들이 이야기하는 것을 듣고 느낌을 쓴 글입니다. 참

으로 잔인한 사람들이지요. 돈이 되면 기르고, 돈이 안 되면 살아 있는 짐승을 불에 태워 죽이고, 이래서 돈밖에 모르는 무서운 사람들이 되었습니다. 제발 어린이들은 이런 어른으로 되지 말아야 하겠습니다.

이 글은 어른들이 주고받는 말을 옆에서 듣고 그대로 적어 놓은 것이 잘되었습니다. 그렇게 주고받는 말이 이 글의 중심이 되어 있고, 그 말 속에 끔찍한 고양이 이야기가 들어 있습니다.

오늘 하루 이선영 서울 유석초 2학년

오늘 아침에 너무 늦게 학교에 가서 선생님께 소풍비와 수영비와 3월 학습자료대 그리고 딱 한 가지 미술대회 참가비를 못 냈다.
그래서 우유 먹는 시간에 냈다. 그리고 밥을 먹었는데 조금 남겼다. 다 먹고 다소니와 교문 앞에서 아버지를 기다렸다.
아버지의 자동차를 타고 집으로 갔다. 집에 들어와 빨리 숙제를 하였다. 그런데 그때 전에 일기를 원고지에 쓰라고 하셨는데 그것을 못 해서 선생님께서 일기를 다섯 쪽을 쓰라고 하셨다.
그래서 나는 잠이 오는 것을 꼭 참고 계속 일기를 쓰려는데 힘들고 졸리워서 눈물이 나왔다.
내가 우니까 승욱이 오빠가 이게 전부 다 내가 그날 해야 할 일을 하지 않고 다음 날로 미루었기 때문이라고 말했다. 그리고 나서 오빠가 옛날이야기를 해 주었다.

제목은 '유뉴의 큰 새'라는 이야기였다.

어느 날 유뉴라는 아이가 걸어가다가 육교 밑에서 피를 흘리는 새를 보고서 불쌍해서 가축병원에 데리고 갔다.

그런데 의사 선생님이 그 더러운 새를 버리라고 야단쳤다.

유뉴는 새를 집으로 데려왔다. 그래서 엄마와 같이 빨간 약도 발라 주고 연고도 발라 주었다.

그다음 날 엄마가 신문을 보시고서 그 새가 동물원에서 도망친 새라고 말씀하셨다. 새의 어미들이 새끼 새를 새장 안에서 살지 않게 하려고 밤새껏 부리로 철조망을 쪼아서 작은 구멍을 만들어서 그 새끼 새를 도망가게 하였다.

철조망에 날개를 다쳐서 피가 났다. 새가 먹을 것도 많고 무서운 매도 없는 우리를 빠져나온 것은 높은 하늘을 날고 싶어서 그랬다.

유뉴는 새를 집에서 길렀다. 그런데 새가 크니까 엄마가 날려 주라고 말씀하셨다. 참 재미있었다.

하루 동안에 겪은 일을 쓴 일기인데, 반 이상이 오빠한테서 들은 이야기로 되어 있습니다. 들은 이야기는 따로 쓸 수도 있지만 2학년 어린이가 쓴 일기니까 이렇게 써도 좋겠지요.

이 글을 읽으니 학교에 내는 돈이 여러 가지로 많다는 것
과, 숙제며 강제로 써야 하는 일기 들로 어린이의 생활이 참
힘들고 복잡함을 알겠습니다. 부디 그렇게 힘들게 살아가는
이야기를 일기로 마음껏 쓰도록 하세요. 그러면 견디기가
쉬워지고, 때로는 즐겁기도 할 것입니다.

한 가지, 첫머리에 나오는 "그리고 딱 한 가지 미술대
회……"란 대문에서 "딱 한 가지"란 말이 왜 들어갔는지 모
르겠네요. 다른 돈은 다 내었는데 미술대회 참가비만 못 내
었다면 '3월 학습자료대를 내었다. 그런데 딱 한 가지……'
이렇게 써야 할 것입니다.

세상 살맛은 이야기 차숙향 경남 거창 샛별초 6학년

내 생각엔 세상 살아가는 재미는 이야기를 해야 맛이 있는 것 같
다.

오늘은 우리 반 여학생이 무슨 할 말이 많은가, 시간 가는 줄 모
르게 이야기를 했다. 그런데 엘피, 효진이, 지성이, 소현이, 경주,
오정민이 6명은 없었다.

제일 처음에 교실 문밖에서 이야기를 한참 하다가, 이 층 위에 올
라가서 이야기를 하고 있는데, 선생님께서 나오셔서 올라오시더니
집에 가라고 하셨다.

두 번이나 올라오실 때 겨우 신발을 신고 슬슬 걸어 윗 운동장에서 등나무 있는 쪽으로 쫓아갔다.

거기서 가방 내려놓고 또 이야기가 시작되었다.

이야기는 이런 내용이었다. 자리가 어떻고 하면서 자리 이야기, 거창초등학교 이야기, 남학생들의 이야기 등 많이 했다.

한참 하고 있으니 좀 깜깜했다. 자기 가방을 들고 가면서도 이야기를 했다. 좀 가다 두 갈래로 갈라져서 갔다. 김지영, 황지영 둘이는 자전거 타고 갔는가 그러고, 나, 주형이, 성미, 응조, 은정이, 정민이 이렇게 6명이 갔고, 은영이, 명나, 배영 3명이 갔다. 좀 어두워졌고 날씨가 추웠다.

이 글을 읽으니 여기 나오는 아이들이 서로 하고 싶은 이야기를 재잘거리고 그 이야기에 귀를 기울이고 하는 얼굴 표정까지 머리에 그려 보게 되고, 그래서 그 이야기를 듣고 싶어집니다. 정말 세상 사는 재미는 이야기를 하면서 살아가는 데 있다는 말이 그럴듯하게 생각됩니다. 이야기 없는 세상은 얼마나 재미없고 살맛 안 나는 세상일까요?

다음에 쓸 때는 아이들이 실제로 어떤 이야기를 했는가, 짧은 이야기라도 한 가지씩 말한 그대로 적어 놓으면 더욱 재미있는 글이 될 것입니다.

느낌과 생각을 쓰자

우리는 무엇을 보든지 듣든지, 공부를 하든지 놀이를 하든
지 일을 하든지, 언제나 마음속에 어떤 느낌이나 생각을 가
지게 됩니다. 그래서 어떤 글을 쓰더라도 느낌과 생각이 저
절로 조금씩은 나타납니다. 그러나 느낌이 컸을 때나, 생각
을 좀 깊게 하거나 많이 했을 때는 그 느낌과 생각을 중심으
로 해서 글을 쓰게 됩니다.

　남에게 감동을 줄 수 있는 느낌이나 생각이 담긴 글을 어
떻게 하면 쓸 수 있을까요?

　책을 읽어서 얻은 생각이나 선생님의 말씀으로 들은 것을
그대로 제 것처럼 써서는 그것이 아무리 좋은 생각이라 하
더라도 결코 남들이 감동하지 않습니다. 어디까지나 자기가
살아가는 일 속에서 느끼고 생각한 것이라야 합니다. 조그

만 것이라도 삶 속에서 진정으로 느낀 것, 생각한 것을 써야
좋은 글이 됩니다.

어항 속의 물고기 서울 초 2학년

내가 잡으려면 도망가고, 잡지 않으면 안심하고 노는 물고기가
참 불쌍하다.
사람은 얼마든지 자유로운데 물고기는 사람이 죽일 수도 있고 살
릴 수도 있다.
내가 물고기를 잡았더라면 아마도 물고기는 이렇게 말했을 것이
다.
"아이고 아파, 빨리 놓아 주셔요."
"아이고 무서워, 제발 살려 주셔요!"
나는 절대로 동물을 죽이거나 잡지 않을 것이다.

물고기에 대해서 생각한 것을 썼습니다. '생각'이란 참으
로 귀한 것이고 사람이 사람답게 되는 길이기도 합니다. 그
러나 그 '생각'을 어떻게 해서 하게 되었는가, 하는 것이 더
중요합니다. 우리들은 흔히 남의 생각이나 어른들의 가르침
을 그대로 받아들여 자기 생각처럼 쓰는 일이 있지요. 실지
로 무엇을 보고 듣고 일하고 하는 가운데서 얻은 생각이라

야 제 것이라 할 수 있습니다. 그러니까 생각만을 쓰지 말고 실지로 무엇을 한 이야기를 쓰는 것이 앞서야 한다는 말입니다. 여기 이 글에는 "내가 잡으려면 도망가고, 잡지 않으면 안심하고 노는 물고기가 참 불쌍하다"고 첫머리에 써 놓았습니다만, 한 일을 너무 간단하게 썼습니다. 좀 자세히 써야 합니다. 언제 어디서 그런 장난을 했는가, 하는 것도 알 수 있도록 써야 합니다.

어항의 물고기를 잡으려고 하는 것도 물고기를 모르고 물고기를 생각하지 않는 사람이 하는 짓이라 하겠습니다.

장기 이영환 대구 북동초 6학년

첫 시간 시작하기 전에 삼학년 일 반 선생님과 장기를 두었다.

삼학년 일 반 선생님에게는 장기를 이겼다. 이긴 것은 실수였다. 점심시간에 삼학년 일 반 선생님의 제자들이 장기판을 들고 찾아온 것이다.

온 애들을 돌려보낼 수가 없어서 장기를 두었다. 몰려온 아이들의 이름을 몰라 생김새를 말하자면 눈이 큰 아이, 뚱뚱한 아이, 키가 큰 아이, 여럿이 왔다.

장기를 뜨니깐 옆에 있는 아이가 훈수를 두는 것이다.

난 끝내는 지고 말았다. 지고 나니 내 꼴은 말이 영 아니다.

나에게 진 삼학년 일 반 선생님의 마음을 알겠다. (4324. 11. 20. 날씨는 좋지만 내 마음은 안 좋다.)

학교에서 장기를 둔 이야기가 재미있습니다. 선생님을 이겨 냈으니 실력이 대단하군요. 선생님이 졌다는 말을 듣고 그 제자들이 여럿이 왔는데, 그 아이들 이름을 몰라 적지 못하고 그 생김새를 "눈이 큰 아이, 뚱뚱한 아이, 키가 큰 아이……"로 적은 것도 재미있습니다. 그런데 여러 아이가 훈수를 해서 지고 난 기분을 "내 꼴은 말이 영 아니다"고 했습니다. 그러다가 저에게 진 선생님의 마음이야 오죽하겠나, 하고 생각한 것이 훌륭합니다.

인사 김준한 서울 월천초 6학년

아파트에 사는 사람들은 인사에 매우 인색한 것 같다. 복도에서 만나도 그냥 지나치고 인사를 해도 받지 않는다. 또 엘리베이터에서는 사람을 보았어도 인사는 하지 않고 층수 변하는 것만 멍하니 쳐다보고 있다. 이런 것을 볼 때마다 안타까움을 느낀다.
며칠 전의 일이다. 친구 어머니께서 지나가셔서 "안녕하세요" 하고 인사를 했더니 아줌마께서 그냥 지나치셨다. 그때 정말 기분이 안 좋았다. 만약에 아줌마께서 인사를 받으셨다면 나는 정말 기분이 좋았을 것이다.

나의 경험만 봐도 인사는 참 중요한 것이다. 우리는 인사를 잘하고 잘 받아야 할 것이다. (1991. 5. 7.)

참 잘 보고 잘 생각했어요. 정말 사람들은 바로 옆에 살면서 늘 만나도 인사할 줄 모릅니다. 우리가 살고 있는 도시는 사람을 이렇게 차가운 돌덩이같이 만들고 있습니다. 더구나 어린이가 인사를 해도 대답도 안 하다니 기가 막힙니다.

그럴수록 여러분들은 병든 어른들에 물들지 말고 끝까지 그 고운 마음을 지켜 가세요.

한 군데 잘못 쓴 말이 있습니다. "또 엘리베이터에서는 사람을 보았어도"라고 쓴 대문에서 "보았어도"는 '보아도'라고 써야 합니다.

어떤 할머니 김필선 경북 경산 부림초 6학년

우리 집 앞에는 셋방을 하는 집이 있다. 이 집에는 학생, 아줌마가 산다. 그런데 오늘 할머니 한 분이 셋방을 산다고 왔다.

그 할머니는 아들이 있어도 그 아들이 할머니를 안 모시려고 한다고 한다. 할머니께선 아들 한 분뿐이다. 그 아들을 얼마나 고이고이 키우셨는지 모른다고 한다. 그런데 다 키워 놓으니까 자기 어머니를 안 모시려고 하니 밉다 밉다.

그 아들의 직업은 선생님이다. 선생님이라 하는 사람이 자기 어머니를 안 모시려고 하다니……. 그 아들은 불효를 하고 있다.

불쌍한 할매. 애먹고 키워도 키운 그 정성 모르는 사람. (1987. 8. 2. 일요일 맑음)

이웃집에 셋방을 얻어 살게 된 할머니에 대한 생각을 썼습니다. 요즘 흔히 있는 불쌍한 할머니지요. 이래서 사람이 사는 사회가 짐승의 사회보다 못하다는 말도 나옵니다.

우리가 쓰는 글은 자기 이야기, 자기 집 이야기뿐 아니라 이웃 사람 이야기도 이와 같이 얼마든지 쓸 수 있습니다.

여자 김필선 경북 경산 부림초 6학년

7월 19일 일요일 구름이 좀 낌

어디에 놀러 간다는 이야기가 나왔다. 오빠는 해수욕장에 가자고 했다. 나는 은혜사에 놀러 갔으면 좋겠다고 하니 어머니께서 "어데 여자가 아무 데나 뻘떡뻘떡 뛰다닐라 하노. 니 나이 몇 살인데 어린애처럼 말하노. 여자는 커 갈수록 얌전하고 어디에 가드라도 혼자 가면 안 된다" 하셨다.

난 그 말이 궁금했다. 왜 여자는 커 갈수록 혼자 다니면 안 될까?

곰곰이 생각해 본 결과 여자는 힘이 약하기 때문에 남자한테 위협을 당할 염려가 있기 때문이지 싶다.

왜 이름을 '여자'라고 붙였을까? '자여' 해도 되는데 이상하다. 또 왜 하필 여자만 아기를 낳을까? 이상한 기 한두 가지가 아니다.

옛날에는 남자들이 하늘이고 여자들이 땅이라고 남자들의 종처럼 시중을 다 들어야 했다. 밥도 남자와 같이 안 먹고 했다고 한다. 남자는 방에서 먹고 여자는 부엌에서 바가지에다가 밥을 먹었다고 한다.

여자를 너무 무시했던 것 같다. 같은 사람끼리 정말 너무한다. 남자가 시키는 일은 여자가 다 해야 된다는 것은 나쁘다는 생각이 든다. 뭐 남자는 손도 없고 발도 없나, 뭐. 요즘에는 별로 안 그렇지만 그래도 여자를 무시하는 버릇은 아직도 남아 있다.

참 여자들은 불쌍하다. 남자 시키는 일 해야 하지, 시부모님 시키는 일 해야 하지. 또 아기를 낳을 때 여자아이를 낳으면 꾸중을 하신다. 왜 남자만 이 세상에 필요한가? 아기를 낳을 때 힘이 얼마만큼 드는지 알면서도 꾸중을 하신다.

남자들은 여자들이 싹 없어 봐야지 얼마나 중요한지 알 것이다.

(1987.)

여자가 남자들에게 억눌려 살고 있는 일이 잘못되었다는 생각을 쓴 글입니다. 이런 생각은, 우리가 살고 있는 사회가 그렇게 되어 있다는 사실을 누구나 다 알고 있기에 특별히 어떤 일을 보거나 당한 것을 쓰지 않아도 되기는 합니다. 그러나 역시 뚜렷하게 어떤 일을 겪었던 사실을 앞에 써 놓으면 읽는 사람이 더 절실하게 느끼게 됩니다. 이 글은 오빠가 해수욕장에 가자고 하는데 저는 어느 절로 가고 싶다고 했다가 어머니 핀잔을 들은 데서 남자와 여자가 다 같은 인권을 가질 수 없는 잘못된 세상의 문제를 생각하게 되었습니다.

그런데 첫머리에서 "어디에 놀러 간다는 이야기가 나왔다"고 했는데 그런 얘기가 어느 때 어느 자리에서 나왔는지도 썼더라면 더 좋았을 것입니다.

참 이것이 일기지요. 일기니까 이렇게 쓸 수 있겠습니다.

부서진 집 이언경 부산 연지초 3학년

학교에 가고 있는데 어떤 집이 부서진 채로 그냥 있었다. 그 집은 며칠 전부터 그냥 그대로 있는데 어떤 건물을 세울까 궁금하다. 나는 거기가 연지에 있는 놀이터가 되었으면 한다. 그렇지만 거기는 가게나 아파트가 생기면 이상할 것이다. 그리고 놀이터도 이상하다. 그 이유는 그곳에 아파트를 세우면 차 소리 때문에 그렇고 또 가게를 세우면 가게가 너무 많아 안 되고 놀이터는 차가 들락거리기 때문에 되지 않고, 나는 그런 생각이 들었다. 무엇을 세우던 말던 나는 상관이 없지만 내가 그 땅의 주인이었다면 무엇이 낫겠냐고 생각하면 그냥 꽃가게 아니면 문구점이나 철물점 같은 것들을 짓겠다. 그런 것을 세우면 좋겠다는 생각일 뿐이지 어른은 그런 것들을 세우지 않을 것 같다. 그래도 이런저런 생각을 하면 더 기다려지니까 그런 생각을 하지 않을 것이다. 왜냐하면 더더욱 기다려지니까 그렇다.

이것은 공상―공중에 둥 뜬 생각을 쓴 글입니다. 학교에 가면서 공상을 한 것이지요. 사람은 더러 이런 공상을 하는 수가 있고, 공상을 즐기기도 합니다.

아무것도 아닌 듯이 보이는 것도 생각에 따라서 이렇게 재미있는 글이 되지요. 그런데 맨 마지막에 쓴 말 "그래도 이런저런 생각을 하면 더 기다려지니까……"부터는 마음에 안 드네요. 공연히 말을 늘어놓았다는 느낌이 듭니다.

늘 겪는 평범한 일도 쓰자

별난 일, 놀라운 일이라야 좋은 글이 되는 것은 아닙니다.
날마다 겪는 평범한 일이 가장 좋은 글감입니다. 날마다 학
교에 가고 집으로 돌아가는 길에서 보고 듣고 생각하고 겪
는 일들, 공부하는 교실에서 일어나는 일들, 동무들과 어울
려 놀거나 청소를 하면서 말다툼하고 싸우고 한 일들, 학원
에 갔던 일, 꾸중 들은 일…… 이런 일들 가운데서 가장 쓰
고 싶은 것을 골라내어 쓰세요. 그때 겪었던 일을 잘 생각해
내어서 차근차근 자세하게 쓰면 재미있는 글이 됩니다.

학교 오는 길 박철민 충북 제천 명지초 4학년

오늘 학교 가는 길에 비가 와서 나는 신발이 밤새 다 젖었다고 장

화를 신고 학교에 왔다. 그런데 비가 조금씩 내려 나는 우산을 접어서 들고 갔다. 비가 오니까 길이 질어서 나는 조심조심 가는데 동생 철준이가 장화를 신어서 괜찮을 거라고 말하여 나는 물이 있는 데만 밟으면서 갔다. 다리에서 차가 와서 옷을 조금 버렸다. 지름길이 있는데 우리는 연 재료를 사야 하기 때문에 지름길을 지나쳐 갔다. 그런데 철준이가 병을 줏어서 앞 가게에 가서 팔은 돈으로 과자를 사서 먹으면서 연을 어떻게 만들까를 생각하면서 학교에 왔다. (1992. 2.)

이 글은 제목이 '학교 오는 길'로 되어 있으니까 학교 교실에서 쓴 글입니다. 길게 쓴 글은 아니지만 학교 올 때 모습이 잘 나타나 있습니다. 더구나 마지막에 가서 "과자를 사서 먹으면서 연을 어떻게 만들까를 생각하면서 학교에 왔다"고 한 것은, 아침에 올 때 무슨 생각을 하면서 왔나 하는 것까지 되살려 쓴 것으로, 잘되었습니다. 이렇게 우리가 한 것을 되살려 쓰면 나날의 평범한 생활에서 얼마든지 쓸거리가 있고, 모든 일이 재미있는 이야기도 될 수 있습니다.

지각생 원상희 서울 공항초 3학년

나는 오늘 늦잠을 잤다.

일어나서 시계를 보니 7시 50분이었다. 그래서 나는 빨리 밥을 먹으려고 했지만 선생님이 밥은 천천히 꼭꼭 씹어 먹으라고 말씀을 하신 것이 생각나서 밥을 천천히 먹었다. 밥을 먹고 나니 8시였다. 나는 학교에 지각할까 봐 이도 안 닦고 학교에 갔다.

학교에 가다가 색종이를 안 산 것 같아서 책가방을 열어 보니 색종이가 없고, 50원이 있었다. 그래서 나는 학교 근처에 있는 문방구에서 색종이를 사려고 했다. 하지만 사람이 너무 많아 다른 문방구로 갔다.

역시 다른 문방구에도 사람이 많았다. 그래서 나는 내 차례가 될 때까지 기다렸다.

나는 한참 기다려서 색종이를 샀다.

나는 너무 늦은 것 같아서 학교에 달려갔다. 교실로 들어가 보니 내 짝이 나보고 지각생이라고 놀렸다.

그래도 나는 참았다.

아침에 늦잠을 자고 일어나 학교 교실에 들어가기까지 한 일을 차근차근 잘 쓴 글입니다. 이렇게 어느 때 어느 곳에서 무엇을 했다는 것을 차례를 따라 잘 알 수 있게 쓰는 글쓰기 공부를 많이 해야 합니다.

옆집 아이 한정은 인천 계산초 5학년

며칠 전에 이사 온 옆집 아이가 있다. 3살쯤 된 아이였다. 그런데 그 아이가 내 동생한테 정이 들어선지 내가 오라면 오지를 않는다. 나는 여태까지 아이들보러 오라면 꼭 왔는데 지금 이 아이는 내게 오지를 않는다. 나는 그래서 내 동생이 얄미워졌다.

내 동생 재은이한테 무얼 잘 먹느냐고 물어보니 소세지라고 한다. 그래서 소세지를 사서 앞에 갖다 놓으니 그 아이가 나한테로 왔다.

드디어 소세지가 다 떨어지자 그 아이는 다시 동생한테로 갔다. 나는 난생 처음 이런 아이를 보았다. (4. 1.)

옆집 아이의 성격이 잘 나타났습니다. 이런 글을 읽으면 누구든지 '글을 쓸거리가 없다'고 말할 수 없겠지요. 어린아이들을 참 좋아하는구나, 하는 생각도 듭니다.

좀 욕심을 부리면, 그 아이의 모습과 행동, 그 아이를 오라고 해서 무엇을 하면서 놀았는가도 썼으면 좋겠습니다. 소시지를 보이면서 그 아이를 오라고 한 것은 언제던가요? 어디서 그랬던가요? 그런 것도 뚜렷이 나타났더라면 더 좋겠습니다.

그 아이가 안 온다고 동생을 미워한 것은 마음이 좁고, 형답지 않은 태도가 아닌가요?

"아이들보러 오라면 꼭 왔는데"란 대문에서 "보러"란 사투리는 그 뜻을 다르게 알게 하니 '보고'로 쓰면 좋겠네요.

양말 김용환 경남 거창 샛별초 6학년

오늘 아침에 일어나 양말을 신으려고 하니 양말이 없어졌다.

"누가 훔쳐 갔을까? 그 참 되게 할 일 없는 놈이네. 남의 양말이나 훔쳐 가나?" 이렇게 소리를 쳤다. 그러니 이상하게도 형님 얼굴이 벌겋게 달아올랐다.

나는 그래서 더 약을 올렸다.

"그 양말 그거 손으로 만지면 냄새가 조금 이상할걸."

이 말을 하니 형님이 손을 슬그머니 코에다 갖다 대는 것이 보였다.

그래서 나는 "어구, 우리 집안에 등신 났네" 하면서 놀려 댔다.

아마 지금쯤은 내가 역부로 놀린 것을 알 것이다.

* 역부로: 일부러.

재미있는 글입니다. 자기가 말한 것, 본 것, 느낀 것을 잘 붙잡아 썼기 때문입니다. 이 글을 읽으면, 글이란 무슨 특별한 큰 사건이 일어나야 쓸 수 있는 것이 아니고, 날마다 겪는 아주 평범한 일도 그것을 자세하게 잡아서 정직하게 쓰면 좋은 글이 되는구나, 하고 깨닫게 됩니다.

2학년 청소 송기욱 서울 은석초 5학년

이번 주의 우리 조는 2학년 청소를 맡게 되었다.

1, 2조가 함께 하게 된다.

수업이 끝나자 2학년 1반 교실로 내려갔다.

월요일 날은 스쿨버스가 늦게 가서 스쿨버스를 탈 수 있었지만
월요일이 아닌 지금은 버스를 타야 한다.

걱정이 되었지만 그런대로 청소를 끝내고 전화를 했다.

집에는 작은언니뿐이었다. 안타깝게 어머니가 안 계신 것이다.

역시 혼자 가야 하겠다.

언니가 가르쳐 준 대로 버스를 타기로 하고 친구들과 함께 나갔
다.

17번을 친구들과 함께 기다리다가 보니, 내가 길을 건너서 17번을
타는 것이었다.

건너자 친구들과 헤어져 혼자이다.

17번은 다행히 빨리 왔다. 버스를 타고 가니 내가 못 보던 곳도 많
았고, 낯익은 곳도 있었다.

버스를 타는 것은 즐거울 때도 있다.

택시보다 안심이 되고 70원만 내면 먼 곳이든 갈 수 있기 때문일
것이다.

그랜드 앞까지 가는데 몇십 분이 걸려도 안 나오자 겁이 나기도 했

다.

언니가 타 보았지만…….

덥기도 하고 걱정이 되기도 하고, 등에는 땀으로 젖었다.

가슴을 설레며 기다리는데, 겨우 그랜드 백화점 앞에서 내렸다. 이
곳에서 집까지는 가까워서 걸어가기로 했다.

겨우 집까지 걸어왔지만 힘이 죽 빠지는 것 같았다.

우리 집 호 수도 다시 보았다.

언니를 보자 웬지 반가웠다.

버스를 타고 혼자 집에 온 것을 아버지 어머니께서 칭찬해 주셨다.

이제는 학교에 남는 일이 있더라도 조금 괜찮을 것이다.

나 혼자 학교에서 올 수 있다는 자신감이 생기기도 하고 동생들
청소도 해 주어 가슴이 뿌듯하기도 하다.

이렇게 무엇이든지 저 혼자 힘으로 처음 해 보는 데서 참
배움이 있고, 마음도 자라납니다. 그리고 글도 이렇게 체험
한 것을 써야 좋은 글이 되지요. 그런데 "언니가 타 보았지
만……"이란 말이 무슨 말인지 모르겠군요. 남들이 잘 알 수
있게 써야 합니다.

"70원만 내면 먼 곳이든 갈 수 있기 때문일 것이다"에서
"먼 곳이든"은 '먼 곳이라도'로 써야 하지 않을까요?

또 이 글은 청소 이야기로 시작했지만 청소를 한 이야기

는 아니니 제목을 고쳐야 합니다. '집으로 돌아오는 길'이라
든지 해서.

먹는 이야기도 쓰자

어린이들의 글을 보면 먹는 이야기를 쓴 글이 자주 눈에 띕니다. 사람이 목숨을 이어 가는 데 가장 중요한 것은 먹는 것이니 먹는 이야기를 많이 쓰는 것은 당연하지요. 다만 같은 먹는 이야기를 쓴 글이라도 어떤 글은 좋은 글이 되지만, 어떤 글은 별로 가치가 없는 글이 되기도 합니다.

어떤 글이 좋은 '먹는 이야기' 글일까요?

생일날 잘 차려 준 밥상으로 실컷 먹었다든지, 어린이날 부모님 따라가서 몇만 원짜리 고급 음식을 먹었다든지 하는 이야기를 자랑삼아 썼다면 그런 글을 좋은 글이라고 읽을 사람은 아무도 없을 것입니다. 그러나 생일날이었는데도 여느 날과 다름없는 밥상으로 먹었다든지, 부모님 따라가서 먹기 싫은 음식을 억지로 사 먹었다면 그런 이야기는 읽을

만한 글이 될 수 있지요. 맛있는 과일을 동생과 서로 많이
먹으려고 싸웠다는 이야기도 아마 재미있게 읽힐 것입니다.

된장찌개 추윤희 경기 부천 약대초 2학년

오늘 우리 엄마가 된장찌개를 해 주셨다. 참 맛있었다. 밥에다 된
장찌개를 비비면 아주 맛있다. 나는 된장찌개 때문에 밥을 두 그
릇이나 먹었다. 우리 식구가 다 맛있게 먹었다.
그 된장은 시골에서 가지고 왔다. 그래서 엄마한테, 다음에 또 가
지고 오라고 그랬다.
"정말 전화해서 내주 또 한 번 가지러 간다고 해야지."
엄마는 이렇게 말씀하셨다.

이 글을 읽으니 나도 된장찌개가 먹고 싶어집니다. 엄마
가 해 주신 된장찌개니 더욱 맛이 있었겠지요. 그런데 공해
식품으로 군것질을 즐기는 사람은 된장찌개 맛도 잘 모를
것이니 참 가엾지요.

맛탕 이동영 인천 남부초 4학년

저녁에 어머니께서 고구마로 맛탕을 만드셨다. 고구마 익는 냄새

70

가 났다.

나는 맛탕이 다 되었다고 생각하니 입안에 침이 고였다. 그런데, 설탕을 넣어야 한다는 것이다. 나는 군침을 꿀꺽꿀꺽 삼켰다. 기다리는 시간이 참 길었다.

나는 맛탕을 먹을 때 너무 빨리 먹어서 이빨 사이에 엿이 끼었다.

난 이쑤시개로 빼도 빠지질 않았다.

화가 나서 이빨을 잡아 뜯고 싶었다.

내가 자꾸자꾸 먹다 보니 나도 모르는 사이에 아까 그 엿이 빠졌다.

갑갑하던 이가 시원하였다.

누나와 엄마와 내가, 맛탕을 자꾸자꾸 먹으니까 점점 없어졌다. 아쉬웠다.

맛탕을 다 먹고 나서 물도 많이 먹었다. 밥도 국에 말아 먹었다.

나는 맛탕을 계속해서 먹고 싶었다.

어머니께서 토요일 날 또 만들어 주신다고 하셨다.

토요일이 빨리 왔으면······.

고구마 맛탕을 먹은 이야기가 재미있게 읽힙니다. 이렇게 맛있게 먹었다는 이야기만 글이 되는 것이 아니고, 맛없이 먹은 이야기도 쓸 수 있고, 언제든지 먹는 아침밥 이야기도 자세하게 쓰면 재미있는 글이 됩니다.

10월 21일 월요일

저녁을 먹고 나는 밖에 나왔다. 어디에서 고소한 냄새가 났다. 나는 그 냄새가 너무나 좋았다. 그 냄새는 콩을 삶는 냄새였다.

나는 솥에서 콩을 손으로 집어 먹었다. 나는 부엌방에 가서 숟가락을 가지고 와 한 숟갈 퍼 먹었다.

또 한 숟갈 퍼서 용희를 갖다 줬다. 그런데 용희는 맛이 있다고 계속 먹었다. 엄마가 "용희야, 콩 많이 먹으면 배 아프데이"라고 말하셨지만, 용희는 계속 먹었다. 그래서 엄마는 용희를 머라 했다. 그렇지만 용희는 계속 먹었다.

내 생각에는 용희가 솥 안에 있는 콩을 다 안 먹을지 궁금하였다.

(1991.)

콩을 삶을 때 나는 고소한 냄새. 삶은 콩을 먹을 때 맛볼 수 있는 그 고소한 맛. 이 글을 읽으니 콩이 먹고 싶어집니다.

그런데 다 같은 고소한 맛이라도 삶은 콩과 땅콩이 다를 것입니다. 참기름 냄새도 고소하다 하지요. 그래서 고소하다, 꼬소하다, 구수하다, 고소롬하다, 꼬소롬하다, 구수룸하다…… 이렇게 여러 가지 말을 씁니다.

먹는 것 박지애 경북 경산 부림초 5학년

나는 왜 다른 사람보다 한 개라도 덜 먹으면 그렇게 기분이 안 좋은 줄 모르겠다.

쥬스를 모두 한 잔 먹었는데 엄마께서 잡수시다가 상규에게 반쯤 남겨 주셨다. 나는 그 일이 참 못마땅했다.

그리고 나는 은근히 저녁에 큰방에 남아 있는 일이 자주 있다. 큰방에 있으면 과일 음료수 등등 먹을 것을 몇 개씩 엄마께서 갖다 놓으시기 때문이다. 할아버지와 할머니 잡수시라고 갖다 놓는 것이다. 그때 사랑방에도 텔레비전은 있지만 큰방에 남아서 텔레비전을 보든지, 할아버지 다리를 주물러드리고 앉아 있으면 할머니께서 먹으라고 주신다. 그때 나는 겉으로는 점잖은 척하지만 속으로는 좋아서 어쩔 줄을 모른다.

학교에서 돌아오는 길에 동생 상규가 돈 있으면 50원만 돌라고 졸라 대었다. 그래서 50원을 주었더니 50원짜리 호떡을 샀다. 그런데 상규가 그만 그 아까운 호떡을 흙탕물에 떨어뜨리고 말았다. 나는 그것이 얼마나 아까운지 도로 주워 먹었으면 하는 마음이었다. 그때 나는 상규가 바보 병신같이 느껴져 그 순간 머리를 한 방 탁 때리고 말았다. 상규도 지지 않을려고 막 달려들었다. 누나인 내가 동생의 실수를 용서할 수밖에 없었다.

저녁을 먹고 큰방에 남아 할아버지 다리를 주물러드리며 있었다.

오늘은 이상하게도 과일과 음료수가 들어올 때가 되었는데도 들어오지 않아서 그냥 사랑방으로 와 버렸다.

엄마께 좀 먹고 싶다고 말씀드리니 "가시나야, 너것들은 커서도 얼마든지 먹을 수 있잖아" 야단치셨다. 생각해 보니 맞는 말씀이다.

• 가시나: 계집애.

누구에게나 있을 듯한 일인데도 아무도 쓰지 않는 것, 그래서 참 그렇겠구나, 나도 이와 비슷한 일이 있었지, 하고 생각되는 이야기—이런 이야기를 쓴 글이 좋은 글인데, 이 글이 바로 그런 글입니다. 자기가 한 일, 생각한 것을 정직하게 쓴 좋은 글입니다.

"기분이 안 좋은 줄"은 '기분이 안 좋은지'라고 써야 됩니다. 또 "과일 음료수 등등"도 '과일 음료수 같은'이라고 써야 깨끗한 우리 말이 됩니다.

떡볶이 최은지 광주 서석초 6학년

야들야들하고 말랑말랑한 떡볶이를 먹었다. 물 한 번 먹고 떡볶이 한 번 먹고 혓바닥을 허덕이며 먹었다. 미덕이와 시형이가 학교 앞 포장마차가 있는데 떡볶이집으로 가자고 하여 갔다.

먼저 떡볶이 100원어치

오뎅 100원어치.

난 군만두도 먹었다. 미덕이도 군만두를 먹었는데 시형이 혼자 이 상한 튀김을 먹었다.

시형이가 먼저 아주머니가 다른 곳을 보고 계실 때 몰래 하나를 집어 먹었다.

우린 아주머니께 돈을 주며 손을 보니 디은 것 같았다.

튀김을 만들다가 디었다고 하신다. 아주머니가 가엾었다.

떡볶이 먹은 이야기가 재미있습니다.

"야들야들하고 말랑말랑한 떡볶이를 먹었다. 물 한 번 먹고 떡볶이 한 번 먹고 혓바닥을 허덕이며 먹었다."

교과서에서 배운 흉내 내기 글짓기 버릇이 굳어진 아이라면 이런 재미있는 글은 도무지 쓸 수 없을 것입니다.

그런데 글의 첫머리에서 이렇게 대뜸 떡볶이 맛 이야기부터 쓴 것이 특이하군요. 보통으로 쓰는 글이라면 '미덕이와 시형이가 학교 앞 포장마차가 있는데 떡볶이집으로 가자고 해서 갔다' 이렇게 시작해서 떡볶이집에서 사 먹게 된 경위를 써 놓고, 이 글에서 말하면 적어도 '오뎅 100원어치'라고 쓴 다음에 '야들야들하고……' 이렇게 쓸 것입니다. 이 글은 말하자면 글의 차례를 자기가 실제로 한 차례대로 쓰지 않고 앞뒤를 바꿔 놓은 것이지요. 이렇게 글의 차례를 바꿔 놓는 일은 동화나 소설같이 긴 이야기를 쓸 때 더러 쓰는 글 재주입니다. 그래서 6학년이 되어 약간 글재주를 부린 듯합니다. 그러나 이런 짧은 글에서는 역시 시간의 흐름을 따라, 자기가 한 차례대로 쉽게 쓰는 것이 좋습니다. 더구나 이 글 첫머리에서 쓴 것같이 앞뒤의 일을 바꾸어서 잇달아 써 놓으니 어떻게 된 말인지 어리둥절하게 읽힙니다.

아주머니께 돈을 줄 때 불에 덴 손을 보고 고생하시는 아주머니 생각을 한 것은 좋았습니다. 그런 아주머니 몰래 튀김을 집어 먹었으니 잘못했군요.

풀빵 문미화 경북 경산 부림초 6학년

학교에서 집으로 가는데 구수한 냄새가 났다. 풀빵 냄새였다.
"씀씀씀……."
코가 씰룩씰룩 움직였다. 그러나 사 먹진 않았다. 학원에서 집에 갈 때는 풀빵 냄새를 맡지 않기 위해서 코를 막고 막 뛰어갔으나 냄새를 맡고 말았다. 풀빵 파는 주위에는 풀빵을 사 먹기 위해 아이들이 많았다. 침이 꼴깍 넘어갔다.
'우와, 디게 맛있겠다.'
집에 가니 동생 미경이가 풀빵 먹고 싶다고 보챘다. 난 엄마한테 돈 돌라 해 가지고 사 먹으라고 했다. 동생 영진이한테 칼 있냐고 물으러 갈 때 미경이가 먹으면서 왔다. 미진이, 영진이도 먹었다.

"우와, 디게 맛있겠다. 내 한 입만 도. 응?"

애원하듯 말했다. 그러나 순순히 좀 줄 아이가 아니었다.

"그거 디게 맛있겠다. 내 묵고 싶어 죽겠다."

그제야 내가 얼마나 먹고 싶은지를 알았는지 미진이가 조금, 영진이가 조금 주었다. 미경이 걸 얻어먹지 못해 살살 꼬셨다.

"미경아, 좀 도. 내일 내가 좀 주께. 응?"

미경이가 세 명 중에서 제일 많이 주었다. 풀빵 냄새는 아이들을 끈다. (1987. 10. 16. 금요일 맑음)

집에 갈 때 풀빵 냄새를 맡지 않으려고 코를 막고 막 뛰어가고, 집에 가서 동생들이 먹는 풀빵을 얻어먹는 모양이 눈앞에 나타나는 듯합니다.

"씀씀씀……."

이것은 아마도 풀빵 냄새를 맡는 콧김 소리를 쓴 것이겠지요. 재미있는 표현입니다.

"풀빵 냄새를 맡지 않기 위해서 코를 막고 막 뛰어갔으나 냄새를 맡고 말았다"고 했습니다. 그놈의 풀빵 냄새가 그렇게도 났는지, 아니면 이 어린이 코가 유달리 풀빵 냄새를 잘 맡는 모양이지요.

마주이야기로 나타난 이 어린이의 말도 말한 그대로 재미 있게 적었습니다.

"세 명"이란 말은 '세 사람'으로 써야 하는데, 여기서는 '셋'이라면 되겠지요.

반찬 투정 진주희 경기 부천 원종초 6학년

우리 집에서 반찬 투정하는 사람은 나다. 그런데 오늘 엄마께서 무밥을 해 주셨다. 나는 질퍽질퍽한 무밥을 보니 밥 먹고 싶은 심정이 떨어졌다. 엄마께 밥 안 먹는다고 하였다. 엄마는 무밥을 비벼 먹으면 맛있다 하시며 내 말을 듣지 않으시고 비비셨다. 된장, 고추장, 참기름, 마가린, 계란 등을 넣으며……. 엄마는 밥을 내 입에 마구 넣으셨다. 몇 숟가락 먹고 보니 무척 맛있었다. 하지만 처음에는 안 먹겠다고 했다가 이제는 먹겠다 하면 어쩐지 쑥스러워서 끝까지 안 먹는다고 고집을 세웠다. 마음속으론 '한 번만 더 먹으라 하면 먹어야지' 하고 마음먹었는데, 뜻밖에도 엄마는 "내 뜻 못 받아 주겠냐?" 하시며 "먹기 싫으면 관둬라" 하고 말씀하시는 것이다. 정말 아까웠다. 한 번만 더 먹으라고 했으면 먹었을 텐데. 가족들이 먹는 것을 보니 약이 올랐다. 다음부턴 반찬 투정 안 하겠다.

자기 행동이 속마음과 달리 나타났던 일을 아주 잘 붙잡아서 쓴 글입니다.

먹는 것뿐 아니라 다른 일에서도 사람은 흔히 이와 같이 속마음은 달라졌는데 말과 행동은 전과 다름없는 고집을 부려 이상한 체면 같은 것을 세우려고 하지요. 이것을 따지자면 순진한 태도가 아니라고 봐야 하겠는데, 이 글을 쓴 어린이는 이와 같이 글로 써서 자기를 정직하게 보여 주고 있으니 역시 순진한 어린이입니다. 어른들이라면 이런 글조차 좀처럼 쓰는 이가 없으니까요.

"마가린, 계란 등을"이라고 쓴 것은 '마가린, 계란 들을'이라고 써야 깨끗한 우리 말이 됩니다.

혓바닥의 피 류혜림 서울 신목초 2학년

밥을 먹다가 그만 혓바닥을 콱 깨물고 말았다. 혓바닥에서는 피가 줄줄 흘렀다. 나는 그래서 피를 빨아 먹었다.

나는 너무너무 아팠다. 피는 자꾸만 흘렀다.

피를 빨아 먹으니까 속이 이상했다. 오래 있다가 보니 덜 아파졌다. 피는 왜 만들어졌을까?

어머니께서는 하느님께서 흙으로 사람들을 만들어 주셨다고 말씀하셨다. 나는 어머니의 말씀이 믿어지지가 않는다. 세상에서 피가 없었으면 좋겠다. 하지만 피는 우리 몸에 꼭 있어야 한다. 피를 소중하게 가지고 있어야겠다. (1991. 5. 1. 수요일)

밥을 먹다가 혀를 깨물고는 피를 빨아 먹은 일을 썼습니다. 이 글을 읽으면 누구든지 '참 그렇지 이런 일도 있지' 하는 생각이 들고, 재미가 있을 것 같습니다. 이런 일은 누구든지 가끔 겪는 일인데 아무도 그것을 글로 쓴 사람이 없기 때문입니다. '이런 것을 쓰면 남들이 비웃겠지' 하여 자랑거리나 쓰고, 남들이 흔히 쓰는 이야기만 따라서 쓴다면 결코 좋은 글을 쓸 수 없습니다. 쓰고 싶은 것을 정직하게 쓴 좋은 글입니다.

더구나 혀를 깨물었을 때 있었던 일을 "혓바닥에서는 피가 줄줄 흘렀다. 나는 그래서 피를 빨아 먹었다. 나는 너무너무 아팠다. 피는 자꾸만 흘렀다. 피를 빨아 먹으니까 속이 이상했다. 오래 있다가 보니 덜 아파졌다"고 하여 그때 일을 자세하게 쓴 것이 아주 훌륭합니다.

다음에 피가 소중하다는 생각을 쓴 것도 잘되었습니다.

놀이하고 일한 이야기를 쓰자

손으로 무엇을 만든다든지, 방을 쓸고 닦는다든지, 그릇을 씻는다든지, 밥을 짓는다든지, 심부름을 한다든지, 풀을 뽑는다든지, 나무를 심는다든지, 물을 긷는다든지…… 이렇게 몸을 움직여 무엇을 하는 것을 일한다고 하지요.

여러분은 공부하기를 좋아합니까? 일하기를 좋아합니까?

교실에서 청소하는 어린이들을 보면 아주 장난을 치면서 재미있게 합니다. 일을 놀이같이 하는 어린이들은 참으로 슬기롭고 훌륭하다는 생각이 듭니다. 놀이처럼 재미있게 할 수 있는 일, 놀이처럼 재미있게 할 수 있는 공부, 이렇게 되어야 사람에게 이로운 일이 되고 참공부가 됩니다.

그런데 어른들은 일을 괴로운 것으로 만들어 놓았고, 그래서 일하기가 싫도록 해 놓았어요. 어른들은 모두 바보입니다.

어른들 따라 일을 하면 괴로운 것은 그 일이 어린이들 몸에 맞지 않기 때문이기도 합니다. 괴로움을 참고 일하는 것도 큰 공부입니다. 그러나 어린이들에게 맞는 일을 하면 재미가 있고, 책을 읽고 외우고 하는 공부보다 훨씬 귀한 공부, 살아 있는 참공부를 저절로 하게 됩니다. 일과 놀이와 공부는 본래 하나로 되어 있었던 것입니다.

일을 하면 몸도 마음도 건강하게 됩니다. 일한 것을 글로 쓰면 귀한 글이 되고 소중한 공부가 됩니다.

순진한 놀이를 한 것도 글로 쓰면 재미가 있지요. 그러나 즐겁게 일한 것, 일과 놀이가 하나로 된 이야기는 가장 귀한 글, 가치 있는 글이라 할 수 있습니다.

잡기 놀이 박성우 경북 성주 대서초 5학년

토요일.
오늘은 아이들과 궁기를 하다가, 그만두고 잡기 놀이를 하였다. 술래를 정하여서 놀이를 시작하였다. 기수가 술래가 되었다. 기수는 광규를 쫓았다. 광규는 안 잡히려고 도망쳤다. 물을 건너다가 그만 잘못하여 물에 빠져 버렸다. 그래서 기수는 광규를 쫓는 것을 그만두었다. 이번에는 나를 잡으려고 달려왔다. 그래서, 나는 다리로 뛰어가서 밑에 있는 모래밭으로 뛰어내렸다. 그곳은 어른의 키가 두 배쯤 되는 곳이었다. 나는 뛰어내릴려니까 겁이 났지만, 기수가 바싹 뒤따라왔기 때문에 하는 수 없이 뛰어내렸다. 기수는 못 뛰어내리겠는지 안 뛰어내리고, 이번에는 창윤이를 쫓았다. 창윤이는 다리가 안 빠르기 때문에 기수가 바짝 뒤따라왔다. 곧 잡힐 듯하자 기수가 돌멩이에 걸려 넘어졌다. 무릎이 돌멩이에 찍혀 피가 흘렀다. 우리는 기수를 집으로 데리고 가서 약을 발라 줬다. 앞으로는 이런 위험한 일이 일어나지 않도록 조심하며 놀아야겠다. (1983.)

잡기 놀이를 한 것을 아주 잘 알 수 있도록 썼습니다. 놀이를 할 때 입에서 튀어나온 말 같은 것도 그대로 적어 넣었더라면 더 읽을 맛이 나는 글이 되었겠지요.

놀이는 재미있지만 놀이를 한 것을 자세하게 쓴 글도 재미가 있습니다. 더구나 이 글은 어른들이 쓰는 오염된 말이 단 한 군데도 없어서 아주 깨끗하고 좋은 글이 되었습니다.

말뚝박기 놀이 박혜진 경북 봉화 석포초 3학년

나는 말뚝박기 놀이가 제일 재미있습니다. 그런데 엄마는 그런 놀이 하다가 다친다고 못 하게 해요. 조심해서 한다고 말씀드리고 나는 계속해요.

그런데 내가 그 놀이를 좋아하는 까닭은 밑에서 엎드리고 있으면 말이 된 것 같아서입니다. 친구들이 등에 타면 무겁기도 하지만 재미있어요.

그런데 내가 그런 놀이를 하면 남자아이들은 여자가 그런 놀이를 한다고 말을 많이 합니다.

나는 좋아하는 놀이가 별로 없습니다. 일하는 것이 재미있습니다. 그중에서 설거지하는 것이 재미있습니다. 엄마 일을 도와드리면 기쁘고 칭찬도 받습니다.

나는 엄마 일을 돕는 것이 노는 것보다 재미있습니다. 그러면 내 마음이 시원합니다.

"친구들이 등에 타면 무겁기도 하지만" "밑에서 엎드리고 있으면 말이 된 것 같아서" 재미있다는 말이 정말 재미있습니다. 그런 놀이를 해 본 사람만이 쓸 수 있는 글입니다. 이와 같이 실제로 무엇을 해 본 사람만이 쓸 수 있는 글이 좋은 글입니다.

내가 좋아하는 놀이는 별로 없다면서 설거지하는 것이 재미있다고 한 말도 진정이라고 느껴집니다. "엄마 일을 도와드리면 기쁘고 칭찬도 받습니다." 정말 그렇지요. 일을 하는 것이 즐겁다면 그것보다 훌륭한 생활이 없습니다. 이 글을 쓴 어린이가 무척 부지런하고 성실하다는 것을 알겠습니다.

이 어린이는 자기 마음과 자기 생활을 귀하게 여기는 훌륭한 태도를 가지고 있습니다. 무엇이든지 남이 하는 것을 따라서 하고 싶어 하는 사람은 이런 글을 쓸 수 없지요. 자기만이 가지고 있는 것을 보여 준 귀한 글입니다.

청소 이혜림 서울 유석초 2학년

오늘 내 방 청소를 하였다.

내 방은 엉망진창으로 어지러져 있었다. 그러니까 나의 마음도 어지러져 있는 것 같았다.

책상 서랍을 치우다 보니 잃어버렸던 물건도 다시 찾게 되었다.

물감, 붓 이런 물건 등이 많이 나왔다.

나는 "괜히 물건을 샀잖아" "책상 서랍을 보면 있을 텐데……" 하고 말을 하였다.

그렇지만 좋은 점도 있다.

내 동생을 주면 된다.

그래서 나는 내가 쓰던 물감과 붓을 동생 영신이에게 주었다.

영신이는 내가 쓰던 것이라도 좋아했다.

영신이는 나에게

"고마워."

"누나."

하고 말을 하였다.

맨 밑 서랍을 보니 상장과 메달도 있었다.

은메달 1개에 상장은 5장이다.

나는 기분이 매우 좋았다.

내 방이 깨끗해지니까 내 마음도 다시 깨끗해졌다.

다 치우고 나서 내 방을 보니까 공주님 방 안 같다.

하고 생각하였다.

내 방 안의 소중한 인형, 책, 피아노, 시계, 책상, 침대, 옷장, 연필, 지우개 이런 많은 물건들도 다시 환해져 좋아하는 느낌이 들었다.

전등불도 아까보다 더욱더 환하게 비쳤다.

그리고 이제부터는 물건들을 잘 다루고 아껴야겠다고 마음먹었다.

이렇게 자기 힘으로 청소를 하든지 무슨 일을 하면 마음이 기뻐집니다. 이 글은 청소를 할 때 힘들었던 일, 애썼던 이야기는 거의 없고, 청소를 한 다음의 기쁨을 주로 썼습니다. 그래도 좋아요. 다음부터는 무엇을 하면서 애쓴 것, 힘들었던 것도 자세히 써 보세요. 그러면 더욱 좋은 글이 될 것입니다.

다음 대문을 생각해 봐야겠네요.

영신이는 나에게
"고마워."
"누나."
하고 말을 하였다.

이렇게 썼는데, 여기 나오는 "고마워" "누나"는 두 줄로 쓸 것이 아니라 한 줄로 해서 '고마워, 누나'로 쓰는 것이 좋지 않을까요?
또 한 군데 있습니다.

다 치우고 나서 내 방을 보니까 공주님 방 안 같다.
하고 생각하였다.

이 글은 좀 이상합니다. 다음과 같이 고치면 어떨까요?

다 치우고 나서 내 방을 보니까 공주님 방 안 같았다.

아니면 다음과 같이 써도 되겠지요.

다 치우고 나서 내 방을 보니까
'공주님 방 안 같다'

는 생각이 들었다.

그러나 이런 건 뭐 그리 대단한 일은 아닙니다. 내 생각에
더 중요한 것은 왜 어린이들이 서양 사람들이 써 놓은 동화
에 나오는 공주에다 자기를 견주기 좋아할까, 하는 것입니
다. 잘 생각해 보세요.

화장실 청소 이희원 경기 의정부 의정부초 6학년

나는 5학년 때부터 화장실 청소를 하였다. 냄새나고 더러워도 화
장실 청소는 재미있다.
그런데 지금 내가 화장실 청소를 맡은 곳은 수세식인데도 더럽다.
특히 변기 속에 화장지를 잘못 넣어서 휴지가 통째로 변기 속에
꽉 막혀서 똥이 내려가질 않는다. 그때는 정말 화장실 청소가 싫
어진다.
지금까지 해 온 화장실 청소 중에서 제일 기억에 남는 일은, 며칠
전 여자와 남자가 누가 더 화장실 청소를 깨끗이 하나 쭈쭈바 내
기를 했다. 그때는 우리가 이겼다. 여자가 포기를 했기 때문이다.
그때 이겼을 때 나는 기분이 참 좋았다.
마지막으로 우리 학교 아이들에게 건의 하나 하겠다. 그것은 휴지
를 변기 속에 넣지 말고 꼭 휴지통에 넣으라는 것이고, 또 하나는

똥을 한데 싸지 않았으면 좋겠다.
그러면 화장실 청소는 우리가 깨끗이 할 것이다.

모두가 싫어할 것 같은 화장실 청소를 재미있게 한다고
하였는데, 그 말이 빈말이 아니고 진정으로 한 말임을 이 글
은 느끼게 합니다. 글쓴이는 그만큼 청소하는 일을 몸으로
익혔습니다. 참으로 훌륭한 태도로 살아가는 어린이입니다.
왜 그런가 하면, 자기가 더럽혀 놓은 자리를 자기 손으로 깨
끗이 할 줄 모르는 사람은 동물보다도 못하니까요. 시험 쳐
서 백 점 받은 것보다 열 배도 백 배도 더 많은 점수를 이 어
린이에게 주고 싶습니다.

설거지와 대청소 이현영 부산 부산교대부속초 6학년

저녁을 먹자마자 나는 팔을 걷어붙이고 고무장갑을 꼈다. 엄마는
싱글싱글 웃으시며 동생의 시험공부를 봐주러 나가셨다. 나는 이
따금 부엌문을 열고, "엄마! 오징어 부침은 냉장고에 넣나요?" 하
고 물으러 다녔다.
뚜껑이 달린 반찬 그릇은 모두 냉장고에, 회갑 때 얻어 온 생선은
싱싱고에, 양파와 과일 주머니는 야채 서랍에 넣고 밥알이 붙은
공기를 씻기 시작했다.

동생의 공기에는 밥알이 잔뜩 있었다. 누가 먹던 밥알이 고무장갑에 닿으니 미끌거려서 몹시 기분이 나빴다.

'남기지 않고 밥알이 없이 깨끗이 먹었으면 엄마 설거지도 편했을 것을' 하는 생각이 들어 그동안 밥을 깨끗이 먹지 못했던 것이 후회스러웠다.

그릇을 모두 치우고 행주로 식탁과 싱크대를 닦았다. 쉬려고 나오니 엄마가 한창 동생과 시험공부에 매달려 계셨다. 그래서 장갑 낀 김에 걸레로 계단과 내 방을 깨끗이 닦았다.

"어휴— 현영이, 한다면 하는 사람인데!"

엄마가 웃으셨다.

참 좋은 글입니다. 설거지한 것을 이렇게 잘 쓴 글은 처음 보겠습니다. 일을 즐겁게 하니까 그 일을 이야기한 글이 좋은 글이 될 수밖에 없지요.

밥하기 황정미 경북 성주 대서초 5학년

모내기를 하다가 집으로 왔다. 하루 동안 모만 심고 햇볕을 많이 받아 더웠다. 내가 모심기를 지겨워하니 집으로 가 밥을 하라고 하였는데 막상 집에 와 보니 집안도 엉망이고 부엌에도 그릇을 씻지 않아서 더러웠다. 먼저 그릇을 씻고 쌀을 씻어서 밥을 앉혔다.

물이 너무 많이 있어도 안 되고 적게 있어도 안 되고 밥솥에 밥을 앉혀 놓고 스위치를 꽂았다.

밥상을 가지고 나와 상을 닦고 반찬을 다시 얹었다. 된장을 뜨수고 밀가루 반죽을 하고 호박을 씻어서 싸려서 찌짐을 구웠다. 참 바빴다. 이마에서는 땀까지 흘러내렸다. 찌짐을 한참 굽노라니까 언니가 왔다. 언니도 도와주었다. 언니가 방에 들어가서 전기밥솥을 여는 소리가 들렸다. 난 얼른 빨리 "언니, 밥 잘되었어?"라고 물어보았다. 언니가 밥이 잘되었다고 하였다. 한참 있으니까 어머니와 아버지, 오빠 들이 오셨다. 저녁을 먹을 때 모든 식구가 내가 했는 밥을 잘 먹는 것 같았다.

더구나 아버지와 어머니께서는 칭찬까지 해 주셨다. 어머니는, "정미도 부엌에 입학했다"라고 말씀하시니까 듣고 있던 언니가, "정미야, 너 부엌에 입학하지 마. 부엌에 입학하면 설거지해야 돼"라고 언니가 말했다. 그러자 아버지와 오빠가 웃었다. 나도 웃었다. 매일 이런 즐거운 생활이 계속되면 좋겠다. (1984. 7. 2.)

• 뜨수고: 뜨고. • 싸려서: 썰어서. • 찌짐: 부침개. 전.

들에서 어른들과 같이 모내기를 할 때는 지겨웠는데, 집에 와서 밥을 짓고 반찬을 만드는 일을 했을 때는 이마에서 땀까지 흘러내렸지만 조금도 고달픈 줄 모르고 재미있게 한 것 같습니다. 이 어린이의 몸에 맞는 일이고, 하고 싶어서 한 일이기 때문입니다. 일과 놀이와 공부가 하나로 된 것이라 하겠습니다.

밥을 짓고 반찬을 장만하고 한 일들을 아주 자세하게 잘 썼습니다. 더구나 처음 지은 밥이라 잘되었는지 마음이 많이 쓰였던 것 같아요. 그래서 저녁에 식구들이 "내가 했는 밥을 잘 먹는 것 같았다"면서 기뻐하고 있습니다.

그렇게 온종일 일을 하고 난 다음에도 "매일 이런 즐거운 생활이 계속되면 좋겠다"고 하여 일하는 생활을 기쁘게 생각하는 마음은, 이렇게 일을 해 보지 않은 사람은 아마도 이해하지 못할 것입니다.

양파 주워 담기 장동천 경북 경산 부림초 6학년

숙제하고 낱말 공부하고 있는데 동생이 "형아, 뒷집에 엄마가 오라고 하더라" 했다.

가 보니 양파는 산더미처럼 쌓여 있고 어머니, 아버지, 아줌마, 혜령이 어머니가 양파를 골라 궤짝에 담고 있었다. 나도 같이 거들었다. 어야다가 양파를 하나를 던졌다.

"양파에 멍 들마 안 된데이. 가따나 값이 싼데……."

그 말을 듣고는 조심조심 담았다. 힘이 들었다. 그러나 내 주먹보다 더 큰 것도 있어서 좋았다.

어떤 아주머니가 지나가며 "양파 농사 잘되었네요" 하고 칭찬했다.

"값이 싸가지고요 씨값도 안 됩니다. 양파를 팔아야 돈이 좀 생기는데 농사 헛지었다."

다른 양파 사는 사람들은 이렇게 좋은 양파 놓아두고 이디 것 사노. 제발 양파값을 많이 받았으마 싶다. (1987. 6. 23. 화요일)

• 어야다가: 어쩌다가. • 멍 들마: 멍 들면.

• 가따나: 가뜩이나. • 이디 것: 어디 것.

이 어린이가 어른들 따라 양파 주워 담기를 하면서 "힘이 들었다"고 했지만 즐겨 한 듯이 보입니다. "어야다가 양파를 하나를 던졌다"고 한 것을 보니 놀이 삼아 주워 담는 일을 한 것 같고, 장난을 치다가 "양파에 멍 들마 안 된데이……" 하는 말을 들은 뒤로는 조심해서 담았지만 커다란 양파가 나와서 좋았다고 한 것을 보아도 일을 놀이같이 재미있게 한 것 같습니다.

일을 하면서 들었던 어른들 말을 적은 것도 잘되었고, 마지막에 쓴 느낌도 농촌 아이다운 말입니다.

약 치기 김종찬 경북 경산 부림초 6학년

포도밭에 약을 치러 경운기를 몰고 갔다. 밭으로 들어가기 전에 도랑에서 물을 담고, 포도밭에 가서는 물통에 약을 타고 잘 섞어서 쳤다. 아버지는 약을 안 맞을려고 모자를 쓰고 아주 조심스럽게 아주 정성 들여 쳤다.

나는 뒤에서 줄을 풀고 당기고 하는 것만 하였다.

한번은 약 치는 기계에 줄이 빠졌을 때 내가 그것을 멈추게 해서 참 기뻤다. 아버지도 칭찬을 아주 많이 해 주셨다.

집에서 가지고 온 중참을 먹었다. 나는 빵과 우유, 아버지는 막걸리를 드셨다. 그때 나는 산 위에 올라가서 경치를 살펴보며 쉬었다.

경운기에 시동을 걸고 또다시 약을 쳤다. 약물이 모자라 도랑에 가서 바게스로 물을 떠 약통에 부어 약도 약간 더 섞고 쳤다. 아버지가 약을 치로 안으로 들어갈 때 줄을 빨리 못 풀어 좀 힘들고 또 당길 때 줄을 빨리 못 하고 느리게 하였다.

아버지의 얼굴에 흐르는 것이 땀인지 약물인지를 몰랐다. 약을 다 쳐 갈 때 약 치는 것이 막혀서 구멍을 뚫어 다시 시작하여 다 치고 집으로 돌아왔다. (1987. 6. 23. 화요일 맑음)

농약을 치는 일은 힘들고 괴로운 일인데, 이 어린이는 아주 즐겁게 했습니다. 즐겁게 열심히 하니까 일을 어떻게 하면 잘할 수 있는가를 알게도 되어 아버지 칭찬도 받고, 그래

서 더 즐겁지요. 아니, 일을 잘 해냈을 때는 아버지가 칭찬
해 주시기 전에 기뻤습니다.

일을 어떻게 하였는가를 자세하게 쓰기도 했고, 어떤 때
에 힘이 들었는가 하는 것도 썼습니다.

"아버지의 얼굴에 흐르는 것이 땀인지 약물인지를 몰랐
다"

이렇게 쓴 말도 참 잘 보았다는 생각이 듭니다.

경운기 부리기 이헌희 충북 제천 송계교회학교 3학년

내가 아빠에게 오늘은 일찍 끝나고 거름을 실은 경운기를 몬다고
하고 2시에 집에 오니 마침 아빠가 거름을 싣고 계셨다. 그래서 이
번에는 경운기를 타고 논에 가서 처음 부려 보았더니 앉는 데 있
는 스프링을 갈아서 기분이 매우 좋았다. 그래서 그날은 경운기
를 계속 부렸다. 거름을 세 번 실어 펴고, 집에 갈 때에는 내가 몰
고 집에까지 가 보라고 아빠가 말씀하셨다. 가는데 마늘을 놓던
사람들이 나를 쳐다보고 있었다. 더욱 정신을 집중하여 몰았다.
내가 그렇게 몰고 있을 때 아빠는 경운기를 몰 때에는 긴장하지
말고 편한 자세에서 몰으라고 하였다.

3학년 어린이가 경운기를 몰았더니 참 훌륭합니다. 그런

데 "정신을 집중하여"는 3학년답지 않은 어려운 말입니다. 좀 쉬운 말을 쓰세요. 이와 반대로 "아빠"란 말은 애기들의 말이니 '아버지'라고 쓰는 것이 좋습니다. 아버지한테서 "긴장하지 말고 편한 자세에서" 이렇게 좀 어려운 말을 자주 듣다 보니 저절로 어려운 말을 쓰게 되었겠지만, 어른이고 어린이고 쉬운 말을 하고 쉬운 말로 글을 써야 좋은 글이 됩니다.

경운기 정순일 경남 거창 남하초 4학년

오늘 손수레를 끌고 엄마와 꼴 담으로 갔다. 손수레는 내가 몰고 갔다. 어머니께서 먼저 학교 앞 논에 꼴을 뜯어 놓았다. 꼴을 깨끗이 주워 담으니 손수레 안에 꼴이 가득했다.

그리고 난 우리 집에 경운기 한 대만 있으면 좋겠다. 왜냐하면 쌀을 거두어 타작하여 포대에 쌀을 넣으면 쌀이 많아 손수레에 쌀을 다 못 넣기 때문에 몇 번을 왔다 가야 하기 때문이다.

그러면 아빠 월급을 타 오면 월급을 꾸준히 모아야 하는데, 월급을 받아 오면 생활비와 빌린 돈을 갚아야 하기 때문이다.

• 꼴: 소의 먹이가 되는 풀.

맨 앞에는 손수레를 끌고 가서 꼴을 담은 이야기, 다음엔 경운기가 있었으면 좋겠다는 이야기, 그다음에는 경운기를 사려면 어떻게 해야 하나, 하는 생각을 썼습니다. 자기가 몸소 한 일을 쓰고, 거기에 대한 생각을 아주 차근차근 잘 쓴 글입니다. 다만 맨 마지막의 말은 "…… 하기 때문이다"고 쓸 것이 아니라 '…… 하기 때문에 어렵다'고 써야 앞뒤가 맞는 말이 되겠지요. 일도 하고, 집안 살림살이 걱정까지 하는 것을 보니 아주 훌륭합니다.

나와 남, 그리고
세상 이야기를 쓰자

아기는 방 안에서 살아갑니다. 그러다가 걸어 다니게 되면 집 밖으로 나가게 되고, 마당에서 골목으로 나가게 됩니다. 이래서 이웃집이 있다는 것을 알게 되고, 그다음에는 한 마을을 알게 되고, 학교에 들어가면 수많은 아이들을 만나게 되어, 세상에는 온갖 얼굴과 온갖 성격을 가진 사람들이 있다는 것을 알게 됩니다. 한 고장을 벗어나면 또 다른 고장이 있고, 온 나라 땅과 사람들을 만나게도 되고, 이웃 나라와 온 세계, 다시 또 더 넓은 우주를 생각하게도 됩니다. 이 모든 세계는 실지로 가서 보아야 가장 확실하게 아는 것이 되겠지만, 한편 책을 읽거나 사진으로 보고도 알게 됩니다.

사람들은 또 지난날의 역사를 책으로 읽거나 옛날의 자취를 더듬어서 알게 되지요. 그래서 이 지구 위에는 온갖 기후

와 지리 조건에서 온갖 역사와 풍속과 문화를 가진 나라며 종족들이 있고, 잘사는 나라와 못사는 나라가 있고, 남의 나라를 침략하려는 나라가 있고, 침략당하는 나라가 있고, 굶주려 죽어 가는 사람이며 병들어도 치료를 못 받고 죽어 가는 사람들이 수없이 있다는 사실도 알게 됩니다.

이래서 어렸을 때는 아주 순진한 눈으로 세상을 보고 생각했는데, 차츰 나이가 더하면서 세상일에 시달리다 보면 나도 별수 없이 어른들 따라 돈이나 벌어서 나 혼자 잘 살아갈 궁리나 해야 되겠다고 생각하다가도, 그게 아니구나, 그럴 수는 없구나, 남이야 어찌 되든 나 혼자 행복하게 살아간다는 것은 있을 수 없는 일이구나, 하고 참이치를 깨닫게 됩니다.

모두가 사람의 도리를 지키면서 자유스럽고 평화스럽게 살아가는 길이 어디에 있을까요? 그 길을 찾는 길이 우리 모두가 해야 할 가장 큰 공부요, 일입니다.

내 걱정 권준범 경북 울진 죽변초 5학년

나는 걱정이 있다. 어떤 걱정이냐 하면 쑥스러움 때문에 발표를 잘 못하는 것이 나의 걱정이다. 나는 이걸 어떻게 해야 할까 하고 생각해 보았다. 내가 쑥스러움을 탄 이야기를 해 보겠다.

지난 삼월 국어 시간에 우리 반 아이들은 자기가 자기 자신에게 하고 싶은 말과 선생님에게 하고 싶은 말을 써서 발표하였다. 김영호와 주재정은 자기가 열심히 쓴 내용을 발표했다.

김영호는 이런 내용을 썼다. 자기만 가지고 있는 점으로 김영호는 배짱 좋고 성실하고, 마음이 바다같이 넓고, 비단결같이 좋고, 착하고 인심 좋고, 성품 좋고 인물이 훤하고 사랑이란 사랑을 듬뿍 받고 남을 잘 도와줘서 아이들에게 인기가 많다고 썼다. 자기 자랑만 쓴 것 같지만 그렇게 쓸 수 있다는 데 용기가 있다고 생각되었다.

주재정은 이런 내용을 써서 발표하였다. 선생님께 하고 싶은 이야기를 마음껏 썼다. 체육을 좀 하시더. 여자는 여자끼리 놀고, 남자는 남자끼리 오락도 많이 하시더. 흰 머리카락 좀 뽑으소. 웃고 삽시다! 하하 이렇게 썼다.

다른 아이들도 나와서 자기가 쓴 내용을 발표했다. 선생님은 들으면서 웃기만 했다. 아이들은 이제 나보고 발표하라고 했다. 나는 여러 가지 하고 싶은 말을 하였다. 숙제 좀 적게 내고요. 때리지 말고요. 일기 쓰는 것 하지 말고 많이 놀려 주십시오. 시험도 적게 치고요. 등을 썼다.

나는 발표를 하면서 자꾸 얼굴이 빨갛게 되었다. 나는 내가 쑥스러움을 잘 타는 이야기를 친구에게 할까 아니면, 선생님에게 할까 망설인다. 나는 마음속으로 '이제부터 마음을 크게 먹고 쑥스러움을 안 타면 될 것이다' 생각했다. 그리고 나는 아직 이 말을 친한 친구에게 말하지 않았다. 나는 이 글을 써서 선생님께 검사를 어떻게 맡으러 갈까 걱정이다.

자기 생각을 발표하는 시간에 들은 것, 느낀 것을 잘 썼습니다. 김영호는 자기만 가지고 있는 점을 말하는데 제 자랑만 잔뜩 늘어놓았네요. 그래도 "자기 자랑만 쓴 것 같지만 그렇게 쓸 수 있다는 데 용기가 있다고 생각되었다"면서 그 자랑을 이해한 것이 훌륭합니다. 쑥스럽다는 느낌을 가지는 것은 마음이 겸손해서 그러니 걱정할 것 없습니다.

"…… 시험도 적게 치고요. 등을 썼다"고 썼는데, "등"이란 말은 안 쓰는 것이 좋겠어요. '…… 시험도 적게 치고요. 이런 말들을 썼다' 이렇게 입으로 하는 말로 쓰는 것이 좋겠습니다.

괴로움 김소영 서울 공항초 3학년

내 짝은 맨날 나를 괴롭힌다. 공부 시간에는 의자를 발로 자꾸만 차기 때문에 공부도 못 한다. 지금도 이 글을 못 쓰게 한다. 난 아무래도 자리를 바꾸어 앉아야겠다. 내 짝은 아주 못된 아이라고 생각한다. 미웁다고 때릴 수도 없고 참 속이 터진다.

또 내 옆에 임인종도 날 괴롭힌다. 그러니까 양쪽에서 괴롭히니 더 공부가 안된다. 그전 목요일은 임인종이 때렸다. 살살 때린 것도 아니라서 아파서 울었다. 나는 꼭 지옥에 온 것 같다. 내 짝이 난 정말로 없었으면 좋겠다. 또 이것만이 아니다. 앞에 앉은 탁원진도 나를 괴롭힌다.

나는 왜 이렇게 복이 없을까? 정말 세상에서 살지 않았으면 좋겠다. 사는 게 무언지 사는 것이 지겹고 괴롭다.

2학기 때는 짝을 바꾼다. 빨리 그 세상이 빨리 오면 좋겠다. 지겹다. 2학기가 와서 짝을 바꾸면 내 마음이 시원할 듯한데, 또 짝을 바꾸었을 때도 괴로우면 난 정말 미쳐 버릴 것이다.

이 세상에는 남을 괴롭히면서 살아가는 사람들이 더러 있습니다. 이런 사람들을 없애고 모두가 즐겁게 살아갈 수 있도록 하자는 것이 민주주의지요. 그런데 어린아이들 가운데도 힘으로 남을 괴롭히기를 즐기는 아이들이 있다는 것은 참 기가 막히고 슬픈 일입니다. 이런 아이들은 모두 어린아이의 마음을 버리고 잘못된 어른들의 흉내를 내는 것입니다. 이런 아이들이 있으면 잘 타일러 줍시다. 타이르는 일이 어려우면 무엇보다도 선생님께 그 사실을 알립시다. 글로 이렇게 써서 보여드려도 좋겠지요. 선생님은 이런 삐뚤어진 행동을 하는 아이들을 바로잡는 일을 맡은 분이니까요.

어쨌든, 하고 싶은 말을 잘 썼습니다. 글이란 이렇게 가장 하고 싶은 말을 써야 좋은 글이 되고, 또 쓰고 나서도 마음이 후련합니다.

내 짝 정미 김수경 경남 창녕 창녕초 5학년

내 짝은 정미다. 이름이 2자이다. 그래서 부를 때도 편하다. 내 짝은 얼굴도 예쁘고 글씨도 잘 쓰고 공부도 잘한다. 난 내 짝이 좋다.
내 짝과 난 텔레파시가 통한다. 같은 날 머리를 잘랐다.
우리는 아주 친하다. 도시락도 나누어 먹고 한다. 키도 비슷하다.
내 짝이 너무너무 좋다. 반장 선거 때도 표가 대단했다. 나보다 표가 적었지만 너무너무 예쁘고 얌전하다.

참 좋은 짝을 만나서 다행이군요. 좋은 짝이기도 하였겠지만, 짝 아이를 이해하는 마음이 훌륭하다고 봅니다.
그런데 공부를 잘하고 얼굴이 예쁜 아이를 짝으로 만나면 그 짝을 칭찬하기 쉽지만, 공부를 못하고 얼굴이 못나고, 그래서 많은 아이들에게 따돌림을 받는 아이와 짝이 되면 그 아이를 싫어하고 미워하고 괴롭히기 쉽습니다. 사실은 남들이 싫어하는 이런 아이를 깊이 이해하는 사람이야말로 진짜 훌륭한 사람입니다.

"2자이다"는 '두 자이다'라고 쓰는 것이 좋겠네요.

"텔레파시"라는 말을 썼는데, 이것은 '정신감응'이라고 말하는 것이 더 낫겠습니다.

하늘 나라로 올라간 지훈이 배엽 경기 고양 원중초 1학년

1학기 때의 일이다. 학교에 갔는데 친구들이 "지훈이가 죽었다"라고 말하기도 하고 "우진이가 죽었다"라고 말하기도 했지만 나는 지훈이나 우진이가 죽지 않았을 거라고 생각했다. 그런데 선생님께서 "지훈이가 죽었어. 내일 영구차가 학교로 올 거야" 하고 말씀하셨다.

다음 날 아침 영구차가 왔다. 관과 꽃다발을 싣고 왔다. 지훈이 아버지, 어머니, 할아버지께서 슬피 우셨다. 영구차가 학교를 떠날 때 나는 지훈이 생각을 하며 손을 여러 번 흔들어 주었다. 학교에서는 지훈이의 자리에 꽃이 놓여 있었다.

선생님께서도 우시고 2반 선생님도 우셨다. 다른 선생님께서는 마이크로 지훈이의 죽음을 형, 누나, 유치원 동생들에게 들려주셨다. 지훈이는 하늘 나라에서 우리들 공부하는 것, 노는 것 등을 지켜보고 있을 것이다.

한 반에서 공부하던 동무가 죽어서 장례를 치르던 날에 있었던 일을 잘 생각해 내어서 썼습니다. 그런데 이것은 1학기에 있었던 일을 한 학기가 지난 뒤에 썼군요. 이런 글은 그때그때 일기장 같은 공책에다 써 두어야 합니다. 그날 바로 써 두었더라면 훨씬 더 자세한 글, 감동을 주는 글이 되었을 것입니다.

참, 배엽 어린이로서는 그때는 1학년에 입학해서 얼마 되지 않았을 무렵이라 글을 제대로 쓸 수도 없었을 것 같네요. 그렇다면 어쩔 수 없겠습니다.

죽은 아이가 어째서 죽었는지도 궁금합니다.

"노는 것 등을"은 '노는 것들을'이라고 써야 우리 말이 됩니다. 어른들이 '등'이라 잘못 쓰고 있습니다.

방구쟁이 대용이 박종덕 대구 서도초 3학년

우리 반에는 방구쟁이가 있다. 그 아이는 완전 무시 방구를 낀다. 어느 날 아이들이 대용이가 방구 낀다고 선생님께 일러서, 선생님께서는 대용이보고 내일부터는 학교 오기 전에 화장실에 가서 똥 누고 오라고 하셨다. 그러니까 아이들이 마구 웃어 대었다. 그런데 나는 대용이가 불쌍했다.

• 무시: 무. • 무시 방구: 냄새가 심한 방귀를 가리키는 말.

"나는 대용이가 불쌍했다"는 마지막 말에서 글쓴이의 사람다운 따뜻한 마음이 잘 나타났습니다.

"무시 방구를 낀다"는 사투리도 구수한 느낌이 듭니다.

영란이 전화 강미정 광주 서석초 6학년

영란이가 전화를 했다. 아주 힘없는 목소리였다.

내가 왜 그러냐고 했더니 "나 여기서 못 살겠어, 미정아!" 했다.

내가 너 왜 그러냐고 물어보니까 "내 다시 전학 갈까?" 했다.

내가 "너 진짜 왜 그래? 친구하고 싸웠냐?" 물어보니까 아니야 내가 말할께 하면서 "아이들이 나하고 놀지도 않고 눈치만 봐" 했다.

그러고는 막 울었다. 조금 있다가 할머니가 오신다고 하면서 끊었다.

난 걱정이 됐다.

영란이에게 안 좋은 일이 일어난 것 같았다.

잠시 받은 전화에서도 이렇게 글을 쓸거리가 나오지요. 자기의 이야기를 하는 것도 중요하지만, 남을 보고, 남의 말에 귀를 기울이고, 남을 걱정하는 데서 자기의 세계를 더욱 넓혀 갈 수가 있습니다.

나보다 가난한 사람 박찬경 경북 경산 부림초 6학년

이 세상에는 나보다 가난한 사람들이 많다. 우리 집도 가난하지만 나는 하나도 실망하지는 않는다. 언제나 꿋꿋하게 살아간다. 그리고 내가 커서 이 사회의 불쌍한 사람들을 도와주고 싶은 것이 나의 희망이다. 지겹도록 가난한 생활이지만 나는 그런 것에 상관하지 않는다.

가난한 것은 정말 어렵다. 어린 나이에 동생들을 뒷바라지한다고 일하는 아이들도 이 세상에는 많을 것이다. 나의 처지는 그것에 비유되지가 않는다.

나는 학교에서 체육 성금, 무슨 성금 등을 가지고 오라 하면 늘 걱정이 된다. 할머니께서 돈이 없어서 걱정하실까 봐 잘 이야기를 못 드릴 때도 있다. 용기를 내어서 이야기를 하지만 돈이 없어서 못 주신다. 나는 그럴 때마다 학교에 돈을 못 내어서 내 마음이 운다. 그럴 때가 제일 슬프다. (1987. 9. 17. 목요일)

학교에서 여러 가지 성금을 가지고 오라고 할 때 이 어린이는 돈이 없어서 걱정하시는 할머니께 어쩔 수 없이 이야기를 한다고 하는 것을 보니 무척 어렵게 사는 가정 형편인 듯합니다. 그런데 "나보다 가난한 사람들이 많다"면서 희망을 가지고 꿋꿋하게 살아가려고 합니다. 더구나 자라나면 불행한 사람들을 도와주는 일을 하겠다고 하니 참으로 훌륭한 마음을 가졌다고 하겠습니다. 부디 그런 건강한 마음을 잃지 말기 바랍니다.

"비유되지가 않는다"고 한 말은 '비교되지 않는다'고 쓰든지 '견줄 수가 없다'고 써야 합니다. 또 "무슨 성금 등을"은 '무슨 성금 같은 것을'이라고 쓰는 것이 좋겠습니다.

이렇게 아름답고 훌륭한 마음을 가진 어린이를 울리는 학교란 곳이 원망스럽고, 그런 학교를 만들어 놓은 어른들이 원망스럽습니다.

우리 아버지, 어머니, 동생 이승협 경북 의성 하령초 4학년

나는 어머니, 아버지와 또 동생은 나와 같이 살고 있지 않다. 다른 아이들은 어머니, 아버지한테 귀여움을 받고 사는데, 나는 어머니, 아버지가 내 곁에 있지 않기 때문에 언제나 나는 쓸쓸하다. 그러나, 내 곁에는 어머니, 아버지 대신 스님께서 나를 친아들같이 키워 주신다.

나는 어머니, 아버지보다 동생 생각이 더 많이 난다. 나는 어머니 아버지보다 동생이 더 보고 싶다. 그래서, 어떨 땐 나 혼자 있을 때 동생 생각이 난다. 나는 그때는 울 때도 있다. 그럴 땐 '내가 빨리 커서 훌륭한 사람이 되어서, 우리 어머니, 아버지, 동생을 꼭 찾아

야지' 하면서 굳게 다짐하곤 한다.

그러나, 어머니, 아버지가 있는 아이들을 봐도 부럽지가 않다. 스님께서 나를 잘 보살펴 주시기 때문에 부럽지가 않다. 빨리빨리 어머니, 아버지, 동생을 만났으면 좋겠다.

또 어떨 땐 어머니, 아버지가 밉기도 하다. 그러나, 어머니, 아버지를 나무랄 수도 없다. 왜냐하면, 내가 혹시 잘못해서 어머니, 아버지가 헤어졌는지도 모른다. 그래도, 지금부터라도 착한 아이가 되면, 꼭 어머니, 아버지, 동생과 같이 살 날이 올지도 모른다.

그리고 어머니, 아버지는 지금쯤 어디 있는지 알고 있었으면 좋겠다. 내 마음은 아무도 모를 것이다. 그러나, 어머니, 아버지는 내 마음을 알고 있을지도 모른다. 또 어머니, 아버지, 동생은 얼마나 나를 보고 싶어 할까? 나는 이렇게 생각하면 마음이 아프다. 빨리빨리 어머니, 아버지와 동생을 만났으면 얼마나 좋을까? (1986.)

부모를 잃어버린 어린이가 쓴 글입니다. 그래도 이 어린이는 부모 대신에 키워 주시는 스님이 계셔서 참으로 다행입니다. 세상에는 부모를 잃고 기댈 사람조차 찾지 못하는 어린이가 얼마나 될까요. 부디 용기를 가지고 살아 주세요. 착하고 올바른 마음으로 살아가면 앞날에 반드시 빛이 있을 것입니다.

엄마 이나래 부산 부산교대부속초 6학년

아침에 학교 가서 엄마 이야기만 나오면 "난 우리 엄마 없으니까 간섭 안 받고 참 좋더라" 하며 수다를 떤다.

우리 엄만 공부하러 외국에 나가신다.

저번 3학년 때는 미국에 1년 계신 다음, 그 뒤로는 여름방학만 되면 어김없이 미국을 가신다.

학교에서 엄마 없으니까 참 좋다고 소문 퍼트리며 아무것도 아닌 것같이 행동하지만 사실은 엄마가 보고 싶다. 요번에도 미국을 가셨다. 바로 어제⋯⋯. 오늘은 이상하게도 마음이 우울하고 막 울고 싶다. 굉장히 큰 소리로 마음이 우울하지 않을 때까지 울고 싶다.

"엄마가 보고 싶다. 엄마!"

이 글을 읽으니 사람의 행동이 그 마음과는 반대로 나타날 수 있다는 것을 알겠습니다. 그러니까 남의 마음을 함부로 단정할 수 없는 것이지요. 짧은 글이지만 자기 마음과 행동을 정직하게 잘 썼습니다.

힘든 아빠의 일 조남상 경기 의정부 송양초 6학년 우리 아빠는 방앗간에 다니신다. 아빠는 어쩔 때는 집에 안 들어 오신다. 얼마나 바쁘시면 안 오실까! 나는 아빠가 오실 때마다 뭐 안 사 오시나 하고 생각한다. 그러나 사 오시지 않는다. 나는 먹는 것밖에 모른다. 아빠는 고생을 하시고 있는데, 난 먹을 것만 찾으니 나도 너무 돼지다.

아빠는 나더러 공부만 잘하라고 하시는데, 나는 게을리한다. 또 아빠는 나에게 잘해 주신다. 나는 그럴 때마다 공부를 열심히 해야지 하면서도 잘 안 한다.

그리고 아빠는 일을 너무 많이 하신다. 그 방앗간 일을 우리 아빠가 거진 다 하신다. 나는 아빠가 그렇게 일을 많이 하고 오실 때, 매일 나더러 공부 잘하라고 하시면 울음이 나온다. 엄마가 왜 우느냐고 하면 나는 속으로 아빠가 힘든 일을 하셔서 그런다고 말하고 싶다.

나는, 빨리 커서 엄마 아빠 편안히 모시고 살고 싶다.

우리 아빠는 우리 집의 떳떳한 가장이다.

힘든 일을 하시는 아버지가 저녁에 돌아오실 때마다 무슨 먹을 것을 안 사 오시나 하고 바라면서도 아버지가 수고하시는 것을 생각해서 눈물을 흘린다고 했는데, 그럴 수도 있겠지요. 아버지를 생각하는 마음이 잘 나타나 있고, 더구나 방앗간에서 일하시는 아버지 얘기를 쓴 것이 좋아요. 그런데 6학년이 쓴 글로서는 좀 어리다는 생각이 듭니다. '힘든 아빠의 일'이란 제목이라면 "그 방앗간 일을 우리 아빠가 거진 다 하신다"고만 쓰지 말고, 방앗간에서 어떤 일을 하시는가, 좀 자세히 쓸 수 있을 것입니다. 대강 알고 있는 것이라도 더 잘 쓰기 위해서 방앗간에 가서 자세히 살펴볼 필요도 있겠지요. 아무튼 이렇게 아무런 준비(조사 관찰, 얼거리 잡기)도 없이 생각나는 대로 대강 설명만 해서는 아주 좋은 글이 될 수 없습니다. "아빠"란 어린애 말도 이제는 '아버지'로 고쳐서 쓸 나이가 되었지요. 교과서에도 1학년부터 '아버지'라고 씌어 있는 줄 압니다.

아버지 남원식 서울 유석초 2학년

아버지께서는 약국에 나가셔서 열심히 일을 하고 계신다.
무슨 일을 하시냐 하면 아프신 분들을 위해 약을 지어 주시는 자랑스러운 약사님이시다.
난 항상 우리 아버지가 자랑스럽다.
우리 아버지가 주신 약은 금방 나을 것입니다.
아버지는 정말 자랑스러우신 약사님이시다.
나도 커서 훌륭한 약사가 되어서 아픈 사람들에게 약을 지어 주고 싶다.

아버지가 하시는 일이 자랑스럽고, 그 아버지 같은 훌륭한 약사가 되고 싶다고 하는 마음은 바르고 자연스런 마음입니다. 이렇게 아버지에 대해서 설명만 하지 말고, 어느 날 약국에 가서 아버지가 일하시는 모습을 본 것도 썼더라면 더욱 재미있게 읽히는 글이 되었을 것입니다.

우리 아버지 임아람 서울 유석초 2학년

생각하면 할수록 보고 싶은 아버지, 보고 싶으면 더욱더 만나고 싶은 아버지, 아버지가 리비아에 다녀오셔서 며칠 집에 계시다가 또 떠나셨다.

영국, 스위스, 불란서로 촬영 가셨다.

요번에는 너무나 오래 계시니 매일매일 보고 싶다.

저녁에 가정 예배 빠지시고 엄마, 오빠, 언니, 나 넷이서 안방에 모여서 기도하는 시간이면 우리 네 식구는 언제나 아버지를 위하여 기도한다.

건강하세요. 일 열심히 하셔요. 빨리 돌아오셔요. 식사를 언제나 잘하셔요. 기도 많이 하셔요.

우리의 소원을 하늘 아버지에게 매일매일 말한다.

땅의 나의 아버지를 위하여 그러고 보니 아버지는 나에게 너무나도 귀한 분, 아주 훌륭한 분이시다.

이제서야 알겠다. 아버지가 돌아오시면 많이 잘해드리겠다.

아버지를 생각하는 마음이 잘 나타나 있습니다. "촬영 가
셨다"는 '사진 찍으러 가셨다'고 쓰면 더 좋지요. 어른들도
쉬운 말로 쓰는 것이 좋지만 더구나 어린이들은 어른들이
쓰는 어려운 말을 따라 쓰지 말고 어린이의 말을 쓰는 것이
좋습니다.

"매일매일"은 '매일' 한 번만 써야 합니다. '매일'보다도
'날마다'가 더 깨끗한 우리 말이고요.

미싱 소리 유정은 인천 부흥초 3학년

나는 미싱 소리만 들어도 지겹다. 매일매일 엄마가 미싱을 드릉드
릉거리신다.

그렇지만 엄마는 나를 위해 하시는 것이다. 엄마는 아침부터 저녁
때까지 일을 하신다.

엄마는 하루 종일 한도 끝도 없다.

엄마의 휴일은 단 하루 일요일뿐이다.

저녁때 아빠가 오시면 엄마는 미싱을 그만하고 아빠를 마중하고
와서 부엌에 가서 밥을 지으신 다음 또 미싱을 갖고 일을 하신다.

돈을 조금이라도 더 벌려고 그러신다. 엄마는 힘들어도 잠깐 누

웠다가 일어나서 또 미싱을 가지고 드릉드릉하신다.

엄마는 아프셔도 일을 하신다.

우리 엄마가 오래오래 살았으면 좋겠다.

재봉틀로 바느질하시는 어머니의 이야기를 쓴 글입니다. 언제나 드릉드릉하는 재봉틀 소리를 들어야 하니 그 소리가 싫기도 하겠지요. 그러나 "잠깐 누웠다가 일어나서" 일하시고, "아프셔도" 일을 하시는 어머니를 생각해서 그 소리를 고맙게 들어야지요.

"미싱"은 우리 말이 아니니 '재봉틀'이라고 하는 것이 좋겠습니다. 또 엄마가 재봉틀로 만드는 옷이 어떤 옷인지, 그런 것도 잘 보고 알아 두어야 더 좋은 글을 쓸 수 있습니다.

여기도 "매일매일"을 썼네요. '날마다'란 우리 말을 쓸 줄 몰라서는 안 되겠습니다.

일과 어머니 이호인 경북 경산 부림초 6학년

학교에 갔다 오자마자 어머니께서 밭에 일하러 가자 하셨다. 난 공부해야 되기 때문에 안 된다고 고집을 피웠지만 어머니께서 억지로 가자 하시기 때문에 할 수 없이 갔다.

고구마 모종 심고, 거름 주고, 들깨 심는 일이었다. 언제 다 할지

한숨만 나왔다. 그래도 난 최대한으로 빨리 일을 하였다. 몇 시간 안 되어서 고구마 모종은 끝나고 비료 주는 일도 금방 끝났다. 해는 서산으로 넘어간 지 오래이고 날은 어둑어둑해 왔다.

우연히 어머니 얼굴을 보니 피로해서인지 잘 먹지 못해서인지 뼈가 다 보일 것 같고 눈이 부어 있었다.

"어무이요, 너무 일하지 마이소. 밥도 안 먹고 피로하니까 얼굴이 그렇찮아예."

어머니께서는 아무 말씀이 없다.

난 갑자기 걱정이 되었다. 어머니께서 저러시다가 쓰러지기라도 하면 어떻게 하나 하고…….

난 이제 하기 싫다는 표정을 없애고 계속 어머니 일을 도왔다.

일을 다 하고 집으로 오니 벌써 10시가 지나고 있었다. (1987. 6. 24. 수요일 흐리다 맑음)

일만 하시는 어머니를 생각하는 마음이 잘 나타나 있습니다. 온종일 일을 하여 해가 진 어둑어둑한 밭고랑에서 "우연히 어머니 얼굴을 보니 피로해서인지 잘 먹지 못해서인지 뼈가 다 보일 것 같고 눈이 부어 있었다"고 했는데, 어머니를 따라 일을 같이 해 보고서야 그 일이 얼마나 고된가를 알게 되어 더욱 어머니 걱정을 하게 된 것이지요.

세상의 참이치를 알고 사람다운 생각과 태도를 가질 수

있는 가장 좋은 길(공부)은 바로 땀을 흘려 일을 하는 것입니다.

"최대한으로"란 말을 썼는데, 여기서는 '될 수 있는 대로'라고 쓰는 것이 좋겠습니다. 일하면서 살아가는 어머니들이 하는 말이 가장 깨끗하고 좋은 우리 말입니다.

과외 하라고 꼬시는 아저씨 이효정 서울 성일초 6학년

지선이와 내가 반 편성 배치고사 문제집을 사기 위해 문방구를 가는데, 어떤 아저씨가 오시더니 "너희 영어 배우니?" 하고 물어봤다. 지선이가 "네" 하고 대답했다. 그러자 그 사람이 "너희 과외 할래? 한 달에 4만 원, 영, 수 합쳐서"라고 물어보면서 따라오라고 했다. 우리는 얼떨결에 너무 무섭다는 생각에 안 따라갈 수가 없었다. 그곳은 무슨 가정집 방 같아 보였다. 우리는 살짝 보고서는 안 들어갔다. 그 사람은 어느새 자기를 선생님이라고 하였다. "이건 선생님 차야"라고 말했다. 그 사람이 우리가 들어가지 않자, 그럼 뒤쪽에 있는 문으로 오라고 하였다. 우리는 그 사람이 들어가자 망설이다가 내가 "도망치자"라고 말하고 막 뛰어 도망 왔다. 이휴, 정말 무서웠다. 꼭 인신매매단 같았다. 지선이는 왜 거짓말을 시켜서……. 앞으로는 아무나 따라가지 않겠다.

길을 가다가 낯선 아이에게 말을 건네면 대답도 안 하고 슬슬 피하지요. 그런 아이들을 몇 번이나 본 일이 있습니다. 참으로 서글픈 일이지만 그런 아이들의 행동이 당연하다는 생각도 듭니다. 세상에는 별별 일이 다 있으니까요. 그래서 부모님들은 자식들에게 사람을 믿지 말라고 가르칩니다. 사람이 사람을 못 믿는 세상이 되었습니다.

이 글을 읽어 봐도 어른이 하는 짓을 믿을 수 없다는 생각이 듭니다. 그러니 6학년쯤 되면 제정신을 단단히 가지고 행동해야 하지요. 이 이야기에서 문제가 되는 것은, "무섭다는 생각에 안 따라갈 수가 없었다"는 것입니다. 무섭다면 따라가지 말아야 하겠는데, 결국 제정신을 잃어버린 것이지요. "그런 과외는 안 해요!" 하는 말을 왜 처음부터 하지 않았을까요? 누구 앞에서든지 하고 싶은 말을 자유스럽게 해야 합니다.

술집 우영애 경기 안성 백성초 5학년

우리 가게 뒷골목에는 술집이 아주 많다.
밤만 되면 술 첸 아저씨가 노래 부르거나 싸우는 소리 때문에 잠을 잘 못 잔다.
학교 갈 때 그 골목을 꼭 지나기 때문에 술집 간판이 눈에 거슬린다. '불꽃, 밀밭, 25시, 우산속, 한강, 파스텔' 술집 이름까지 다 외운다.

술집 아가씨들은 눈 화장을 시퍼렇게 하고 가을인데도 짧은 치마를 입는다. 밤에는 돌아다니기조차 무섭다.

밤에 화장실 갈 때는 꼭 진선이를 데리고 간다. 술에 취한 아저씨 때문에 무서워서이다.

며칠 전엔 이런 일도 있었다. 한 아저씨가 화장실에 갔는데, 술이 첸 고등학생쯤 돼 보이는 오빠가 그 아저씨보고 가진 돈 다 내놓으라고 해서 아저씨가 한 번 때리니 다른 오빠들이 우르르 몰려와 그 아저씨 주위를 빙 둘러서 있었다고 한다.

그 아저씨는 그 오빠들이 무기라도 들고 있으까 봐 한 시간 동안 그러고 서 있었다고 한다.

술집이 빨리 없어져야 되겠다.

우리 나라가 어째서 이런 폭력이 날뛰는 사회가 되었을까요? 폭력이 설치는 사회에서 가장 많이 희생당하는 사람이 어린이들입니다. 그리고 어린이들은 어른들이 휘두르는 폭력을 배우게 됩니다.

어떻게 하면 폭력에서 우리의 목숨을 지킬 수 있을까요? 폭력 없는 세상을 만들 수 있을까요?

어린이들은 힘으로 폭력을 이겨 낼 수 없습니다. 지금은 이렇게 어지러운 세상이 되었지만 앞으로는 평화로운 세상이 되도록 하기 위해 어린이 세계에서 어린이들끼리는 절대로 폭력을 써서는 안 됩니다. 어린이 세계에서만은 폭력이 힘을 못 쓰는 사회가 되도록 해야 하겠어요. 그것은 여러분들이 할 일입니다.

그리고 여러분이 사회에서 보고 듣고 겪는 모든 잘못된 일을 솔직하게 글로 써서 모든 어른들에게 보여 주도록 합시다. 이것 역시 여러분들이 할 수 있는 일입니다.

고마우신 분들 남기연 서울 은석초 5학년

우리 동네에 무서운 할머니가 계신다. 언제나 비를 드시고 아파트 앞을 쓰시고 풀밭에 예쁜 장미, 봉숭아, 국화, 무궁화 등의 꽃을 심어 물도 주시며 잘 보살펴 주신다.

하지만, 동네 사람들은 모두 그 할머니를 싫어한다.

저번 겨울에 연탄을 나르는 아저씨와 싸운 적이 있으시다.

자기가 깨끗이 치운 길에 왜 연탄 가루를 쏟느냐는 것이다.

또 동네 아이들이 봉숭아꽃을 따 가서 손톱에 봉숭아 물을 들인 아이는 무조건 붙들고 꾸중하셨다.

그래서 아이들은 '호랑이 할머니'라고 부른다.

내 동생이 "호랑이 할머니다!" 하고 눈치 없이 말하자 "때끼!" 하고 때리는 시늉을 하셨다.

그런데 며칠 전 2층에 누가 이사 왔다. 참 식구가 많았다.

또 맛있는 떡도 갖다 주고 하였다.

가끔 가다 아주머니도 만나지만, 모르고 지나친다.

사회 시간에 아파트에서는 서로 이웃 간의 얼굴도 모르고 지낸다는 것을 배웠다.

사실 나는 우리 층에 사는 사람들의 얼굴은 거의 모른다.

새벽에 학교엘 가려고 계단을 내려가는데 풀밭에 물을 주려고 내려가는 할아버지와 마주쳤다.

2층에 사시는 분이시다.

내가 모르는 예쁜 꽃에 내가 학교 갈 때면 매일 나오셔서 물을 주신다.

또 집에 올 때는 언제나 계단을 쓸고 계신다.

집 앞과 풀밭의 꽃을 가꾸시는 호랑이 할머니, 계단과 풀밭의 꽃을 가꾸시는 할아버지 덕분에 우리 동네에는 청소부 아저씨가 안 오셔도 되겠다.

참 고마우신 분들이시다.

모두가 자기 방밖에 모르는 아파트 동네에도 동네를 위해 남몰래 일하는 사람들이 있다는 것을 알고 고맙게 생각한 글입니다. 더구나 풀밭의 꽃을 가꾸고 아파트 앞을 쓰시는 할머니의 모습과 성격을 잘 썼습니다. 잘 살펴보고 연구하면 이렇게 꽃을 가꾸고 계단을 쓰는 사람들뿐 아니라, 우리의 삶을 위해 한층 더 어렵고 힘든 일을 해 주는 사람들도 있습니다. 그런 사람들이 어디서 어떤 일을 하는지 알아보세요.

거지 정소영 경북 경산 부림초 3학년

공부를 하다가 밖에 나가 보니 거지가 가고 있었다. 옷은 다 떨어지고 양말도 짝지 신발도 짝지였다. 한쪽 손에는 수건을 움켜쥐고 얼굴을 가리면서 웃었다.

아이들이 놀리면서 꽃을 던져 주었다. 거지는 그 꽃을 받아 들고는 고맙다는 듯이 웃었다. 그 거지는 말을 못 하는 것 같았다. 손으로 흉내만 내었다. 음식을 흉내 내는 것 같았다. 배가 고픈 것 같았다. 음식을 주고 싶어 엄마께 말하니 주시지를 않으셨다. 나는 화가 났다.

나는 놀다가 오십 원짜리를 주웠다. 오십 원짜리 하드를 사 먹으려고 하다가 그 거지를 생각했다. 가 보니 엉덩이에 주머니가 있었다. 주려고 하니 웬지 쑥스러웠다. 그래서 어떤 남자아이에게 부탁해서 그 아이가 거지에게 던져 주었다.

그 거지는 돈을 받아 주머니에 넣었다.

나는 주님께 기도를 하였다.

"주님, 우리 나라에서 가난한 사람과 고달픈 사람들이 마음 놓고 행복하게 살 수 있게 해 주시옵고 주님의 사랑을 주시옵소서. 주님의 크신 이름으로 기도드립니다. 아멘."

하나님이 내 기도를 흘리지 않고 받들어 주셨는지 모르겠다.

거지는 걸어서 멀리멀리 가 버렸다.

거지를 보고 생각한 것, 한 일들이 아주 잘 나타났습니다. 불행한 사람을 생각하는 마음이 착하고 훌륭합니다. 이 글은 어떤 일을 겪은 다음 그 일에 대해 생각만 한 것이 아니라, 그 생각한 것을 행동으로 실천하고 있다는 점에서 앞에 나온 글들보다 더 가치가 있다고 하겠습니다.

거지 배한준 경북 경산 부림초 6학년

거지가 쌀을 얻으러 와서 나는 얼른 내주었다. 엄마가 "쌀을 얼마나 주었노?" 하시며 물었을 때 "한 대지비 주었다" 했다.

"와 그래 많이 주었노?"

"뭐 많이 주었노. 줄라카마 다섯 대지비는 조야지."

하지만 엄마 때문에 잘 못 준다.

주선이 저거 엄마는 옷까지 준다고 한다. 참 착한 사람이다.

난 거기에 비하면 그렇게 착하지 못하다. 선생님은 불쌍한 거지가 있으면 자기 옷이라도 벗어 줄 수 있는 사람이 되라고 했다. 난 그렇게 할 수 있을까?

그래서 나는 거지가 쌀을 얻으러 오면 가여워 쌀을 준다. 엄마에게 뚜드리 맞지만……. (1987. 6. 20. 토요일)

• 대지비: 대접. • 주선이 저거: 주선이네.

거지에게 쌀을 많이 주어서는 안 된다고 하는 어머니 말씀도 덮어놓고 나무라기만 할 수 없지만, 많이 주고 싶어 하는 이 어린이 마음은 더 깨끗하고 훌륭한 마음이라 할 수 있습니다. 이 세상에는 먹을 것이 없어서 굶주리는 사람들이 많은데, 먹을 것을 모아 감추고, 먹다가 함부로 버리고 하는 사람들이 있으니 아주 크게 잘못되었지요.

"비하면"이란 말보다는 '견주면'이란 말이 깨끗한 우리말입니다.

자연과 함께하는 이야기를 쓰자

옛날부터 들과 산의 나무를 베어 집을 짓고, 거기 살던 온갖 새들과 짐승들을 잡아먹으면서 도시 문명을 만들어 살던 사람들은 '자연을 정복한다'고 했습니다. '정복'이란 말은 나쁜 것들을 쳐서 굴복시킨다는 말입니다. 자연이 왜 나쁠까요? 사람은 자연이 없으면 잠시도 살아갈 수 없습니다. 자연을 먹고 마시고 숨 쉬고 그 자연에 안겨서 살다가, 죽으면 다시 자연으로 돌아가는 것이 사람입니다. 그런데 그 자연을 정복한다고 했으니 사람보다 어리석은 것이 지구 위에 없다 하겠습니다. 나쁜 것은 자연이 아니라 사람이었습니다.

　오늘날에는 아무도 자연을 정복한다고 하는 사람이 없습니다. 그러나 사람이 점점 불어나고, 그 사람들이 모두 먹고 입고 쓰고 하는 짓을 기분대로 하면서 제 욕심만 차리는 결과 자연이 아주 병들어 죽어 가고 있습니다. 그래서 사람이 도무지 건강한 몸으로 살아갈 수가 없는 땅이 되어 가고 있습니다. "자연이 없으면 사람도 죽는다. 사람도 자연의 한 부분으로 살아야 한다"고 입으로는 말하면서도 여전히 사람들은 자연을 더럽히고 자연을 파괴하고 죽이고 있습니다.

이것이 모두 어른들이 하는 짓입니다. 옛날부터 어린이들만은 언제나 자연의 편이었습니다. 어린이들은 강아지와 고양이의 동무였고, 잠자리와 참새들의 친구였습니다. 그래서 사람들의 버림을 받아 쫓겨난 고양이가 배가 고파 부엌에 들어와 밥을 훔쳐 먹는 것을 용서해 주고, 그 고양이가 약 먹은 쥐를 먹고 죽으면 눈물을 흘립니다. 어린이들 가운데 잠자리나 개구리를 함부로 죽이는 사람이 있는 것은 어른들을 따라간 때문이고, 어른들이 잘못된 교육을 한 때문입니다. 이래서 이 어린이들은 차츰 병든 어른이 되지요.

그러나 어린이는 본래 자연의 친구였습니다. 이제 모든 어른들은 어린이한테 배워야 합니다. 어린이만이 온 인류의 희망입니다.

풀잎 임도순 경북 상주 공검초 2학년

어느 일요일 날 밖에 나가 놀다가 밭둑에서 풀잎을 보았습니다.

한자리에 노란 풀잎들이 소복히 돋아 올라옵니다. 노란 풀잎들은 이제 봄이라고 올라옵니다. 노란 풀잎은 아기처럼 부드럽고 작았습니다. 나는 풀잎을 만져 주었습니다. 풀잎들은 좋다고 웃는 것 같습니다. 그래 나는 그것을 보고 참 기뻤습니다. (1959. 3. 16.)

이른 봄에 밭둑에 돋아나는 노란 풀잎. 그 풀잎이 아기처럼 귀여워 만져 주었다고 했습니다. 그 풀잎이 웃는 것 같다고 했고, 그래서 기뻤다고 했습니다. 자연과 사람이 하나라는 참이치를 어린이의 마음에서 깨닫게 됩니다.

이 글은 벌써 30년도 더 지난 때에 쓴 것입니다. 그러나 30년이 아니라 300년이 지나더라도 자연은 그 모양 그대로일 것이고, 어린이 마음 또한 변함이 없어야 할 것입니다. 다만 어른들이 너무 많이 달라져서 세상도 달라지고, 어린이들도 자라면서 그 어른들을 따라 자연을 몰라보고 자연을 짓밟는 것이 안타깝습니다.

생명 허희형 경기 의정부 호암초 6학년

영란이네 다롱이가 죽었다. 오토바이에 쳐 죽었다. 아니, 죽진 않았지만 죽였다. 승희, 이승희네 아빠가 오토바이로 친 다음, 죽지 않자 가슴을 눌렀다고 한다.

나쁜 쪽으로 생각하면 죽으면 강아지 한 마리만 사 주면 되니까 돈이 덜 들어가지만 병이 들면 약값이 많이 들어가므로 죽인 것이다.

하지만 좋은 쪽으로 생각하면 살아 있으면 아프기 때문에 고통을 받을까 봐 죽였을지도 모른다.

내 생각은 나쁜 쪽인 것 같다. 왜냐하면, 영란이가 울면서 들어갈 때 아저씨는 웃으면서 그냥 가셨다고 한다.

그 아저씨는 집에서 오리와 개를 키우면서 남의 강아지를 함부로……

강아지를 죽인 어른의 행동과 마음을 6학년답게 아주 자세하게 따져서 생각한 좋은 글입니다. 맨 끝에 "함부로……" 이렇게 썼는데, 쓰다가 만 듯한 글이 되었습니다. '함부로 죽였다' 하고 바로 쓰는 것이 좋겠습니다.

개 김미옥 경북 안동 대성초 6학년

토요일 날 시간이 일찍 끝나서 집으로 빨리 왔다. 집에 오니까 집은 온통 피로 되고 슬픔으로 찬 집이 되었다. 엄마는 울고 아버지께서는 술 채고, 나는 웬지 겁이 덜컹 났다.

아부지와 엄마가 다투셨는 줄 알았다. 하지만 그것이 아니었다. 나는 이상했다. 어리둥절한 나는 가방을 내 방에 두고 나오니 세연이가 우리 개 팔았다고 한다. 나는 금방 눈물이 나오려는 걸 참았다. 방에는 아버지께서 계셨기 때문에 참은 것이다.

내 방으로 세연이를 데리고 가서 자세히 알아보았다. 아버지께서 술 잡수고 와서 그랬다고 한다. 내가 길가 있는 피는 왜? 하고 물어보니 개를 죽여 가지고 갔다고 한다. 나는 아버지가 한없이 미웠다. 하지만 아버지 곁에서는 아무 말도 못 하고, 그렇다고 울지도 못했다. 울며는 아부지께서 야단을 친다, 엄마와 똑같다고. 나는 개가 불쌍했다. 그래서 피를 흙으로 고이 묻어 주었다.

저녁에 개밥을 줄려고 개밥을 말려 가지고 개집으로 가니 개가 없었다. 개집 곁에 서서 개가 팔려 갔다는 생각이 났다. 나는 우리 개가 보고 싶다. 불쌍하다. 아부지가 미웠다.

- 피로 되고: 피로 물들고. • 술 채고: 술 취하고.
- 개밥을 말려: 개밥을 말아.

집에서 기르면서 한 식구같이 살던 개를 팔거나 죽일 때 어린이들은 큰 충격을 받습니다. 더구나 개를 잔인하게 죽이는 짓은 어린이들의 정신에 크나큰 영향을 줍니다. 옛날부터 우리 선조들이 전해 주는 풍습이라고 하더라도 그것은 나쁜 짓이라 아니할 수 없습니다. 그런데 어린이들은 그토록 오랫동안 길든 어른들의 버릇을 이와 같이 거절하고 있습니다.

이 글에서는 개를 사 간 사람과 같이 죽인 아버지를 원망하면서 "나는 아버지가 한없이 미웠다" "아부지가 미웠다" 이렇게 두 번이나 밉다고 썼습니다. 어린이들의 이런 마음은 빨리 버려야 할 어리석은 마음이 아니라, 언제까지나 잃지 않고 지켜 가고 키워 가야 할 가장 깨끗하고 사람다운 마음입니다.

갇혀 있는 개 박찬홍 경북 경산 부림초 6학년

집에 돌아와 보니 문이 잠겨 있었다. 열쇠를 찾아서 열고 들어가니 곧 아버지께서 오셨다. 과자를 사 먹으라고 돈 100원을 주셨다.

가게에 가니 트럭 위에 개 두 마리가 갇혀 있었다. 한 마리는 아주 컸지만 잘 먹지 못했는지 살은 안 쪘고 비쭉 말랐다. 얼굴을 보니 겁을 먹었고 꼬리는 안 보이게 숨겼다. 갈비뼈는 튀어나올 대로 다 나왔다. 허리는 내가 두 손으로 잡는다면 손끝과 손끝이 닿을 정도고, 배는 등에 바짝 달라붙었다. 그 꼴은 말이 아니다. 잘 먹으면 훨씬 더 클 것 같은데 참 너무하다.

작은 개 한 마리도 역시 마찬가지다. 두 마리 다 뼈밖에 없는 것 같다.

'어휴, 차라리 죽는 게 낫지.'

저 주인은 사람도 아니다. 아무리 동물이지만 저렇게 해 놓을 수가 있나. 정말 너무한다.

과자를 사 가지고 와도 그 생각만 났다. 집을 보면서 문을 열어 가끔씩 봐도 먹을 것을 갖다 주는 것은 보지 못했다.

저녁때가 넘었다. 밖을 내다보니 트럭이 없었다. 저 개들은 어떻게 될지 참 불쌍하다. (1987. 9. 16. 수요일 맑음)

그 개들은 끌려가서 죽었겠지요. 참으로 잔인한 것이 사람입니다. 사람이 가진 이 잔인한 마음을 고치지 않는다면 우리가 살아가는 이 사회는 끊임없이 불행한 역사를 되풀이 할 수밖에 없을 것입니다.

"가끔씩"은 '가끔'이라고 써야 합니다.

고양이 한창민 경북 경산 부림초 6학년

연을 만들어 산에서 날리고 오는데 고양이 소리가 풀 속에서 들렸다. 그쪽으로 가 보니 검은 고양이 한 마리, 황토색과 검은색의 얼룩 고양이가 있었다. 검은 고양이는 내가 엄마인 줄 알고 내게로 오는데 얼룩 고양이는 얼른 도망갔다. 검은 고양이는 계속 나를 따라왔다. 나는 그 고양이를 안아서 도망간 고양이를 풀숲에서 찾아보았으나 끝내 찾지 못했다.

그래서 나는 고양이를 데리고 본부에 들어갔다. 그때 창일이 형이 같이 키우자고 했다. 본부에 고양이를 놓고 밥그릇에 밥과 멸치를 주니 많이 먹었다.

'얼마나 배가 고팠으면 저럴까? 고양이야 이제 염려하지 말아라. 너를 배부르게 해 줄께.'

고양이는 밥 한 그릇을 다 먹어 치우고는 내 옷에 매달려 누워 있었다. 너무 귀여워서 안아 주니 고양이는 엄마 젖을 빨고 싶은지, 내가 엄마로 보이는지 내 옷을 쭉쭉 빨았다.

고양이를 안고 누워 있으니까 잠이 왔다. 본부에서 잠을 자고 일어나니 고양이는 계속 나의 옷을 빨았다.

저녁때 또 밥을 주었다. 내일도 고양이와 같이 자고 놀고 해야지 하고 다짐했다. (1987. 10. 4. 일요일 맑음)

밥을 주고 안아 주는 사람을 엄마처럼 따르는 고양이가 귀엽습니다. 그런 생명을 쫓아내고 버리고 죽이고 하는 어른들의 마음은 너무너무 병들었다고 할밖에 없습니다.

가엾은 새끼 고양이 이정은 전북 정읍 정읍동초 5학년

우리 집에 갑자기 어떤 고양이가 새끼를 낳았다. 그것도 5마리씩이나 낳았다. 그런데 며칠 전부터 집에 들어오지 않는 것이다. 나는 저녁때 잠이 안 오면 새끼 고양이를 생각한다. 그러면 눈물이 자꾸 나온다. 새끼 고양이를 보면 추워서 떨고 있다. 나는 그 모습을 보면 천을 몰래 덮어 준다. 우유도 고양이 밥그릇에 덜어 준다. 정말 가엾다. 어미 고양이는 어딜 갔을까? 가끔 가 보면 고양이 눈에 눈물이 글썽이는 것 같다. 가엾은 새끼 고양이…….

새끼를 낳은 어미 고양이는 흔히 죽게 됩니다. 새끼들이 젖을 빨아 먹으니까 어미는 많이 먹어야 하는데 사람들은 고양이에게 먹을 것을 주지 않습니다. 어미 고양이는 배가 고파 돌아다니다가 무엇이든지 먹게 되고, 그래서 위험한 것을 먹다가 죽지요. 이 글에 나온 어미 고양이도 아마 그렇게 해서 죽은 모양입니다. 고양이 새끼들을 가엾게 생각하여 우유를 주고 천을 덮어 주었다니, 그것은 아름다운 마음이요, 사람다운 행동입니다.

그런데 이런 이야기글을 쓸 때는 남들이 잘 알 수 있도록 좀 자세하게 쓰는 것이 좋습니다. 고양이가 어디서 새끼를 낳았는가? "며칠 전부터 집에 들어오지 않는 것이다"고 한 것도 '어미 고양이가 며칠 전부터 집에 들어오지 않았다'고 써야 합니다. 새끼 고양이가 어디서 어떻게 떨면서 지내고 있는지도 쓰는 것이 좋겠어요.

"5마리씩이나 낳았다"고 쓴 것도 '다섯 마리를 낳았다'고 고쳐야 합니다. 부디 고양이를 잘 지켜 주세요.

새끼 고양이 최정훈 전북 정읍 정읍동초 5학년

오늘 우리 집의 새끼 고양이 한 마리가 죽었다. 오후에 죽었는데, 오전부터 잘 걷지 못하였고, 먹은 것을 토하기도 하였다. 어제는 잘 걷고 말짱하였다. 그런데 옆집 꼬마가 장난으로 땅바닥에 떨어뜨렸다. 어제 내던져지고 나서부터는 잘 걷지 못하였고, 먹지도 못하였다. 그 새끼 고양이는 걷다가 옆으로 넘어졌다. 이렇게 넘어지고 저렇게 넘어지고 하여서 나중에는 일부러 걷지 않았다.

그런데 오후에 보니 죽어 있었다. 꽃나무 옆에 묻어 주었다. 그곳은 저번에 죽었던 새끼 고양이의 옆자리였다. 두 마리의 새끼 고양이가 다시 이 세상에 태어날 때에는 사람으로 태어나기를 빌었다.

고양이의 죽음을 슬퍼하는 마음이 잘 나타난 좋은 글입니다. 왜 그런지 사람들은 목숨을 가볍게 여깁니다. 그래서 고양이고 개고 병아리고 벌레고 마구 죽이기를 예사로 합니다. 그러니 사람들끼리도 전쟁을 일으켜 서로 죽이지요. 어린이들도 어른들을 따라 잔인한 짓을 하는 것을 보면 앞날이 크게 걱정됩니다.

우리 집 소 유해정 경북 성주 대서초 5학년

우리 소는 등에 줄이 그여 있다. 우리 소는 아주 순하다. 오빠가 몰고 가면 아주 사납게 날뛴다. 허나 내가 몰고 가면 나를 잘 따른다. 아이들은 등에 줄이 그여 있는 것 보고 등의 뼈라고 하였다.

그런데 참 이상하다. 소는 왜 자꾸 쇠로 코를 매어 놓느냐고 어머니께 여쭈어보았더니, 어머니는 그래야 소를 몰 수 있다고 하였다. 또 궁금한 일이 있다. 우리 소는 왜 자꾸 꼬리를 흔드냐고 하였더니 파리를 후친다고 엄마가 말씀하셨다.

우리 소는 귀 옆에 뿔이 있다. 우리 소는 뿔이 굳었다. 그런데 떠받을 때는 다른 것을 사용하지 않고 뿔로 떠받는다. 소에 뿔은 왜 있느냐고 하니까 우리 엄마는 싸울 때 이용하는 것이라고 하셨다. 우리 소의 뿔은 다른 소보다 다르다. 우리 소는 뿔이 아주 크고 또 위로도 하나 나 있다. 그때 오빠는 소 등에 타고 뿔을 검 쥐고 왔다고 한다. 그래도 소는 뿔이 아프지 않은갑다. 뿔이 아프면 "움무" 하고 운다.

우리 소는 귀가 무척 크다. 엄마가 우리 소는 왜 저리 귀가 크냐고 하셨다. 나도 궁금하였다. 우리 소는 귀가 커서 예쁘다. 다른 소의 귀는 삐죽한데 지숙이 저거 소와 우리 소는 둥글다. 우리 소가 제일 멋쟁이라고 생각한다. 우리 소는 귀에 털이 나 있어서 제일 멋졌다. 포시포시하고 만져 보니까 정말 침대 같았다. 내가 거기서 잠을 자면 안성맞춤 같았다. 나는 그래서 우리 소가 제일 좋다.

우리 소는 눈이 동그랗다. 우리 소의 눈매는 아주 좋다. 그런데 왜 그렇게 큰가 궁금하다. 윤선이는 몸집이 커서 눈도 크다고 하였다. 하지만 나는 다르다고 생각하였다. 우리 소 눈에는 흰 것이 없다. 우리들은 검은 것이 동그랗고 가에는 흰 것이 있으나 소는 전부 검정색이다. 우리 소는 공처럼 눈이 동그랗다. 우리 소는 지구가 둥그니까 눈도 둥근갑다 하고 생각하였다. 우리 소 눈은 정말 크다.

우리 소는 코가 매력적이다. 우리 소는 코가 정말 좋다. 코에는 소 코다리를 끼웠는데 어떻게 숨을 쉬는가 나는 이상하다. 어째서 소 코다리를 하는가 참 이상하다. 우리 소는 그래도 사람과 같이 숨을 쉰다. 우리 소는 소 코다리에 고삐를 달아 났는데 당겨도 아프다고 울었는 적도 없다. 우리 소는 나처럼 코피도 잘 안 난다. 다른 소는 코피가 나는 것을 보았지만 우리 소는 안 난다. 우리 소 코가 제일 멋지다.

나는 우리 소가 어디로 아기를 갖는 것이 궁금하다. 지숙이가 우리 큰언니에게 아기는 어디서 낳느냐고 물어보니까 엉덩이로 낳는다고 하였다. 내가 그렇게 조그만 엉덩이로 어떻게 아기를 낳느냐고 하니까 아기를 낳을 때는 엉덩이가 커진다고 하였다.

지숙이가 또 물었다. 소는 몇 살 때부터 커지냐고 하니까 한 살 때부터 커진다고 하였다. 이상하다. 소는 우리와 세월이 다른가 보다. 어떻게 다른가 궁금하다.

우리 소는 정말 아기를 밴 것인가. 어른들이 말하기를 우리 소는 아기를 가졌다고 하였다.

우리 소는 내가 소를 먹이러 가면 좋아서 펄쩍펄쩍 뛴다. 그렇게 해서 매일마다 간다. 우리 소는 연한 것을 좋아한다. 소가 어떻게 먹이를 먹는지 자세히 관찰하여 보니까 연한 것을 먹고 난 다음 가만히 있다가 다시 올려서 씹는다. 우리 소는 먹을 것이 많이 있다면 군데군데 조금씩 먹는다. 오빠한테 왜 군데군데 조금씩 먹느냐고 물으니까 많아서 어느 것을 먹을까 하다가 질긴 것이 있으니까 연한 것부터 먹는다 하였다.

우리 소는 앞다리가 내 다리보다 길다. 우리는 대개 보면 발가락이 열 개인데 우리 소는 발가락이 네 개다. 왜 네 갠지 모르겠다. 우리는 다 합쳐서 열 갠데 이상하다. 소는 내보다 다리가 길면서 내보다 작게 걷는다. 뛸 적에는 엄청나게 컸다. 우리 소는 내가 오늘 몰고 올 때 막 날뛰어 그만 할 수 없이 줄을 놓았더니 내보다 훨씬 달리기를 잘하였다. 다른 소도 문제없이 따라내었다. 인주 저거 소는 우리 소가 날뛰는 바람에 인주는 줄을 딱 나았다. 인주 저거 소와 우리 소는 막 다 같이 달아났다. 내 사촌동생이 우리 소 뒤를 따라가 잡으려 하였으나 우리 소는 너무 날뛰어 잡지 못했다. 우리 언니가 잡았다. 내가 몰고 집에 가려 하니까 내 사촌동생이 끌고 갔다.

우리 소는 뒷다리가 앞다리캉 똑같다. 나는 왜 네 발 달린 짐승으로 보이는가 정말 궁금하다. 지숙이도 궁금하다고 하였다.

나는 우리 소가 몸집도 크고 아주 훌륭한 소로 보인다. 나는 우리 소가 제일 좋다. 우리 소는 자세히 보면 키다리 소 같다.

우리 소는 꼬리가 위에는 뭉치가 있으나 밑에는 풀려 있다. 정말 우리 소 꼬리는 아름답다. 우리 소는 꼬리로 후친다. 꼬리는 위에는 땋은 것 같고 밑에는 풀었는 것 같다. 꼬리가 땅에 대일 것만 같다. 꼬리에는 털같이 긴 것이 있다.

우리 소는 뒹기로 물을 데워 주면 잘 먹는다.

소는 똥을 눌 때 꼬리를 쳐들어 눈다.

- 그여: 그어져. · 후친다: 쫓는다. · 검쥐고: 거머쥐고.
- 않은갑다: 않은가 보다. · 지숙이 저거 소: 지숙이네 소.
- 소 코다리: 쇠코뚜레. · 내보다: 나보다.
- 줄을 땅 나었다: 줄을 딱 놓았다. · 뭉치가: 뭉쳐져.
- 뒹기: 곡식을 찧을 때 나오는 보드라운 겨.

소의 모양과 하는 짓을 순진한 눈으로 보고 살펴서 아주 자세하고 재미있게 쓴 글입니다. 소의 뿔, 귀, 눈, 코, 다리, 꼬리, 몸집, 키 들을 이와 같이 잘 살펴서 재미있게 써 놓은 글을 보지 못했습니다. 걷는 모양이며 먹는 모양, 자라나는 모양, 코뚜레, 새끼를 낳는 이야기까지, 궁금한 것은 묻고 이웃집 소와 견주어 보고 사람과도 견주고 하여 썼습니다. 소를 한 식구같이 사랑하는 마음이 아니고는 결코 이런 글을 쓸 수 없습니다. 이 어린이는 자기 집 소가 귀엽고 멋지게 잘 생기고 뿔에서 꼬리까지 죄다 자랑스럽습니다. 그래서 이렇게 길게 썼는데도 재미있게 읽히는 좋은 글이 되었습니다.

몇 군데, 좀 더 깨끗한 우리 말을 썼으면 좋겠다 싶은 말이 있어 들어 봅니다.

- 사용하지→쓰지
- 이용하는→쓰는
- 매력적이다→매력이 있다. 잘 생겼다.
- 매일마다→날마다

이런 말들은 어른들이 잘못 쓰고 있어서 어린이들도 모르고 따라가고 있습니다.

넌 뭐야 서정오 인천 계산초 5학년

한우리아파트에서 극동아파트로 이사하기 전의 일이었다. 어떤 아이가 우리 집 앞에서 얼쩔얼쩔거렸다. 나는 기다리고 있었다는 듯이 "넌 뭐야" 하고 말하였다. 그 아이도 "그러는 넌 뭐야." "나는 이 집에 사는 사람이다." "나는 너의 집의 옆집에 사는 사람이다" 하고 말하였다.

나는 웃었다. 그 아이도 웃었다. 그러다 친구가 되어 사이좋게 지냈다.

짧은 글이지만, 낯선 아이와 잠시 주고받은 말이 아주 연극같이 재미있습니다.

친구가 된 다음의 이야기도 써 보세요.

부끄러웠던 일 지은영 인천 계산초 5학년

나는 어제 내 동생이 맞는 것을 보고 이 글을 쓰는 것이다.

나는 어제 내 동생이 엄마에게 맞는 것을 보았다. 누나로서 맞는 동생을 말려야 하는데 말리지도 못하고 가만히 있었다. 내 동생은 내가 엄마에게 맞으면 하지 말라고 말리는데. 내가 참 누나로서 이렇게 해야겠나. 나는 너무 부끄럽다.

나는 내 동생이 나의 오빠 노릇을 하는 것 같다. 나는 내 자신이 참 부끄럽다. (3. 25.)

참 귀한 것을 깨달았습니다. 그런데 이런 깨달음을 오늘

하게 되었나요? 어제 동생이 맞고 난 다음에 하였던가요? 깨닫게 된 원인이 무엇인가 있었을 텐데, 그런 것이 나타나지 않았습니다. 가령, 어제 동생이 맞고 난 다음에도 말리지 않았던 누나를 원망하지 않고 곁에 와서 공부를 하는 것을 보고 그런 생각이 들었다든지, 또는 오늘 학교에서 돌아오다가 어느 집에서 어머니 매를 맞고 있는 동생을 형이 말리는 것을 보았다든지, 아니면 지금 막 책을 읽다가 그런 것을 깨달았다든지 말입니다.

그리고 맨 첫머리의 말 "나는 어제 내 동생이 맞는 것을 보고 이 글을 쓰는 것이다"는 필요가 없습니다. 또 쓰더라도 "…… 쓰는 것이다" 하지 말고 '…… 쓴다'로 하는 것이 좋아요. 글은 될 수 있는 대로 말을 하는 것같이 부드럽게 써야 합니다.

마지막에 가서 "나는 내 동생이 나의 오빠 노릇을 하는 것 같다. 나는 내 자신이 참 부끄럽다" 하고 쓴 말은 정말 진정으로 느낀 것을 잘 잡아 썼습니다.

헌금보다 좋은 일 배윤희 경기 의정부 호암초 6학년

교회 가는 길에 불구자가 돈 그릇을 옆에다 놓고 노래를 불렀다. 몸만 있는 그 아저씨에게 돈을 줄려고 했는데 헌금 낼 돈밖에 없었다. 줄까 말까 하다가 돈 200원을 주었다.

교회에서 선생님께 얘기를 하니 헌금 낸 것보다 더 좋은 일을 했다고 칭찬해 주었다.

나는 그 아저씨가 어떻게 집으로 가는지 걱정이다.

참 좋은 일을 했습니다. 그런 마음을 언제까지나 잃지 말고 살아가세요. 불구자, 병든 사람, 가난한 사람—이 모든 사람들을 도와 함께 살아가야 할 의무가 우리 모두에게 있습니다.

호빵 소원 경기 고양 원중초 1학년

학원 끝난 뒤 집으로 돌아와 버스 슈퍼에 헌 달력을 얻으러 갔다.

나는 장난으로 호빵을 달라고 했다. 그런데 정말로 호빵을 줬다.

돈도 안 냈는데 줬다. 나는 아저씨보고 돈 안 낸다고 하였다.

아저씨가 돈 내지 말라고 했다. 아저씨가 참 이상하다. 돈도 안 냈는데…….

장난으로 한 말인데 아저씨가 정말 호빵을 주어서 어리둥절했던 마음이 아주 잘 나타난 글입니다.

이 어린이의 태도와 표정까지 눈앞에 나타납니다.

신문팔이 서홍교 대구 서도초 3학년

나는 신문팔이를 하고 싶다. 신문팔이를 하는 사람은 지겹다고
하는데, 나는 지겹도록 신문팔이를 해서 돈을 많이 벌었으면 한
다.

그런데 엄마는 하지 말라고 한다. 운동도 되고 돈도 벌어오는데
엄마는 왜 하지 말라는 건지 도무지 모르겠다.

나는 겨울방학 때 신문팔이를 할 것이다. 그래서 돈을 벌어 용돈
도 더 많이 하고 돈도 모을 것이다.

신문팔이를 해서 운동도 하고 돈도 벌고 싶다고 했는데,
엄마는 왜 하지 말라고 하셨을까? 아마 점수 따기 공부에
손해 본다고 생각하셨거나, 아니면 그런 일하는 삶을 천하
게 여기셨는지도 모르지요. 나는 홍교 군의 생각에 찬성입
니다. 부디 신문팔이를 해 보세요. 그러면 돈벌이나 운동 말
고도 책에서는 도무지 배울 수 없는 살아 있는 공부를 많이
하게 될 것입니다.

종교 문제 임란경 서울 한남초 4학년

나는 큰 걱정거리가 있다.

우리 반에서 누구보다도 가장 친한 경숙이라는 아이가 있는데, 같은 임 씨이다.

경숙이와 나는 사이가 좋아서 다투는 일이 없는데 종교 얘기만 나오면 말다툼을 하게 된다. 그 이유는 경숙이는 기독교이고, 나는 불교이기 때문이다. 경숙이는 종교 얘기만 나오면 기독교가 좋다고 하며 수다를 떤다. 나는 이상하게도 기분이 나쁘다. 그렇기 때문에 경숙이와 나의 사이가 갈라지는 것이다.

나는 왜 종교가 둘, 셋으로 나누어졌을까? 하는 생각이 하루도 머릿속에서 잊혀지지 않는다.

하루 빨리 종교가 하나로 통일이 되어 경숙이와 나의 사이가 갈라지지 않았으면 좋겠다.

가까운 동무인데 종교가 달라서 서로 미워하게 되는 괴로움을 잘 알겠습니다. 종교든지 정치든지 어른들이 하는 것을 따라가다 보면 어린이들까지 서로 적이 되는 수가 많습니다. 어른들을 따라가지 말고 어린이는 어린이들의 세계에서 살아야 하고 그 세계를 지키고 키워 가야 합니다.

여러 가지 종교를 하나로 통일할 수는 없습니다. 종교가 다르더라도 적이 되지는 말아야 하지요. 자기와 생각이 다르다고 미워하는 사람은 그 자신이 아주 잘못된 생각을 가졌기 때문입니다.

토요일 손주영 대구 논공초 6학년

토요일은 즐겁다. 일요일이 오기 때문이다.

어떨 때는 토요일이 싫을 때도 있다. 지루한 일요일을 지내야 하기 때문이다.

요일은 누가 만들었을까? 궁금하다. 요일을 만든 사람은 머리가 좋은 것 같다.

요일을 한문으로 쓰면 日 月 火 水 木 金 土 이렇겠고, 영어로는 SUN, MON, TUE, WED, THU, FRI, SAT 이렇겠고, 한글은 일, 월, 화, 수, 목, 금, 토 이런 것이다. 토요일만 해도 토, SAT 이렇게 두 가지나 된다.

달력은 이상하다. 한문도 쓰여 있고, 영어도 쓰여 있는데, 한글은 왜 안 쓰여 있는 걸까? 내가 이때까지 본 달력은 모두 그렇다.

달력은 정말 이상하다. 자기 나라 글자는 왜 안 쓰나?

이 글을 읽고서 방 안에 걸려 있는 달력들을 보니 정말 한문과 영어뿐이네요. 어른들이 하는 짓은 이렇게 잘못된 것이 많습니다. 어린이들의 깨끗한 눈으로 본 것을 우리 어른들은 배워야 한다고 새삼 깨닫게 됩니다. 고맙습니다.

②

이렇게

써

보세요

쓰는 차례와 중심을 정하자

쓸거리가 있어서 제목까지 정해 놓았다면, 그다음에는 쓸 내용을 좀 더 잘 살피고 생각해서 쓰는 차례를 정하고, 글의 중심—가장 힘들여 써야 할 대문이 어디인가도 작정해 둡니다. 이것을 '얼거리 잡기'라고 말하지요. 집을 짓는 일에서 말하면 짓기 전에 미리 그림으로 집을 그려 보는 일이 되겠습니다.

초등학교 1, 2학년 어린이들이야 쓰기 전에 미리 얼거리를 잡는다는 것이 힘들고 그럴 필요도 없겠습니다. 다만 자기가 한 차례를 따라 생각나는 대로 쓰면 되지요. 4학년 이상이라도 아주 간단한 글은 얼거리를 잡지 않고 씁니다. 그러나 조금이라도 자기가 한 것이나 생각을 힘들여 써야 하는 글이라면 3, 4학년부터 쓰기 전에 계획을 세워야 합니다. 3, 4학년은 대체로 쓸 차례를 ① 첫머리 ② 중심 ③ 끝맺음—이렇게 세 단계로 나누는 것이 예사이고, 5, 6학년이 되면 ② 중심을 다시 ㉠㉡㉢ 이렇게 몇 가지로 나누어 쓸 수 있겠습니다. 물론 글에 따라서 온갖 모양으로 자유롭게 차례를 정하는 것이 좋겠지요.

써 놓은 글을 보면 얼거리를 짜서 쓴 글과 아무런 계획도 없이 생각나는 대로 쓴 글을 구별할 수 있습니다. 얼거리를 잡지 않고 쓴 글은 대체로 처음부터 끝까지 줄을 바꾸지 않고 잇달아 썼거나, 글월마다 줄을 바꾸어 써 놓았습니다.

어머니와 아버지 정미 경남 창녕 창녕초 5학년

학교 수업을 마치고 나니 배가 아주 고팠다. 밥을 차려서 먹었다. 어머니께서는 학교에서 재미가 있었니? 선생님 말씀 잘 들었니? 하고 물어보질 않으셨다. 날마다 물어보시는데 물어보질 않으시니 좀 이상한 것 같았다. 숙제를 하고 놀러 갔다가 좀 늦게 왔다. 어머니께서는 화를 내셨다. 어머니께서 자꾸 화를 내시니 좀 싫었다. 말도 잘 안 하시고 하니까 심심하기도 했다. 아버지께서도 들어오시자마자 오빠와 나보고 공부 안 하냐고 꾸중을 하셨다. 곰곰이 생각해 보니 아버지와 어머니께서 말을 안 하시는 것을 보면 싸우신 것 같다. 아버지와 어머니께서는 늘 장난을 치시는데 말을 안 하시는 것을 보면 싸우신 것이 분명하다.

나는 아버지와 어머니께서 싸우는 게 제일 싫다. 다음부터는 아버지와 어머니께서 안 싸우시면 좋겠다.

이 글을 읽으니, 역시 어린이들에게는 어머니 아버지가 하늘 같은 분이구나 하고 새삼 느낍니다. 그래서 학교에 갔다가 돌아왔을 때, 어머니 아버지가 하시는 한마디 말에도 빠른 느낌으로 그 속마음을 알아차리는 것이겠지요. 흔히 겪는 일상의 일을 잘 썼습니다.

이 글은 줄을 바꾸지 않고 계속해서 쓰다가 마지막에 가서 한 번 바꿔 썼는데, 두 군데쯤 줄 바꾸기를 더 하는 것이 좋겠습니다. 어디 어디를 끊어서 새로 시작해야 하는지 살펴보세요. 쓰기 전에 미리 쓸 차례를 대강 정해 놓고 그 차례대로 쓰면 줄 바꾸기도 저절로 됩니다.

'아빠'라 하지 않고 "아버지"라 말한 것이 잘되었습니다. 그러나 첫머리에 나온 "수업"이란 말은 선생님 쪽에서 쓰는 말입니다. 학생들은 '공부'라고 말해야 합니다.

아빠 엄마, 이건 싫어요 정은주 경남 창녕 창녕초 5학년

우리 아빠는 할 일도 별로 없으면서 매일매일 늦게 들어오신다.

그래서 아빠 얼굴도 볼 시간이 없다. 아침에는 밥만 먹고 나면 학교에 가고, 집에 가면 학원에 가고, 정말 정말 화가 난다. 그리고 엄마는 집에 계실 때에는 엄마 친구에게 전화만 하시고 전화세를 받으러 올 때 보면 얼마나 많은지 모른다. 돈을 주고 나면 엄마는 또 전화를 하신다.

오빠는 학교 때문에 7시가 넘어야 집에 들어오고, 내 동생은 학교만 마치면 가방을 던져 놓고 밖에 놀러 간다. 나는 매일매일 집을 본다. 잠시 놀지도 못한다. 놀러 가려고 하면 엄마가 집을 보라고 하시며 엄마가 볼일을 다 보고 나면 놀러 가라고 하신다. 엄마가 볼일을 다 보시고 들어오시면 캄캄한 밤이다. 나는 우리 가족이 북한에서 온 것처럼 너무 싫다. 아빠 엄마, 이건 정말 싫어요.

"아침에는 밥만 먹고 나면 학교에 가고, 집에 가면 학원에 가고……" 했는데, 누가 그랬다는 말인가요? 뜻으로는 이 글을 쓴 어린이의 일이라 생각되지만, 바로 앞에 아버지 이야기를 쓴 다음이고, 또 글쓴이의 이야기는 뒤에 따로 나오니 이것은 아버지의 일을 쓴 것인가 의심도 납니다. 어쨌든 식구들의 이야기를 한 사람씩 따로 문단을 나누어서 차례로 썼으면 좋겠습니다.

아마도 선생님이 내어 준 제목으로 쓴 글인 듯한데, 이렇게 지정된 제목으로 쓰는 글일수록 미리 얼거리를 잘 잡아야 하고, 또 제목에 잘 맞게 써야 합니다.

"우리 가족이 북한에서 온 것처럼 너무 싫다"고 했습니다. 헤어져 살아온 한겨레를 만나게 되는 것이 눈물이 날 만큼 반가워야 할 것인데 왜 싫은가요?

"매일매일" "정말 정말" 이런 말은 두 번 되풀이해서 쓰지 않는 것이 좋겠습니다. '매일' '정말'로 써야 하지요. 두 번 되풀이한다고 해서 말뜻이 더 강해지는 것도 아닙니다. "매일"보다는 '날마다'가 더 좋다는 것도 알아 두세요.

"아빠"는 '아버지'라고 쓰는 것이 좋겠어요.

아부 황소명 전북 정읍 정읍동초 5학년

나는 오늘따라 무슨 일에 골똘히 생각하게 되었다. 무슨 일이었냐면 나는 우리 반 아이들이 선생님한테 하는 아부와 선생님의 차별 대우를 생각해 보았다. 우리 반의 모든 아이는 선생님에게 어떻게 하면 잘 보이고 어떻게 하면 인기를 끌 수 있을까 하고 마음속으로 조금씩은 가지고 있을 것이다. 나도 조금은 가지고 있기 때문이다. 그 예로는 김병식이 선생님이 보이질 않을 때에는 조그마한 것도 잘못을 하면 짝꿍을 때리고 욕을 하지만, 선생님이 계실 때에는 좋은 척한다. 나는 그럴 때 김병식이 얼마나 미운지 모른다. 그런 것도 마찬가지이고 다른 아이들도 뻰을 내고 온다. 그때 내가 목 띠를 하고 왔을 때 선생님이 나한테 뻔을 내고 왔다고 다른 아이한테 창피를 주셨다. 그래서 나는 너무 마음이 상했다. 그 이유는 목이 아파서 일도 잘 못 하였고 깝깝해서 죽을 지경인데 선생님은 그것도 모르시고 다른 아이한테 창피를 주셨기 때문이다. 나는 너무 마음이 상했다. 그리고 나는 선생님에게 불만이 많다. 그 이유는 우리 반 아이들 모두 선생님에게 잘 보이려고 단정하게 하고 오는데 선생님은 얼굴이 이쁘고 공부를 좀 잘하는 아이에만 관심을 가지시기 때문이다. 난 선생님의 그런 점이 매우 싫다.

이 아부란 말은 사전에 '남의 비위를 맞추고 알랑거림'이라고 풀이해 놓았습니다. 그러니까 아부한다는 것은 좋지 못한 행동이지요. 그런데, 어린이들이 선생님께 잘 보이려고 하는 것을 '아부'라고까지 생각하지 않는 것이 좋겠지요. 그래도 이 글을 쓴 소명이의 의견과 같이 선생님 앞에서 잘하는 척하는 것은 잘못이고 부끄러운 일입니다.

이 글은 아주 솔직하게 쓴 좋은 글입니다. 친구 아이가 선생님 앞에서 잘 보이려고 했다는 이야기를 쓰고, 반 아이들 모두가 잘 보이려고 하고 자기도 그렇다는 것, 그러고는 선생님의 잘못까지도 써 놓았습니다. 이런 글은 좀처럼 쓸 수 없습니다. 이런 글을 쓰게 하시는 담임선생님이 참 훌륭하시다는 생각이 듭니다.

그런데 이 글은 처음부터 끝까지 줄을 바꾸지 않고 이어서 쓴 글이 되었습니다. 쓰기 전에 미리 쓸 내용과 차례를 잘 생각하지 않았기 때문입니다. 그래도 생각을 조리 있게 썼어요. 절실한 이야기, 꼭 하고 싶은 말을 쓰니까 이렇게 되지요. 하지만 글을 쓰기 전에 미리 얼거리를 잘 써서 쓸 차례를 정하고 문단도 나누어서 쓰는 것이 좋겠습니다.

"뻰을 내고"는 '뽐내고'란 말이겠지요. 그리고 "다른 아이 한테 창피를 주셨다"고 썼는데, 이것은 '다른 아이 앞에서 창피를 주셨다'고 써야 될 말입니다.

야외 스케치 김미정 서울 유석초 5학년

누구나 좋아하는 곳인 어린이대공원에 야외 스케치를 갔다.
무척 신이 났다.
스쿨버스를 타고 어린이대공원에 도착하자 민영, 시내와 돗자리를 펴고 그림 그릴 준비를 했다.
물감, 파레트, 붓, 물통, 4B 연필, 지우개가 다 준비되었다.
'이젠 그릴 준비가 다 되었겠지'
하고 생각했는데 뭐가 하나 빠진 것 같았다.
'아차, 그릴 종이가 빠졌구나.'

5학년 1반은 선생님께서 종이를 다 주셨는데 우리 반은 안 주셨다.

미술 선생님께, 우리 반은 왜 종이를 주시지 않냐고 물어보니 담임선생님께서 종이를 사러 가셨다고 했다.

미술 선생님께서는 민영이와 나보고 여기 오던 길로 다시 되돌아가서 담임선생님을 찾아보라고 하셨다.

담임선생님을 찾으러 나섰다.

오던 길로 되돌아가서 선생님을 찾아보니 찾지 못했다.

무척 더웠다.

걱정을 하며 돌아왔다.

돌아와 보니 선생님께서 오셔 있었다.

친구들은 선생님께 종이를 받아서 그림을 그리고 있었다.

친구들과 모여 앉아 그림을 그리기 시작했다.

나무, 동물, 언덕, 꽃 등을 그렸다.

다 그리고 선생님께 그림을 냈다.

돌아오는 차 속에서 선생님께서 그림 점수를 가르쳐 주셨다.

'난 몇 점쯤 될까?'

무척 궁금했다.

드디어 선생님께서 내 점수를 가르쳐 주셨다.

20점 만점에서 18점을 받았다.

민영이는 19점을 받았다고 한다.

'내가 민영이처럼 그림을 잘 그렸으면…….'

민영이가 무척 부럽다.

다음에 기회가 있으면 꼭 만점을 받도록 노력할 것이다.

무척 즐거웠다.

그림을 그리러 갔던 이야기인데, 이 글의 중심이 어디에 있는가 하고 생각해 보았습니다. 글의 중심이란 그 글에서 가장 소중한 알맹이, 꼭 하고 싶었던 이야기입니다. 이 글에는 이렇다 할 중심이 없습니다. 그림을 그린 이야기라면 바로 그 그림 이야기를 자세하게 써야 할 터인데, 정작 그림을 어떻게 그렸다는 이야기는 없습니다. 그리는 자리까지 갔던 이야기, 점수 이야기뿐입니다.

어떤 경치를 그릴 때는 그 경치가 아름다워서 마음이 끌려야 합니다. 그렇다면 마음이 끌렸던 그 경치를 글로도 쓰고 싶을 것입니다. 그런데 "나무, 동물, 언덕, 꽃 등을 그렸다" 이 말밖에 없으니, 아마 그 그림도 재미가 없겠다는 생각이 드는데, 이런 내 느낌이 잘못일까요?

이 글은 또 글월마다 죄다 줄을 바꿔 써 놓았습니다. 이것은 글의 중심이 없고, 대강대강 스쳐 가듯이 글을 쓴 태도와도 관계가 있습니다. 힘을 들여 한 가지를 자세하게 쓰게 되면 글이 이렇게 토막토막 끊어지지 않겠지요.

선생님이 매겨 주시는 점수에는 될 수 있는 대로 관심을 안 가지는 것이 좋습니다. 자기가 그리고 싶어 그렸고, 그려 놓고 만족했다면 점수를 나쁘게 받아도 조금도 실망하지 말고 그 그림을 소중히 간직해 두세요. 그러나 100점을 받았다고 하더라도 그리기 싫었던 그림, 마음에 들지 않은 그림은 아무 가치가 없으니 버려도 좋습니다.

이 글에서 잘못된 말 몇 가지 지적해 둘 것은, 제목으로 쓴 "야외 스케치"란 말은 '들 경치 그리기'로 쓰는 것이 좋겠고, "선생님께서 오셔 있었다"는 '선생님께서 와 계셨다'로 써야 하겠어요. "나무, 동물, 언덕, 꽃 등을"은 '나무, 동물, 언덕, 꽃 들을'이라고 쓰는 것이 옳습니다.

범인은 누구? 이동현 대구 북동초 6학년

아침 삼 층 계단을 올라가고 있는데 우리 반 쪽에서 웅성거리는 소리가 났다.

교실 앞까지 가니 몇몇 아이들이 돌아다니고 창문 쪽에는 가방들을 차례로 놔두었다.

아이들에게 왜 이러고 있는지 그 까닭을 물으니 우리 반 열쇠가 없다고 하였다.

그래서 아이들은 들어가지도 못하고 서 있는 것이다.

아이들은 거의가 선생님이 아마 열쇠를 가지고 계실 것이라고 하였다.

또 어떤 아이는 어디 안 보이는 곳에 열쇠가 떨어져 있을 것이라고 하였다.

시간을 때우려고 밖에 나가서 '공짜 놀이'를 하려고 하니 종이 그만 쳐 버렸다.

교실에 들어갈 때 보니 몇몇 아이들이 고개를 내밀고는 나를 쳐다보고 있었다.

나는 문이 열렸나 싶어서 되도록 빨리 3층까지 올라갔다.

가서 직접 보니 문을 연 게 아니고 창문을 통해 들어가 반대쪽 문을 연 것이다.

자습을 하고 있는데 선생님이 들어오셨다.

범인은 바로 선생님이었다. 선생님께서는 도대체 열쇠는 어디에 두었는지 생각이 나지 않는다고 하셨다.

청소를 한참 하고 있는데 이현주가 선생님에게 와서는 열쇠를 찾았다고 하였다. 열쇠를 찾아 기쁘다. (4324. 11. 7. 목요일 휴 더워)

아침에 교실문 열쇠를 잃어버려서 교실에 들어가지 못했던 일을 쓴 글입니다. 이 글은 처음부터 글월이 하나씩 끝날 때마다 줄을 바꿔서 쓰다가, 마지막에 가서 두 글월을 이어서 쓰고, 또 한 번 그렇게 썼습니다. 글월마다 줄을 바꿔 놓은 것이 열한 개나 되는데, 몇 군데는 잇달아 쓰는 것이 좋겠습니다.

"교실에 들어갈 때 보니 몇몇 아이들이 고개를 내밀고는 나를 쳐다보고 있었다" 이 말은 아마도 삼 층 교실에 들어간 아이들이 창문으로 바깥 운동장에 있는 자기를 보고 있었다는 말인 듯하니, 다음과 같이 써야 할 것입니다.

'교실에 들어갈 때 보니 몇몇 아이들이 교실에서 창밖으로 나를 내려다보고 있었다.'

밑에 있는 사람을 "쳐다보고" 있었다고 해서는 말이 안 되지요.

혼잣말로 쓸까, 주는 말로 쓸까

우리가 글을 쓸 때는 어떤 글이든지 혼잣말과 주는 말, 이 두 가지 글체 가운데서 한 가지를 가려서 쓰게 됩니다.

강아지 눈 최영진 경남 거창 남하초 4학년

강아지가 많이 컸는지 가 보았다. 강아지를 들어 올려 자세히 보니 강아지가 눈을 떴다.
얼마나 좋아했는지 모른다. 눈은 강아지가 떴지만 내가 더 기뻤다.

이렇게 쓰면 혼잣말을 한 것으로 됩니다. 우리가 쓰고 있는 글, 어른들이 쓰고 있는 동화나 소설이 거의 모두 알고

보면 이런 혼잣말을 쓴 것이라 할 수 있습니다. 이 혼잣말은
말끝이 거의 모두 '-다'가 되어 있습니다.

제 나이는 일곱 살이고요 키가 큰 편이고요 언니하고 싸움도 잘해
요.
"우리 집에서 지영이가 제일 부지런하구나" 하고 아빠께서 말씀하
시죠. (오지영 아람유치원)

이것은 누구에게 들려주는 말이 되어 있습니다. 이 '주는
말'의 말끝은 '-다'가 잘 나오지 않고 '-요'가 많이 나오고,
그 밖에도 여러 가지가 나옵니다.
이 '주는 말' 가운데는 여러 사람 앞에서 연설을 하는 것
같은 말도 있습니다.

여러분, 내 이름을 소개해 볼까요? 애리수, 이것이 내 이름입니다.
보통 사람은 이름이 두 잔데 나는 욕심이 많아서 한 자 더 많습니
다. 무엇이든지 남보다 더 잘해 보자는 욕심, 이런 것은 가져도 괜
찮겠지요?
– 김애리수, '내 이름' 첫머리(1947)

혼잣말로 쓰는가, 주는 말로 쓰는가. 같은 주는 말에서도

한 사람이나 몇 사람 앞에서 하는 말같이 쓰는가, 아주 많은 사람들을 앞에 두고 연설하듯이 쓰는가, 하는 것은 글의 내용에 따라서 알맞게 정할 일입니다. 남이 어떤 형태로 쓴 글이 잘되었다고 해서 덮어놓고 그 모양을 따라 쓰게 되면 내용과 형식이 안 맞는 아주 이상한 글이 되어 버립니다.

아버지께 임영대 경북 예천 감천초 옥천분교 4학년

아버지, 안녕하셔요? 저는 지금 넷째 시간을 마치고 점심을 방금 먹었어요.
아버지께서는 지금 도라지밭을 매고 계시겠지요. 오늘은 날씨가 흐리고, 저녁때 비가 온다고 하더군요. 밭에서 일을 너무 하시지 말고 저녁에 일찍 들어오셔요. 매일 힘든 일만 하셔서 힘이 드신데, 계속 밭을 매면 병이 걸리기 쉬우니까 조금씩 하고 점심도 제때에 잡수셔요.
그럼 이만 줄이겠어요. 안녕히 계셔요.

1988년 7월 4일 영대 올림

이것은 편지글입니다. 편지는 입으로 하는 말을 쓰는 것이라 이와 같이 말끝이 죄다 '-요'로 되었습니다.
그러나 이것은 실제로 써 보낸 편지가 아니고 마음속 생각을 편지글 모양으로 써 본 것이지요. 날마다 대하는 사람에게도 하고 싶은 이야기를 이렇게 쓸 수가 있습니다. 아버지를 생각하는 마음이 잘 나타난 좋은 글입니다. 다만, 처음과 마지막의 인사말을 실제 편지글같이 쓰지 말고 좀 자유스럽게 쓰면 좋지 않겠나 생각합니다.

고양이 박동숙 경북 의성 하령초 4학년

미애네 고양이가 새끼를 낳았어요. 참 귀여워요.

어미 이름은 살찐이고요, 새끼 이름은 얌전이, 호돌이여요. 미애네 고양이 식구는 세 식구여요. 미애는 자기 동생이 없다고, 고양이가 자기 동생이라고 늘 우리들에게 자랑을 해요. 나는 미애가 너무 부러워요. 동생이 많으니까요.

미애는 매일 학교에 오면, 자기 집의 고양이를 자랑을 해요. 나도 미애처럼 고양이 동생이 있으면 좋겠어요.

미애는 아주 좋은 집에 태어났어요. 왜냐하면, 고양이가 있는 집이니까요.

미애네 고양이는 쥐도 잘 잡아요. 그래서, 나는 우리 집에도 고양이가 있으면 좋겠어요.

하지만, 우리 아버지는 고양이를 싫어해요. 그래서, 우리는 고양이를 안 길러요. 나는 고양이가 있는 집은 참 부러워요. 나는 그래서, 우리 집에도 고양이가 있으면 좋겠어요.

하지만, 나는 고양이가 싫을 때도 있어요. 왜냐하면, 우리 앞집 영봉이네 고양이는 우리 부엌에 있는 고기 1마리를 물고 가서, 나는 우리 앞집 고양이는 싫어요. (1986.)

고양이를 갖고 싶어도 고양이를 싫어하시는 아버지 때문에 가질 수 없다고 했습니다. 그래서 고양이를 제 동생이라고 자랑하는 미애를 부러워하는 이 어린이의 마음을 잘 알겠습니다. 미애네는 고양이 식구들의 이름도 잘 지었네요.

그런데 영봉이네 고양이가 고기를 물고 간 것은 먹을 것이 없어 배가 고파 그렇게 한 것이겠지요.

이 글은 편지글은 아니지만 모든 글월의 끝이 '-요'로 되어 있습니다. 아주 친한 사람에게 말을 하듯이 쓴 글입니다.

노력의 대가 최영진 경북 경산 삼성초 6학년

친구야!

오늘 설문 조사 발표가 있었어. 좀 떨렸어. 우리 조가 가장 못한 것 같았어. 그치만 선생님의 격려사와 친구들의 말을 들으니 조금 힘이 나는 듯했어. 기분도 상쾌해지고.

선생님께서 종이를 주셨는데 그 종이에다 다시 적으라고 하셨어.

그럼 책으로 묶어 주신다……! 생각만 해도 가슴이 벅차올라. 석양의 노을. 선생님! 따스한 온기를 주셔서 고맙고 감사합니다.

(1990.)

이것은 어느 날의 일기를 쓴 글인데, 친구에게 말을 하듯이 썼습니다.

짧지만 글월이 모두 아홉 개이고, 이 가운데서 '-다'로 끝난 말은 마지막 한 군데밖에 없습니다. 그 밖에는 여러 가지로 나타났는데 '-요'는 없고 '-어'가 많습니다. 말을 하듯이 쓰니 말끝도 여러 가지로 나타나 재미있게 되었습니다.

"석양의 노을"은 '저녁노을'이라 쓰는 것이 좋겠고, "따스한 온기"는 '따스한 기운'이 좋겠어요. 또 '감사하다'는 말은 '고맙다'란 말이니 "고맙고 감사합니다"라고 쓰지 말고 '고맙고 또 고맙습니다'나, '참으로 고맙습니다'라고 쓰는 것이 좋겠습니다.

어머니와 엄마 전미정 경북 김천 남면초 6학년

선생님께서 오늘 이렇게 말씀하셨다. "이제부터는 엄마를 엄마라고 하지 말고 어머니라고 부르도록 해라"고 말씀하셨다. 난 맨 처음 쑥스럽고 부끄러워서 못 할 것 같았지만 막상 해 보니 조금 괜찮았다. 하지만 엄마라는 말이 입에 익어서 어머니라는 말이 잘 나오지 않았다. 그렇다고 엄마라고 부르면 어린아이 같고, 그래서 어머니라 하기로 하였다. 집에 와서 어머니라고 부르려고 했지만 말이 나오지 않았다. 용기를 내서 어머니라고 불렀다. 어머니는 "야가 웬일이냐?" 이렇게 말씀하셨다. 나는 말이 없었다. 잠시 있다가 어머니가 이렇게 말씀하셨다. "6학년이 되더니 말투까지 달라졌네." 나는 이 말을 듣고 기분이 좋았다. 난 이제부터 엄마라고 하지 않고 어머니라 부르겠다고 다짐했다.

어린이 여러분도 엄마라 하나요? 만약 엄마라고 부르면 어머니라고 부르도록 하셔요. 그러면 어머니도 기뻐하실 거여요.

처음에 기분이 이상하고 부끄럽지만 자꾸 어머니라 부르면 더 괜찮을 거여요. 그리고 또 정이 있는 말이기도 하니까요.

저는 계속해서 어머니라 부르도록 노력할 것이니까요. 어린이 여러분 우리 모두 노력합시다.

- 야가: 이 아이가.

  참 훌륭한 '말' 공부를 하였습니다. 아마 '아빠'란 말도 '아버지'로 고쳐 쓰는 공부를 하였겠지요.

  이 글은 자기가 한 것을 그대로 써 보인 글인데, 뒤에 가서 다른 어린이들에게 부탁하는 말이 되었습니다. 여러 사람 앞에서 자기의 의견을 말하는 글이라면 처음부터 그렇게 쓸 것이고, 이렇게 글의 형식이 바뀌지 않는 것이 좋겠습니다. 곧, 자기가 한 일을 혼잣말같이 이야기하는 글과, 여러 사람들 앞에서 의견을 말하는 글의 형식을 마구 뒤섞지 않는 것이 좋다는 말입니다.

내 방 신현복 서울 개화초 5학년

3월 14일 금요일 맑음

학교 수업이 파하고 곧바로 집에 돌아온 나는 3시간 동안이나 볼일이 있어 급히 다녀와야 할 곳이 있었다. 그곳에서 집으로 돌아왔을 때는 해가 지고 난 뒤인 저녁 7시였다. 밀려 버린 숙제를 빨리빨리 끝내야 했다. 그러나 오늘은 정말 운수가 나쁜 날이었다. 때는 7시, 3시간 전부터 어디를 가지 않고 방 안에만 틀어박혀서 숙제를 했더라면 지금쯤 반 정도는 하였을 텐데. 그때는 마침 TV가 나오는 시간이었으므로 텔레비전을 켜 놓은 방에서 숙제하기에는 정신이 산란했다. 거기에다 오늘은 손님이 세 분이나 우리 집에 찾아오셔 가지고, 이 비좁은 방 안에서는 분주하고 숨이 막힐 것만 같았다.

엎친 데에 덮쳐 오늘만은 유달리 숙제가 많아 그중에는 7시부터 잠자는 시간인 12시까지 해야 할 글짓기도 끼어 있었다. 그렇지만 지금 이 상태로는 글짓기를 할 여유마저 없을 것만 같았다.

'아! 이럴 때에 내 방이 있었으면……'

우리 집에는 이 방밖에 없다. 더군다나 비좁기만 한 방이다. 나에게 나만의 방만 있다면 공부도 잘되고 모든 것이 잘될 것만 같은데.

'자유롭기만 한 내 방, 조용하기만 한 내 방, 넓은 내 방.'

이렇게 나는 나의 소원이 이루어졌으면 하고 간절히 희망을 걸고 있지만 그렇게 될 것 같지가 않다. 남의 집에서 셋방살이하는 가난한 살림의 우리 집 형편에 언제나 한번 내 방을 가지겠는가. 어림도 없는 소리! 나는 나 자신에게 타이르지만, 그래도 난 갖고만 싶다, 내 방을……. (1987.)

온 식구가 셋방 하나로 살고 있는 이 어린이는 공부를 할 수 있는 내 방 하나 갖는 것이 가장 큰 소원입니다. 그러나 그것은 도저히 이루어질 수 없는 희망입니다. 이런 어린이가 얼마나 많겠습니까.

이 글은 세 문단으로 나뉘어 있는데, 첫째 단 마지막만 "…… 같았다"로 끝나고, 그다음부터는 "…… 것만 같은데" "…… 내 방을……" 하고 끝났습니다. 혼잣말로 쓴 글인데 이렇게 글월(더구나 문단)의 끝이 '-다'로 끝나지 않고 다른 말로 끝난 것이 좀 특이하다고 하겠습니다. 그만큼 이 글은 살아 있는 말로 썼다고 할 수 있습니다.

사실대로 정직하게 쓰자

누구든지 글을 처음 쓸 때부터 마음속에 잘 다짐해 두어야 할 것은 정직하게 쓰는 일입니다. 달리 말하면 거짓말을 써서는 안 된다는 것입니다. 본 대로, 들은 대로, 생각한 대로, 겪은 대로 쓰는 것이지요. 이렇게 말하면, 그게 무슨 문제가 있나, 본 대로 한 대로 쓰는 것이야 아무것도 아니라고 할는지 모르겠습니다. 그러나 정직하게 쓴다는 것이 아주 쉬워 보이는데 사실은 반드시 그렇지도 않습니다.

잘 살펴보면 우리가 살고 있는 이 사회에는 거짓글이 너무 많습니다. 어른들의 글뿐 아니라 아이들이 쓴 글도 신문이고 잡지에 실려 나오는 글을 보면 정직하게 쓴 글보다 거짓을 쓴 글이 더 많습니다. 어린이들이 거짓글을 써서 거짓말 재주를 익히면서 자라난다는 것은 예사로 보아 넘길 일이 아닙니다. 왜 이렇게 되었을까요? 어린이들이 거짓글을 쓰게 되는 까닭을 몇 가지 들면 이렇습니다.

첫째는 너무 잘 쓰려고 하다 보면 거짓말이 되는 수가 있습니다. 사실 그대로 정직하게 써서는 좋은 글이 안 된다고 잘못 생각해서 뭔가 남에게 잘 보이려고 하다 보니 거짓을 쓰게 되지요. 멋을 부려 보려고 하거나, 말재주를 생각해 내어 쓰거나, 근사한 어려운 말이나 유식해 보이는 말을 쓰다가 보면 흔히 거짓이 됩니다.

둘째는 잘 쓴 글을 따라 흉내를 내려고 하면 거짓글이 됩니다. 내 것을 부끄럽게 여기고 남의 것을 부러워하는 마음으로 글을 쓰면 거짓이 되기 쉽습니다. 가령 거짓글까지는 안 된다고 하더라도 남의 웃음거리는 벗어날 수 없지요.

셋째는 어른들이 시키는 대로 쓰다 보면 거짓글이 됩니다. 지금 우리 나라에서는 어린이들이 어른들의 글을 흉내 내도록 하고, 어린이들이 쓸 수도 없는 거짓글을 머리로 지어내도록 하는 잘못된 글짓기 지도나 동시 쓰기 지도를 학교에서도 하고 있고 학원에서도 하고 있습니다. 신문이나 잡지에 쏟아져 나오는 흉내글이나 거짓글이 이렇게 해서 써집니다.

그러니까 정직한 글을 쓰려면 무엇보다도 제정신을 가져야 합니다. 누가 무슨 말을 해도 거짓말은 쓰지 말아야 합니다. 그리고 좋은 글은 멋을 부리거나 제 자랑 늘어놓은 글이 아니고, 조그마한 것이라도 자기 생활과 자기 마음을 소중하게 여겨서 그것을 정직하게 쓴 글이라는 참이치를 알아야 합니다.

또 하나 있습니다. 온통 거짓글이 넘쳐 있는 세상에서, 그 거짓을 거짓으로 바로 느낄 줄 알고, 거짓을 꿰뚫어 보는 눈과 슬기를 가지는 공부를 해야 합니다. 거짓말 거짓글이 책마다 버젓하게 실려 나오고, 그런 글이 최우수상을 타고 금상을 타고 해서 너도나도 다투어 거짓을 쓰고 저도 모르게 거짓을 쓰고 하니까 어느 것이 바른 글이고 어느 것이 거짓글인지 알아내기도 쉽지 않게 되었습니다. 더구나 글 전체가 아주 거짓 얘기로 되어 있으면 그래도 어렵지 않게 알아낼 수 있는데, 어느 한 대문에 거짓이 살짝 끼어 있는 수가 흔하니까요.

이 거짓은 어떤 사실을 그대로 안 쓰고 달리 쓰는 경우와, 자기의 느낌이나 생각을 실제로 가졌던 그대로 안 쓰고 글을 쓰면서 멋대로 만들어 쓰는 경우, 이 두 가지가 있습니다. 물론 글 전체를 꾸며 만들었을 경우에는 이 두 가지가 다 들어가게 됩니다.

또 더러는 제법 잘 쓴 글에서도 그 어느 대문에서 거짓으로 나타나는 글이 되는 수가 있으니, 정직하게 쓰는 공부는 글쓰기를 전문으로 하는 어른들도 게을리할 수 없습니다.

집 보기 남학생 서울 초 2학년

1학년 어느 날, 나를 키워 주시고 길러 주신 엄마와 아빠께서 부르셨다.

마루에 나가 보니 커다란 탁자 위에 노오란 작은 우리 집 열쇠와 여러 가지의 예쁘고 편리한 열쇠고리가 쭉 줄을 지어 놓여 있었다.

아빠께서 그 여러 가지의 예쁘고 편리한 열쇠고리들 중에서 제일 좋은 열쇠고리를 한 개 고르라고 말씀하셨다.

그래서 나는 셋째 줄에서 두 번째의 열쇠고리를 집었다.

새것이니까 부서지지 않게 살짝 집었다.

모양은 하트 모양이었다.

사랑의 표시라서 고른 것이다.

색깔은 내가 좋아하는 빨간색과 예쁜 분홍색이 섞인 색깔이었다.

그 열쇠고리는 지금까지 쓰고 있다. 너무너무 튼튼하고 편리하고 예쁘기 때문이다.

아빠와 엄마께서는 그 열쇠고리에 열쇠를 끼어서 그 열쇠로 문을 열고 집에 들어오라고 하셨다.

매일 말이다.

일요일과 명절은 당연히 빼고.

위의 열쇠 하나만 가지고 다니면 된다.

우리 식구는 위만 잠그고 아래는 잠그지 않기 때문이다.

내가 혼자 열쇠로 문을 열고 다니니까 집에 들어와서 가방에 열쇠를 금방 다시 넣는 버릇이 생겼다.

아니, 그런 습관이 생겼다.

그러고도 나는 마음이 안 놓여서 학교 가기 전에 다시 또 검사를 한다.

그때부터 이 노오란 집 열쇠를 아주 소중히 여기게 되었다.

나와 엄마와 아빠께서는 이것이 없으면 집에 못 들어가기 때문이다.

그리고 집마다 열쇠가 있어야지 사람들이 집에 들어갈 수 있기 때문이다.

그때부터 내가 집 보는 일을 했다. 내가 집에 제일 먼저 1등으로 들어오기 때문이다.

그래서 언제나 엄마와 아빠께서는, "승연아, 아무도 문 열어 주지 말고, 엉뚱한 짓은 하지 말아야 한다" 하고 말씀하신다.

매일 말이다.

나 혼자 있는 것이 걱정이 되시는가 보다.

나는 언제나 "걱정 마세요"라고 말한다.

엄마와 아빠를 조금이라도 안심시켜드리고 싶기 때문이다.

열쇠보다 중요한 것은 부모님밖에 없다고 생각했다.

이 글은 첫머리에서 1학년 때 어느 날에 있었던 이야기를 썼지만, 그다음에는 이것저것 생각나는 대로 설명하는 글이 되었습니다. 2학년이니까 이렇게 쓸 수도 있지만, 글이 2학년답지 않게 재주를 부리려고 한 데가 있어 좋지 않습니다. 쓰는 차례가 바뀐 곳도 있고, 필요도 없는 말을 공연히 자꾸 되풀이하기도 하고, 한 글월이 끝날 때마다 줄을 바꿔 놓은 것도 글쓰기를 잘못 배웠습니다. 그러나 이 글에서 가장 문제가 되는 점은 글을 순진한 마음으로 쓰지 않고 잘 보이려하고 잘 쓰는 척하려는 태도가 몇 군데 나타난 것입니다. 2학년 어린이는 좀처럼 이런 글을 안 쓰는데, 어른이 고쳤는가 하는 의심까지 듭니다.

먼저 첫머리에 나오는 말 "나를 키워 주시고 길러 주신……" 하는 말이 그렇지요. 아마도 글을 이렇게 꾸며 쓰도록 어떤 어른이 잘못 가르친 것 같습니다.

그래서 언제나 엄마와 아빠께서는, "승연아, 아무도 문 열어 주지 말고, 엉뚱한 짓은 하지 말아야 한다" 하고 말씀하신다.
매일 말이다.

여기 나오는 "매일 말이다"란 말도 필요가 없습니다. 그 앞에 "언제나 엄마와 아빠께서는……" 하고 써 놓았으니까요. 다시 그 앞쪽에서도 "매일 말이다. 일요일과 명절은 당연히 빼고" 하는 대문이 나와 있지요. 공연히 말만 수다스럽게 쓰려고 했습니다.

내가 혼자 열쇠로 문을 열고 다니니까 집에 들어와서 가방에 열쇠를 금방 다시 넣는 버릇이 생겼다.
아니, 그런 습관이 생겼다.

여기 나오는 "습관이 생겼다"도 공연히 쓴 말입니다. 어째서 이런 괴상한 글버릇을 들였는지 좀 딱합니다.

다음은 낱말에 관한 것인데, "아빠께서" "엄마와 아빠께서" 이렇게 자꾸 '께서'를 붙였는데, 그냥 '아빠는' '엄마와 아빠는' 하고 쓰는 것이 좋겠어요. 실제로 말을 할 때는 아무도 '엄마께서는' '아빠께서는' 하는 사람이 없지요. 글은 말하는 대로 쓰는 것이 옳아요. 꼭 '께서'를 붙이고 싶으면 '어머니께서' '아버지께서' 이렇게 쓰세요. 또 "나와 엄마와 아빠께서는……" 이 대문에서는 '나'에게도 '께서'를 붙인 셈이 되었습니다.

"하트"란 말이 나오는데, '심장'이라는 우리 말을 쓰는 것이 좋겠어요. 우리 몸의 한 부분을 가리키는 말조차 서양말을 써야 할 까닭이 없지요. 잘못된 말이라면 아무리 어른들이 많이 쓰더라도 여러분은 딱 거절해서 안 써야 합니다. 그런 깨끗한 '어린이 마음'이 있어야 우리 겨레가 희망을 가질 수 있습니다.

글의 제목도 '열쇠'라고 해야 맞을 것 같네요.

우유 옥유롬 서울 방학초 5학년

토요일 날 우유를 먹지 못한 이유를 선생님께서 말씀해 주셨다. 서울우유 말고 여러 가지 우유가 있는데, 이 우유를 올림픽 선수들에게 주어야 한다고 우유를 대 주지 못하는 날이 있을 거라고 하셨다.

너무했다. 올림픽 선수들에게 우유를 주어야 한다고 새나라의 기둥이 될 어린이가 우유를 못 먹는다는 것은 옳지 못하다고 생각한다.

'올림픽과 학생들의 우유와는 상관이 없을 텐데…….'

화가 머리끝까지 치밀어 올랐다. 당장이라도 큰소리치고 싶었다. 선수들은 우유보다 더 영양가 있는 음식을 먹을 텐데 학생들의 우유까지 빼앗아 가는 올림픽 선수들이 밉기까지 했다. 올림픽은 한 달 반만 하면 끝나는데 우리들이 먹을 우유까지 선수들에게 먹인다면 완전히 우리 손해다.

우유를 빼앗아 가는 사람들이 너무 미웠다.

다음부터는 우리 나라에서 올림픽 같은 거 안 했으면 좋겠다.

올림픽 선수들에게 우유를 빼앗긴 것을 불만스럽게 여긴 글인데, 하고 싶은 말을 솔직하게 쓴 것은 좋습니다. 무슨 일에서도 이렇게 자기 생각을 숨기지 않고 말할 수 있어야 합니다. 다만 몇 가지 마음에 걸리는 말이 있습니다. "새 나라의 기둥이 될 어린이가……" 이런 말은 어린이 자신이 하는 말이 아니고 어른들이 하는 말이 아닌가요? "어린이"란 말도 어른들이 하는 말입니다. 어린이 자신들은 '우리 아이들은……' 이렇게 말하는 것이 좋겠지요. "완전히 우리 손해다" 이런 말에는 이익만 챙기고 싶어 하는 마음이 나타난 것 같습니다.

우유를 하루 이틀 못 먹었다고 올림픽 같은 거 안 했으면 좋겠다고 했는데, 그러면 우유고 과자고 많이 주기만 하면 올림픽을 해마다 해 달라고 하겠네요? 이래서야 생각이 너무 좁지요.

슬펐던 일 김미진 서울 방학초 5학년

내 마음은 언제나 어두운 곳이 있다. 아무도 그 상처를 밝혀 주지 못한다. 엄마는 내가 가만히 있는 모습을 보시면 웃기는 말 한마디를 해 주신다. 엄마의 말씀이 내 마음을 밝혀 주지만 그것은 잠깐뿐이다.

이 세상에 태어난 것이 싫고 태어난 이상 아무도 모르게 없어지고 싶다. 조용한 저 하늘로…….

인간이란 무엇이기에 나의 삶을 이렇게 만드는지 모르겠다.

곤충이나 동물로 태어나면 더 좋았을지도 모른다. 아니, 어쩌면 그것이 나에겐 더 나빴을지도 모른다. 아무에게도 잡아먹히지 않고 아무에게도 폐 안 끼치고 조용히 살아갔으면 좋겠다.

내가 이대로 성장한다면 그냥 보통 사람이 되고 싶다. 다른 사람과 다를 바 없는 사람, 뒤떨어지지도 않는 사람, 특별나지도 않는 사람이 되는 것이 나의 꿈이다.

마음 한 곳에 "어두운 곳"을 가지고, "상처"를 가지고 있는 이 어린이는 "이 세상에 태어난 것이 싫고" "아무도 모르게 없어지고 싶다"고 했습니다. 우리 나라 어린이들이 학교에서 집에서 당하는 일들을 생각하면 이 어린이가 왜 이런 말을 하는지 대강 짐작은 하겠습니다. 그러나 이것은 어디까지나 내 생각일 뿐입니다. 좀 더 뚜렷한 이야기로 써야 하겠어요. 제목이 '슬펐던 일'이니까, 언제 어디서 무슨 일이 있었다는 것을 분명하게 적은 다음에 자기의 심정을 써야 합니다.

"성장한다면"이란 말은 어른들이 쓰는 말이니 '자라난다면'이라고 쓰는 것이 좋겠습니다.

그러고 보니 이 글에 씌어 있는 생각이 통일이 안 되어 있고, 왜 그런 생각을 했는지 알 수 없는데, 어른들이나 남들의 생각을 흉내 내어 쓴 것은 아닌지 모르겠습니다.

내가 죽고 싶을 때 백준성 서울 승학초 6학년

내가 죽고 싶을 때는 잘못을 해서 부모님께 꾸중 들은 후 가족에 한마디 말도 못 하게 할 때이다.

내가 저번에 이런 일이 있었다.

아버지께서 밖에 나가고 안 계실 때 나는 집에 혼자 있었다.

그런데 대변을 보려는데 휴지가 없었다. 그래서 끝내 큰방에 있는 아버지 책상 위에 있는 종이 한 장으로 휴지 대신으로 썼다.

나중에 아버지께서 내가 휴지 대신 쓴 종이를 아버지께서 찾으시면서 거기에는 중요한 말을 적어 놓으셨다고 하셨다.

그래서 내가 사실대로 말씀드리니 아버지께서 꾸중하셨다. 꾸중을 듣고 작은방에 오니 누나와 형님이 막 뭐라 했다. 그래서 마루에 나가니 할머니께서 뭐라 하셨다. 나는 그때 누구에게 기댈 사람도 없었다.

나는 이때 제일로 죽고 싶었다.

자기가 한 일 느낀 일을 그대로 쓴 글이지만, 여기서 마지막에 "나는 이때 제일로 죽고 싶었다"고 쓴 말은 자기의 마음을 정확하게 나타낸 말이 아니고 많이 불려서 한 말이라 생각됩니다. 그 정도의 꾸중을 듣고, 식구들이 나무랐다고 해서 죽어 버리고 싶었다고는 생각할 수 없습니다. 이것은 아마도 선생님이 글쓰기 제목을 지정해서 '내가 죽고 싶을 때'를 쓰라고 했기 때문에, 죽고 싶었던 일이 없는 사람도 쓰지 않을 수 없어 이런 글을 쓰게 되지 않았나 생각됩니다. 이럴 때는 '나는 이때 매우 답답했지만 죽고 싶은 생각은 들지 않았다'고 정직하게 쓰는 것이 옳지요.

이와는 반대로 '어제 하루 동안에 즐겁게 놀았던 일을 글로 써라'는 지시를 받았을 때도, 즐겁게 놀았던 일이 없으면 없다고 써야 합니다.

이 글에서 '아빠'라 말하지 않고 "아버지"라 말한 것은 좋습니다. 아버지의 종이를 휴지로 쓴 것을 정직하게 말한 일도 잘했습니다. 그런데 자기가 잘못한 일에 대한 반성의 말은 한마디도 없군요.

"큰방에 있는 아버지 책상 위에 있는 종이 한 장으로 휴지 대신으로 썼다"고 쓴 것은 '큰방의 아버지 책상 위에 있는 종이 한 장을 휴지 대신으로 썼다' 이렇게 쓰는 것이 좋겠습니다.

"나중에 아버지께서 내가 휴지 대신 쓴 종이를 아버지께서 찾으시면서"도 뒤에 거듭 나오는 "아버지께서"를 지워 없애는 것이 좋겠지요.

글을 써 놓고 다시 읽어서 잘 다듬어야 합니다.

횡단보도 남학생 충북 초 5학년

육거리시장을 가려고 엄마와 손을 잡고 신호등에 녹색불이 들어 오기를 기다리고 있었다. 그런데 어떤 아저씨께서 빨간불인데도 한 발짝, 두 발짝 걸어가더니 이번엔 막 뛰어가는 도중 차와 함께 맞부딪쳤다. 그 순간 택시는 '끽' 하는 부래키 소리가 나고 그 아 저씨께선 몇 미터 떨어진 도로 한가운데 피투성이로 쓰러져 있었 다. 난 그 순간 두 손으로 얼굴을 가렸다. 너무 끔찍했기 때문이 었다. 그러자 사람들은 그 도로 아니, 아저씨께서 쓰러지신 곳으 로 모이기 시작했다. 그러나 엄마와 난 너무 겁에 질렸기 때문에 곧장 시장으로 향하였다. 엄마도 무서운지 나에게 "현진아, 너는 아까 그 아저씨처럼 신호등을 무시해서 사고 나는 일이 없도록 해 라" 하고 말씀하셨다. 난 엄마가 무척 고마웠다. 왜냐하면 나의 걱정을 해 주시니 말이다. 시장에서 엄마와 이것저것을 사고서 집 으로 향하는 도중 또 아까 그 신호등이 나왔다. 난 다리가 후들 후들 떨렸다. 왜냐하면 아까처럼 어떤 사람이 신호등을 무시해 사

182

고 나는 일이 없을까? 하고 생각하니 어깨가 오싹하였다. 드디어 녹색불이 들어와서 아무 말 없이 무사히 건넜다. 난 집으로 향하는 도중 엄마한테 물어보았다.

"엄마, 왜 이 질서가 어지러워졌는지 몰라. 신호등도 무시하는 사람들도 있고 왜 이렇게 질서가 파괴될까? 난 모르겠어 정말."

내가 말하자 엄마는 답변 대신 고개를 숙이셨다. 난 그런 엄마의 시무룩한 표정을 보고 난 아무 말도 하지 않았다.

드디어 집에 도착하여 엄마는 부엌에 들어가셨고 난 씻고 나서 내 방으로 들어가 나 혼자 말을 하였다.

"엄마의 표정이 왜 그러시지? 내가 무슨 잘못을 했나? 아, 맞다. 맞아. 3년 전 교통사고로 삼촌이 돌아가셨지. 그래서 엄마가 시무룩하셨구나."

난 엄마의 마음을 알 것 같았다. 엄마를 위로해드리려고 했지만 차마 말이 나오지 않았다. 난 앞으로 신호등을 잘 보고 길을 건너고 모든 교통 규칙을 잘 지키는 것이 하나뿐인 우리의 생명을 지키는 것이라고 생각했다.

교통사고가 일어난 현장을 보고 느끼고 생각한 일들을 쓰려고 했습니다. 교통사고가 난 것을 쓸 때는 그 일이 바로 눈앞에서 벌어진 것을 본 그대로 써야 합니다.

한 가지 보기를 들면 "그 순간 택시는 '끽' 하는 부래키 소리가 나고 그 아저씨께선 몇 미터 떨어진 도로 한가운데 피투성이로 쓰러져 있었다" 이 대문은 다음과 같이 써야 하지 않을까요.

'그 순간 택시는 "끽" 하는 소리를 냈고, 그 아저씨는 몇 미터 저쪽 길바닥에 나가떨어졌다. 피투성이가 되어⋯⋯.'

꼭 이렇게만 써야 한다는 것이 아니고, 어쨌든 실제로 보고 느낀 것을 정확하게 알릴 수 있도록 써야 합니다. 어디를 고쳤는지, 왜 그렇게 고쳤는지 생각해 보세요.

"이번엔 막 뛰어가는 도중 차와 함께 맞부딪쳤다"는 말도 '이번에는 막 뛰어가다가 그만 차에 맞부딪쳤다'고 쓰는 것이 옳겠습니다.

실제로 본 것을 쓴 글이 왜 이렇게 부자연스럽게 되어 있을까요?

그러고 보니 이 글 전체가 머리로 꾸며 만들어 쓴 것같이 느껴집니다. 교통사고가 일어난 현장을 보고 쓴 것처럼 되어 있는 대문뿐 아니라, 그다음 시장으로 가고 오면서 엄마와 주고받은 말도 적당하게 생각해 낸 말같이 되어 있고, 다시 그 신호등 앞에서 다리가 후들후들 떨리고 어깨가 오싹했다고 쓴 대문이며, 길을 가는 엄마가 대답도 하지 않고 고개를 숙이셨다고 한 것도 모두 지어낸 말 같습니다. 집에 가서 혼잣말을 하면서 생각했다는 결론도 판에 박은 이야기로 느껴집니다. 결국 이 글은 실제로 겪었던 일을 정직하게 쓴 글이 아니라, 교통도덕에 관한 글짓기를 선생님께 써내야 해서 이렇게 이야기를 만들어 썼다고 봅니다. 어른들은 자기가 겪지도 않은 일도 소설에서 씁니다만, 어린이들은 이런 꾸민 이야기를 쓸 수 없고, 써서도 안 됩니다. 어린이들이 이런 글재주를 부리면 거짓말을 즐겨 하는 사람으로 자라나게 됩니다. 어떤 경우에도 거짓말을 쓰라고 하는 어른들의 가르침을 거절해야 합니다.

할머니의 고생 심영만 광주 서석초 6학년

우리 할머니께서는 일자리가 없거나 비 오는 날 빼고는 거의 매일 쉴 새 없이 남의 일을 하신다.

할머니께서는 "일 안 하고 우예 사노. 몸이 근지러워서 우예 사노" 하신다. 그리고 일하는 것이 재미있다고 하신다.

"일하는 게 뭐 좋노" 하면 "다른 할매하고 얘기도 하고 돈도 벌고 안 좋나" 하신다.

무더운 날씨일 때는 "할매, 가지 마라. 더위 먹으면 우얄라 하노" 해도 할머니께서는 아무 말 하시지 않는다. 그러고도 집에 있는 풀들을 뽑으신다.

한 날 할머니를 기쁘게 해드리려고 내가 풀을 뽑았다. 일하고 들어오시는 할머니께서는 착하다 하시면서 환하게 웃으셨다. 그때 땀이 주르르 내려와 땅에 떨어졌다. 내가 얼른 방에 뛰어가 선풍기를 가져와 틀어 주니 썩은 이빨을 드러내시며 더욱 환하게 웃으셨다. 나는 그 웃음이 이 세상 어떤 사람이 웃어 주는 것보다 더 좋고 흐뭇했다.

밥을 다 먹고 우리는 치울 수 있는 것은 치워 놓고 가지만 설거지는 하지 않고 학교로 간다. 그러면 할머니께서는 설거지를 하고 일하러 가신다. 그래서 제일 늦다.

설거지를 다 할 때쯤이면 다른 할머니들께서 "일하로 갑시더" 하며 오신다. 그래서 할머니께서는 바삐 서둘러서 일하러 가다 다시 와 바꿔 신은 신발을 다시 갈아 신고 가신다. 그 모습을 바라보면 안타깝기도 하고 불쌍하기도 하다.

우리 할머니께서는 밤낮을 가리지 않고 기침을 하신다. 기침 때문에 숨도 잘 못 쉬신다. 그때 나의 마음은 아파지고, 돌아가실까 떨린다. 나는 기침하실 때 등을 두드려드린다.

할머니께서는 밖에 나가 혼자 우실 때도 있다. 그때는 담배를 피우시며 "히유우, 내 죽으면 분해서 우예 눈 감노" 하고 말하며 우신다.

한 날은 할머니께서 밭을 갈다가 쓰러지셨다. 우리는 너무나 놀랐다. 우리는 집에 모시고 가서 약을 드리고 했다. 병원에 가시라고 하여도 "병원에 가는 시간에 일하지" 하신다. 할머니께서는 일이 할머니의 일생이라고 믿는 것 같다.

할머니 주무실 때는 숨소리가 이상하다.

"히이이 흐으으."

할머니의 가슴에 사람들이 들어가 지껄이는 소리같이 나는 그 소리를 들을 때 가끔 무서워서 이불을 푹 덮어쓰고 있어도 자꾸 들릴 때도 있다.

나는 우리 할머니를 생각할 때, 없는 엄마와 멀리 있는 아빠가 밉다. 우리 할머니의 고생이 빨리 사라져서 편안하게 살았으면 좋겠다. 나는 눈물이 날라 한다.

　평생 일만 하면서 살아오신 할머니를 생각하는 마음이 잘 나타난 글입니다. 더구나 입으로 한 말을 실제로 말한 그대로 잘 썼어요. 할머니의 숨소리를 쓴 대문도 잘되었습니다.

　그런데 좀 생각해 봐야 할 데가 여러 군데 있습니다.

　"할머니께서는 착하다 하시면서 환하게 웃으셨다. 그때 땀이 주르르 내려와 땅에 떨어졌다."

　이 대문인데, 할머니가 환하게 웃으셨다는 말이 일부러 꾸민 말 같고, (그다음에도 "환하게 웃으셨다"가 나오지요) "땀이 주르르……" 하는 말도 본 대로 정직하게 쓴 말이 아닙니다. 어쩐지 거짓스런 표현같이 느껴집니다. 땀이 어디서 어떻게 땅에 떨어졌는가요?

"썩은 이빨을 드러내시며 더욱 환하게 웃으셨다. 나는 그 웃음이 이 세상 어떤 사람이 웃어 주는 것보다 더 좋고 흐뭇했다"고 한 말도 머리로 만들어 낸 말이란 느낌이 듭니다. 그때 본 대로, 느낀 대로 정직하게 썼는지 잘 생각해 봅시다.

"그 모습을 바라보면 안타깝기도 하고 불쌍하기도 하다" 이런 말도 맞지 않는 말이 되어 있습니다.

"한 날은 할머니께서 밭을 갈다가 쓰러지셨다. 우리는 너무나 놀랐다. 우리는 집에 모시고 가서 약을 드리고 했다" 이 대문에 "할머니께서 밭을 갈다가"라 했는데, 할머니가 쟁기로 밭을 갈았던가요? 그렇다면 그런 모습을 자세하게 그려 보이는 것이 "환하게 웃으셨다" 같은 말로 할머니를 보여 주려고 하는 것보다 훨씬 더 요긴합니다. 그리고 "집에 모시고 가서"라고 쓴 것도 어떻게 모시고 갔는지, 누가 업고 갔는지, 할머니가 억지로 걸어가셨는지, 이 글에서는 나타나야 하겠습니다.

사랑이 넘치는 나의 학교 여학생 경기 초 5학년

사랑이 넘치는 나의 학교. 바라만 보아도 즐겁고 기쁘다. 요즘은 맑은 가을 하늘 아래 더욱 돋보이는 교정이 나의 마음을 흐뭇하게 해 준다.

우리 모두에게 언제나 사랑을 듬뿍 주시는 여러 선생님, 태양처럼 뜨겁게 정열을 다하고 종달새처럼 명랑하게 밝은 마음과 생각을 가지며 냇물처럼 꾸준히 새로움을 창조해 가는 우리들.

예쁘게 단장한 화단과 등나무 숲. 무엇 하나 부족함이 없다. 아침 명상의 시간을 통하여 새겨 보는 여러 가지 교훈은 우리들 가슴 가슴에 꿈과 슬기와 진실을 심어 주고 텔레비전을 통하여 듣고 보는 영어 방송은 바르고 정확한 미래의 외국어 학습을 준비하게 한다.

점심시간.

우리들의 건강과 영양을 위하여 짜여진 학교급식의 변화 있는 식단은 편식하는 버릇도 없애 주었고, 항상 맛있고 활동하기에 충분한 힘을 주어 다른 학교 아이들에게 실컷 자랑거리가 된다.

올가을 운동회는 더욱 인상적이었다. 5학년이 되어서 아래로 많은 동생들을 바라보며 하는 운동회여서 그랬나 보다. 연습 때는 조금 힘도 들었지만 여러 부모님들께 잘 보여드리고 싶어서 열심히 했다. 집에서는 나 혼자여서 외롭지만 학교에 가면 나는 '언니다'라는 생각에 동생들을 사랑해 주고 싶은 그런 마음이 커진다.

항상 우리들의 건강하고 안전한 생활을 위해 보이지 않는 정열과 수고로움을 쏟으시는 교장 선생님과 교감 선생님, 한 가지의 지혜라도 더욱 쓸모 있게 하라고 가르치시는 여러 선생님들의 가르침을 잘 받아서 슬기로운 어린이가 되고 싶다.

관악산처럼 큰 마음과 청계산처럼 푸근한 마음으로 ○○초등학교를 빛내고 사랑하며 2000년대의 주인으로서 바르고 떳떳한 일꾼으로 자라라고 오늘도 학교는 나에게 가르쳐 준다. (1991. 10.)

이것은 어느 신문에 발표된 글입니다. 그 어떤 사람이라도 이런 글을 재미있게 읽을 사람이 없을 것입니다. 왜 이렇게 재미가 없는 글이 되었을까요? 어린이의 마음이 정직하게 나타난 글이 아니기 때문입니다. 학교 자랑, 선생님 자랑만 늘어놓은 이 글은 처음부터 끝까지 어른의 말로만 되어 있고, 어느 한 대문도, 한마디도 어린이의 마음이 나타난 말이 없습니다. 그래서 말 한 마디씩을 따져 볼 필요조차 없는 글이 되어 있습니다.

이 글은 어린이 이름으로 되어 있지만 아주 어른이 대신에 쓴 글이거나, 재주 잘 부리는 우등생이 선생님들이나 교장 선생님의 마음을 잘 살펴서 어른스럽게 써 놓은 글을 다시 어떤 어른이 손질해서 이와 같이 완전히 맛이 다 가 버린 어른의 작품으로 만들어 놓은 글이라 봅니다.

이런 글을 여기서 들어 보이는 까닭은, 모든 지방신문에 발표되는 어린이들의 글이 거의 모두 이런 글로 되어 있기 때문입니다.

할아버지 여학생 서울 초 6학년

무더운 여름, 하늘은 파란색의 옅은 수채 물감이라도 풀어 놓은 듯 맑고 드높기만 하다. 차창 밖에 보이는 모든 사물이 정겹게 느껴졌고, 어서 빨리 할아버지를 뵙고 싶은 마음이 굴뚝같았다.

여름방학을 맞아 공기 맑고 물 좋은 곳, 다정하신 할아버지께서 반기고 계신 외가댁에 찾아뵙게 되었다.

오랜만에 찾아가게 되어 그 설렘도 컸고, 모든 것이 조금은 생소했지만, 예전에 느꼈던 그런 포근함과 편안함이 가득 느껴졌다.

대문을 들어서자마자 내 눈길을 끌었던 것은 마당 한구석에 자리 잡고 있는 무지하게 큰 밤나무였다.

어릴 적에 동생과 함께 분필로 키를 표시했던 추억들이 마치 어제 일과 같이 느껴졌고 머릿속을 빠르게 스쳐 지나갔다.

방문이 열리더니 할아버지께서 탁구공 튀어 오듯 빠르게 나오시며 우리 가족을 반겨 주셨다.

"할아버지! 안녕하셨어요."

"오냐, 오느라고 고생 많았구나. 어서 들어가자꾸나."

할머니께서 정성껏 준비해 주신 저녁을 먹고 할아버지의 눈짓에 이끌려 마당으로 나갔다. 할아버지께선 마당 한가운데에 나무를 모아서 불을 피우셨다.

"할아버지, 왜 불을 피우세요? 또 저 풀은 왜 태우세요?"

"내 생각이 있단다. 쑥을 태우는 것은, 우리 귀한 손녀딸이 모기에게 물리지 말라고, 모기약 대신에 피워 놓는 것이란다."

잠시 후, 할아버지께서 큰 물통을 들고 오시더니, 손을 담그시며 우리들을 좀 이상한 눈빛으로 보시더니 커다란 개구리를 꺼내셨다.

"으악! 개구리다! 어머 징그러워."

난 굉장히 깜짝 놀라서 뒤로 넘어질 뻔했다. 더 놀랄 일은 글쎄 개구리를 석쇠에 넣어서 불에 구우시는 것이었다.

"할아버지는 야만인이야."

할아버지께는 죄송한 말이지만 정말 너무하셨다. 어떻게 살은 개구리를 불에 구워 드실 수 있으실까 하는 의문이 생겨나고 너무 끔찍해서 소름이 끼쳤다.

"어디 한번 먹어 볼래? 맛있어. 줄까?"

"으악! 할아버지, 어떻게 개구리를 먹어요?"

이렇게 주거니 받거니 정다우면서도 끔찍한 대화가 오가고 있었다. 내가 생각하기에 개구리를 구워 먹는다는 건 도저히 이해하기 힘들어서 할아버지를 정말 '야만인'이라고 비유하기는 했지만 그래도 난 할아버지를 정말 '야만인'이라고 생각하지는 않는다.

이런 모습과 분위기는 우리 할아버지에게서만 느낄 수 있는 가장 독특하고 두드러지는 특징이기 때문이다.

학교생활에 지쳐 휴식이 필요할 때 구수한 할아버지의 목소리를 전화 속에서라도 들으면 나에겐 커다란 피로 회복제가 된다. 무덥고 짜증 나는 여름, 커다랗고 넉넉한 할아버지 사랑을 마음속 깊이 담아 두고 활기차게 하루하루를 지내고 있다. 아주 효과 있는 청량제 구실을 해 주었던 추억이다. (1991. 9.)

– 전국어린이백일장 입상 작품

이것은 어느 백일장에서 상을 받은 작품입니다. 이 글 전체가 거짓 이야기를 만들어 놓은 글이 되어 있기에 내용을 좀 따져 보기로 합니다. 글월을 하나씩 처음부터 다듬을 수도 없고 그럴 필요도 없으니 두세 군데만 가리켜 보겠습니다.

"대문을 들어서자마자 내 눈길을 끌었던 것은 마당 한구석에 자리 잡고 있는 무지하게 큰 밤나무였다. 어릴 적에 동생과 함께 분필로 키를 표시했던 추억들이 마치 어제 일과 같이 느껴졌고 머릿속을 빠르게 스쳐 지나갔다."

여기서 마당에 밤나무가 서 있다고 했는데, 대추나무나 감나무는 마당에 심지만 밤나무를 마당에 심어 두지는 않습니다. 이것만 보아도 거짓 이야기가 되어 있는 것을 알 수 있습니다.

어릴 적에 그 밤나무 밑에서 동생하고 키를 재었다고 하면서 "분필로 키를 표시했"다고 썼습니다. 키를 잰다면 방 안에서 벽에다가 연필로 표를 하든지, 기둥에 그렇게 하지 않고 구태여 밤나무 밑둥치의 그 거칠고 어설픈 껍질에다가 분필로 표시했을까, 하는 생각이 듭니다.

또, "대문을 들어서자마자" 그 밤나무가 "내 눈길을 끌었"다고 했는데, 일부러 쓴 부자연스러운 말입니다.

이야기는 점점 더 터무니없이 되어 갑니다.

"방문이 열리더니 할아버지께서 탁구공 튀어 오듯 빠르게 나오시며 우리 가족을 반겨 주셨다."

세상에, 할아버지가 탁구공처럼 방에서 튀어나오다니! 운동선수가 그렇게 방에서 튀어나왔다고 써도 어울리지 않는 말이 될 것입니다.

이것은 말을 한 가지 잘못 쓴 문제가 아닙니다. 실제로 겪지도 않은 이야기를 허황하게 꾸며 만들다 보니 이런 거짓말이 예사로 나온 것이지요.

"할아버지, 왜 불을 피우세요? 또 저 풀은 왜 태우세요?"

이것은 할아버지가 모깃불을 피우려고 하시는 것을 보고 이 어린이가 물었던 말입니다. 어렸을 때 동생하고 그 집에서 살았던 아이가 모깃불 피우는 것을 모르고 물었을까, 하는 의문이 납니다.

그다음에는 할아버지가 개구리를 불에 굽는 이야기가 나옵니다. 그 개구리를 어째서 물고기도 아닌데 "큰 물통"에 넣어 두었을까 하는 생각도 들지만, 물통에서 꺼낸 개구리를 본 이 어린이가 "으악! 개구리다! 어머 징그러워" 하고 놀라는 것도 이상합니다. 시골에서 살았다는 아이가 개구리를 보고 그렇게 놀란다는 것은 있을 수 없는 일이기 때문입니다. 놀란 것도 보통 놀란 것이 아니라 "굉장히 깜짝 놀라서 뒤로 넘어질 뻔했다"고 썼으니 참 가관입니다.

이래서 이 글은 처음부터 끝까지 허황하게 지어낸 거짓 이야기로 되어 있습니다. 어린이가 소설가처럼 이야기를 만들어 내자니까 이렇게 거짓글이 되지 않을 수 없습니다. 워낙 이야기 줄거리가 거짓으로 되어 있다 보니 글이 또 처음부터 끝까지 허황한 꾸밈말과 언제나 쓰는 버릇말, 개념으로 된 말, 어른들 따라 쓰는 말로만 가득 차 있습니다.

왜 이런 글을 썼을까요? 자기가 겪은 일을 정직하게 쓰지 않고 이런 우습기 짝이 없는 엉터리 글을 썼을까요?

선생님들이 이런 거짓글을 쓰라고 가르쳤기 때문입니다. 선생님이 거짓글 쓰기를 가르치는 까닭은 이런 글로 백일장이나 글짓기 대회에 상을 타게 하고 싶어서지요. 그래서 교육을 잘한 것처럼 보이고 싶어서지요.

백일장이고 글짓기 대회고 하는 행사에서 작품을 심사하는 사람들은 대개 어린이들의 글을 알지도 못하는 사람들이 맡고 있는 것이 우리 나라 실정입니다. 그리고 그런 행사를 떠벌이는 이들은 어린이들을 위해서 하는 것이 아니라 장삿속을 차려서 하는 것입니다.

어린이들이 희생되지 않으려면 이런 잘못된 글짓기 공부를 어째서 하게 되는가를 어린이 스스로 알아 두어야 하겠습니다.

자세하고 정확하게 쓰자

거짓말이나 거짓 이야기를 만들어서 쓰는 글이 아니고 자기가 겪은 사실을 쓰는 경우에도 자칫 잘못하면 어떤 말이 이상하게 느껴지거나 거짓스럽게 보일 수가 있습니다. 또 글의 한 부분이나 전체가 이해하기 힘들게 되어 있는 수도 있지요. 글이 이렇게 되는 것은, 자기가 본 것을 잘 붙잡아서 쓰지 않고 대강 겉으로 스쳐 지나간 것을 써 버리기 때문입니다.

글을 자세하고 정확하게 쓰려면 다음 세 가지에 마음 써야 합니다.

첫째, 지금 쓰려고 하는 일이 있었던 그때 그 자리로 다시 돌아가, 지금 다시 그 일을 겪는 것처럼 눈앞에 생생하게 되살려 내도록 하세요. 그래서 그때 보고 듣고 한 것을 분명하게 잡는 것이 무엇보다도 중요합니다.

둘째, 얼른 써 치워 버리려고 하지 마세요. 대강 요약해서 쓰는 글도 어쩌다가 있겠지만, 꼭 쓰고 싶은 이야기를 쓰는 글에서는 차분한 마음으로 아주 꼼꼼하게 적어 나가야 합니다.

셋째, 늘 쓰는 말, 버릇처럼 누구나 쓰는 말을 그대로 따라서 써서는 안 됩니다. 그때 그 모양, 그 소리, 그 움직임, 그 느낌들을 나타내는 데 가장 알맞은 말을 써야 글이 살아납니다. 물론 어른들이 잘 쓰는 유식한 말을 흉내 내는 것은 절대로 안 될 일입니다.

우리 언니 오주영 인천 석정초 2학년

우리 언니가 3월 23일 날 교통사고 났다. 나와 윤숙이랑 울었다. 나는 우리 언니가 살았다고 생각했다. 우리 언니가 며칠 있다가 집에 돌아왔다.

커다란 사건을 아주 간단하게 줄여서 썼습니다. 가장 중요한 것, 하고 싶은 말만 쓴 것이지요. 이 글을 가지고 다시 자세하게, 남들도 잘 알 수 있도록 쓰면 좋겠습니다.

언니가 교통사고를 당해서 얼마나 놀랐을까요? 그래도

살아서 큰일 없이 병원에서 돌아왔으니 정말 다행입니다.

힘없는 할아버지 이덕희 경남 밀양 하남대사초 4학년

오늘 엄마가 과자 사 먹으라고 50원을 주셨다. 그래서 은주 집에 가니 은주도 50원을 가지고 있었다.

은주와 나는 과자 사 먹으로 매점으로 가는데 어떤 할아버지가 우리 보고는 "얘들아, 이것 좀 들어 주렴" 하고 은주와 나보고 말씀하셨다. 그래서 나와 은주는 "네" 하며 말하였다.

할아버지께서 들어 달라고 한 것은 술이었다. '이렇게 가벼운 술을 못 드시다니 저 할아버지는 힘이 없으시군' 하고 생각하였다.

할아버지께서 은희 집쯤 오시더니 우리에게 물으셨다.

"너희들 무슨 씨니?"

나는 "저는 이 씨예요" 은주는 "저는 고 씨예요" 하고 말하였다.

우리는 마을회관 안까지 그 술을 들고 할아버지와 같이 갔다. 회관에 술을 놓으니 할아버지께서는 "고맙다. 잘 가거라" 하고 말씀하시자, 우리는 "네" 하고 말했다. 그리고 매점으로 갔다.

할아버지 말씀 따라 잘 도와드렸군요. 그런데 무겁지도 않은 술을 어째서 아이들보고 들어 달라고 했을까요? 자기가 얼마든지 할 수 있는 일도 아이들에게 시키는 옛날 어른들의 잘못된 태도를 그 할아버지도 버리지 못하신 것이 아닌가 생각합니다. 더구나 그렇게 도와준 아이들보고 묻는다는 것이 "무슨 씨"냐고 한 것을 보면 참 답답한 할아버지 같네요.

그냥 "술"이라고 썼는데, 그것을 들고 갔다 했으니 그 술이 무슨 병에 든 것인지, 아니면 다른 어떤 그릇에 담긴 것인지 저절로 나타나도록 썼더라면 좋겠습니다.

또 할아버지가 물으시는 말씀이 "얘들아, 이것 좀 들어 주렴" "너희들 무슨 씨니?" 이렇게 되어 있는데, 이런 말씨가 그 할아버지가 하신 그대로일까요? 글에 나오는 대화(마주이야기)는 사투리든 잘못된 말이든 실제로 말한 그대로 써야 합니다.

어미 참새 이장욱 서울 묵동초 5학년

반 친구 병익이와 공놀이를 하고 있었다. 공이 가스통으로 들어가 꺼내려고 할 때 삐약 삐약 소리가 들렸다. 나는 소리가 나는 곳을 자세히 보니 참새 새끼였다. 눈도 못 뜬 조그만 새 새끼 7마리가 입을 벌리고 삐약 삐약거렸다.

병익이는 내가 새 새끼라고 하자 깜짝 놀라 다가왔다. 분명 참새 새끼였다. 그때 그 주위에는 참새 한 마리가 입에 무얼 물고 빙빙

200

돌고 있었다. 어미인 것 같았다. 그래서 우리는 가시나무 뒤에 숨었다. 우리가 가자 어미는 가스통으로 들어갔다. 금방 나왔다. 물론 먹이는 없었다. 그것을 본 병익이는 그 참새 새끼 한 마리를 갖고 갔다. 그때 병익이 머리 위에서 어미 참새가 짹짹거렸다. 우리 아기 달라고 짹짹거리는 것 같았다. 그러나 병익이는 뒤도 돌아보지 않고 막 뛰어갔다. 병익이는 동물을 사랑하지 않는가 보다. 나는 어미 참새가 참 불쌍하다고 생각했다.

옛날에는 참새가 초가 처마 끝에 집을 지어 새끼를 키웠는데, 요즘은 집을 지을 곳이 없어 잠도 마음 놓고 잘 수 없고 새끼도 키우기 어렵게 되었습니다. 가스통에 집을 어떻게 지어 놓았는지 좀 자세히 관찰해서 쓸 수 없을까요? 병익이가 한 짓에 대해서도 더 자세히 쓸 수 있고, 자기의 생각도 더 많이 쓸 수 있을 것입니다. 무엇이든지 잘 보고 자세히 쓰는 공부가 귀합니다.

병아리 이세정 서울 월천초 4학년

삐약 삐약.
삐약 삐약 삐약.
봄이 되면 학교 앞에는 병아리 장사가 온다. 그래서 병아리를 사거나 구경하려는 아이들로 붐비게 된다. 병아리 장사만 오면 이곳에 이사 오기 전에 키웠던 병아리가 생각난다.

2학년 때였다. 학교 공부를 마치고 집으로 돌아가려고 하는데 학교 앞에서 삐약 삐약 하는 소리가 들렸다. 그쪽으로 가 보았더니 병아리를 팔고 있었다. 마침 그때 돈이 있었기 때문에 병아리 두 마리를 샀다.

그런데 병아리 때문에 시끄러워서 도저히 참을 수가 없었다. 그래서 가까운 곳에 사는 고모네 집에 병아리 두 마리를 줘 버렸다.

고모네 집에도 병아리 두 마리를 키우고 있었다. 다음 날부터 학교 끝나자마자 병아리가 잘 있나 궁금하여 고모네로 가 보았다.

어느 날이었다. 그날도 병아리를 보러 고모네로 가 보았더니 병아리 때문에 힘이 든다고 하였다. 밥을 갈아 주기도 힘들고 집이 너무 지저분해진다고 한다. 그래서 고모네 언니와 의논한 끝에 병아리를 남의 집 대문 앞에 놓기로 했다. 병아리를 앞집 대문 앞에 놓고 가끔씩 병아리가 있나 없나 보니까 나중에는 없어져 버렸다. 아마 그 집 아이가 가져갔나 보다. 지금도 병아리는 잘 있을까?

아직까지 살아 있으면 닭이 되었을 것이다.

삐약 삐약 삐약…….

아직도 내 귀에는 병아리 소리가 들린다.

첫머리에서 끝맺음까지 잘 짜서 썼습니다. 그런데 "병아

리 때문에 시끄러워서 도저히 참을 수가 없었다"고 했는데,
병아리를 어디다 두고 어떻게 길렀는지 대강이라도 썼더라
면 좋았을 것입니다. 고모네 집에 준 다음에도 여러 번 가
본 것 같은데 병아리들이 어떻게 살고 있었는지 나타나지
않았습니다. 그러니까 이 이야기는 가장 중요한 대문을 쓰
지 않고 줄여 버린 것이지요.

　'가끔'이라고 써야 할 것을 "가끔씩"이라고 썼군요.

　병아리가 우는 것은 즐거워서 우는 것이 아니고 배가 고
프거나 추워서 우는 것입니다. 사람들은 그것을 모르고 시
끄럽다 하지요. 병아리는 장난감이 될 수 없습니다. 병아리
를 돌봐 줄 정성을 가지지 못한 사람은 병아리를 사서는 안
됩니다.

신발과 마음 김희승 경기 고양 성사초 3학년

학교에 와서 쉬는 시간이 되면 가끔씩 우리 반 어린이들의 신발장
을 보게 된다.
여러 신발 중에는 삐뚤어진 신발, 앞으로 들어가 있는 신발도 있
고, 바르게 정리된 신발도 있다.
나는 바르게 정리된 신발을 보면 그 사람의 마음가짐을 알 수 있
다. 삐뚤어진 신발의 주인은 정신도 삐뚤 것이고, 신발이 앞으

로 간 사람은 마음속에 '최선을 다해 노력한다'라는 것이 없다. 그리고 바르게 정리된 사람은 항상 침착하고 마음씨가 곱고 착하다.

그것을 어떻게 아냐 하면은 그 주인의 행동과 말로 그것을 알 수 있다.

우리 반 어린이들이 모두 착한 어린이였으면…….

신발장의 신발들이 어떻게 놓여 있는가를 보면 그 신발의 주인들이 제각기 어떤 마음을 가지고 있는가를 알 수 있다고 했습니다. 정말 그럴 것 같네요. 언제나 나란히 얌전하게 놓여 있는 신발의 임자는 무엇이든지 차분하고 알뜰하게 할 것 같습니다. 언제나 신발을 내던져 버리듯 하는 사람은 무슨 일에도 덤벙거리고, 반성할 줄도 모르는 사람같이 느껴집니다.

그런데 "삐뚤어진 신발의 주인은 정신도 삐뚤을 것"이라고 한 것은 좀 지나친 말이 아닌가 싶네요. 또 "신발이 앞으로 간 사람은 마음속에 '최선을 다해 노력한다'라는 것이 없다"는 말도 꼭 맞는 말인지 생각해 봐야 하겠습니다. 그러고 보니 이 글을 쓴 어린이는 어느 날 실제로 신발장에 가서 신발들을 들여다보고 느낀 생각을 이렇게 쓴 것이 아니라, 선생님이 평소에 하시던 가르침의 말을 쓴 것은 아닌지 의심이 됩니다.

자기의 생각을 글로 쓸 때는 그 생각을 어째서 하게 되었는가, 하는 것이 나타나야 합니다. 이 글은 맨 첫머리에 "학교에 와서 쉬는 시간이 되면 가끔씩……" 이렇게 써 놓았습니다. 그러니까 어느 날 어느 쉬는 시간에 실제로 본 것을 그대로 잡아 쓴 글은 아닙니다. 방 안에 앉아서 생각으로 쓴 글이지요.

"가끔씩"이란 말도 잘못 쓰는 말입니다. '가끔'이라고 하면 됩니다.

"'최선을 다해 노력한다'라는 것이 없다"는 말도 좀 이상한 말이고, 어른스런 말이기도 하니 '힘껏 하는 것이 없다'고 써야 합니다.

풍선껌아 살려 다오 박영진 부산 부산교대부속초 6학년

따뜻한 햇볕이 내리쬐는 봄이다. 기분 좋게 수업을 마치고, 콧노래를 부르며 집으로 향했다.

'딩동' 한 번 눌렀다. 이쯤이면 엄마가 나와 반갑게 맞아 줄 건데, 아무 소리가 나지 않았다. '딩동' 두 번 눌렀다. 여전히 무소식이다.

시간은 계속 흘러가는데 엄마는 오시지 않고, 좋은 날씨에 혼자 가만히 있자니 지루하고…… 할 수 없이 가게로 가서 풍선껌 한 통을 사서 씹었다. 그렇지만 곧 싫증도 나고 입도 아프고, 날씨 탓인지 졸음도 왔다.

몇 시간이 지났을까. 시계를 보니 5시를 가리키고 있었다.

이상한 것은 분명히 내가 밖에 있었는데 깨어 보니 우리 집 방이었다. 내가 꿈을 꾸고 있는 걸까? 또 하나 이상한 것은 입안이 허전하고 머리카락 끝이 좀 무거운 것 같았다. 거울을 보니 예상대로 하얀 껌이 달랑달랑 붙어 있었다. 손으로 떼 보려고 했지만, 이 얄미운 껌은 더 달라붙으려고 했다. 어쩔 수 없이 정성 들여 가꾸고 기른 머리카락을 사정없이 잘라야 했다. 돼지, 바퀴벌레, 좀도둑 같은 풍선껌, 이젠 절대로 풍선껌 사 먹나 봐라. 그리고 잘 때는 꼭 입안에 있는 것을 버리고 자야지…….

글쓰기를 어렵게 생각하지 않고, 자기가 한 것을 말한 그대로 쓴 것이 좋습니다. 그런데 '한 것을 그대로' 쓸 때는 그렇게 한 일을 읽는 사람들도 잘 알 수 있게 써야 합니다. 어머니를 기다리며 껌을 씹다가 졸음이 와서 잤다고 했는데 어디 앉아서 잤는지 알 수 없군요.

이 글은 가볍게 읽어 버리면 그만인 글이 되어 있는데, 텔레비전이나 만화나 명랑동화 같은 데 나오는 우스개 이야기의 영향을 받은 것 같아서 좀 마음이 안 놓입니다. 글의 제목부터 억지로 웃기려는 마음이 나타난 듯해요. 동화고 방송이고 어른들이 공연히 사람을 웃기려고 억지 노릇을 해 보이고 억지 이야기를 꾸며 보이는 것은 장삿속으로 그러는 것이니 흉내 내지 마세요. 이 글에 씌어 있는 이야기가 거짓이란 말이 아닙니다. 사실을 그대로 쓰면 되는 것이니 무슨 별난 모양을 내고 싶어 하지 말라는 것입니다.

엄마 앞에선 유경아 경기 고양 성사초 6학년

내가 산수 기능 문제집을 사려고 엄마 앞에 서면 말문이 막힌다.
엄마 앞에선 꼼짝 못하는 내가 참 이상하다. 문제집 산다고 한다는 말이 혀끝에 나왔다가 엄마께 말하려면 그냥 꿀꺽 넘어간다.
지금까지 난 용기를 내어 마음 단단히 먹고 말씀드렸다.
이것보다 더 무서운 건 없을 것이다.
식사 시간에도 엄마께 말할려고 해도 말이 나오질 않았다.
그래서 문제집 사는 것도 하루하루 밀리는 것이다.

꼭 필요한 책이라면 부모님께 망설이지 말고 사 달라고 말해야 합니다. 엄마 앞에서 그토록 겁이 나서 말을 못 하는 까닭이 어디에 있는가요? 돈이 없는 엄마를 생각하기 때문일까요? 엄마가 혼낼 것이 두려워서일까요? 별로 필요하지도 않는 책을 사려고 하는 때문인가요? 본래부터 마음이 약해서일까요? 용기란 것도 스스로 키워 가야 합니다. 이 글은 자기의 마음을 잘 썼습니다만, 왜 엄마 앞에서 말이 안 나오는지, 그 까닭도 잘 생각해서 썼더라면 더욱 좋은 글이 되었을 것입니다.

"식사 시간에도"는 '밥을 먹을 때도'라고 쓰는 것이 더 좋겠습니다.

어떤 형의 죽음 김용규 경북 울진 죽변초 5학년

우리 할아버지 댁은 근남 산포리 바닷가에 있다.

망양정을 지나 5분 정도 버스를 타고 가면 우리 할아버지가 살고 있는 마을이 나온다.

지난 여름방학 때 나 혼자 할아버지 댁에 놀러 갔다. 그때 바닷가에서 놀다가 보니 어떤 형이 수영복 차림으로 맨발로 정신없이 뛰어오더니 어른들에게 사람이 빠졌다고 알렸다. 이장 아저씨와 다른 사람들이 형을 따라 사람이 빠진 곳으로 갔다. 나도 뛰어가 보았다. 벌써 차가 한 대 와 있고, 사람들이 많이 와 있었다. 사고가 난 곳은 진복 쪽으로 가는 중간쯤 되는 바닷가였다.

그런데 그 형의 말로는 파도가 많이 치는 데서 다이빙을 하다가 파도에 휩쓸려 빠졌다고 한다. 군인 아저씨들이 수경을 쓰고 물속에 들어갔다. 혹시나 살아 있다면 좋을 텐데, 난 가슴이 두근거렸다. 몇 번 찾다가 없어서 밖으로 나왔다. 어떤 어른이 술이 취했는데도 수경을 쓰고 물속에 들어가 찾겠다고 막 그랬다. 사람들이 들어가지 못하게 하였다. 그러다가 잠수부 아저씨 두 사람이 왔다. 아저씨들이 준비를 끝내고 바다에 들어갈려고 하는데 그 형의 시체가 떠올랐다. 빠진 곳에서 40미터 정도 떨어진 곳에서 엎드린 자세로 떠올랐다. 사람들이 "저기 있다. 저기 있다" 하고 소리쳤다. 마을 아저씨가 물에 들어가 그 형의 목을 잡아끌고 나왔다. 운동화를 신고, 반바지를 입고, 위에는 런닝을 입고 자는 듯이 눈을 감고 있었다. 군인 아저씨가 입에 대고 숨을 불어넣었다. 군인 아저씨가 사람들을 보고 "이젠 때가 늦었습니다"고 말했다. 경찰 아저씨들이 그 형과 같이 온 형들에게 이것저것 물어보았다. 그 형들은 울면서 대답하였다. 대구에서 살고 있는 고등학교 형들이라고 하였다.

저녁때 대구에서 죽은 형의 부모들이 와서 막 울었다. 시체는 차에 싣고 갔다. 그래서 우리는 모두 집으로 왔다. 그 형이 물에 빠졌을 때 한 형이 바로 앞에 있는 군부대 아저씨한테 알렸더라면 형이 살 수도 있었을 텐데 참 안타깝다고 생각했습니다.

워낙 특별한 사건이기에 읽히는 글이 되기도 하였지만, 본 것과 들은 것을 잘 알 수 있게 썼습니다. 그때 겪었던 일

을 아주 잘 생각해 내어 그대로 써 보였기 때문입니다. 마지
막에 쓴 의견도 잘되었습니다.

일반 버스 김미혜 서울 은석초 5학년

학교가 파하자 집으로 가려고 일반 버스를 타러 정거장에 갔다.
그 정거장에는 한 번 버스가 오면 한 몇 분 있다가 한 차가 온다.
그런데 그때, 비가 오고 있었다.
그 찰나에 버스가 왔다. 그런데 사람이 너무 많았다.
'그냥 탈까?' '아니야, 나만 다쳐' '아니야, 늦었으니까 그냥 타자'
하고 마음먹고 그 버스에 탔다.
사람들이 너무 나한테 기대어서 힘이 들었다. 그렇지만 어른들이
라서 꾹 참았다. 너무 차 안이 더웠다.
그리고, 공기가 탁했다. 그래서 창문을 열라고 하자 밖에는 비가
오고 있었다.
비가 튀길까 봐 문을 안 열었다. 그때 이마에서 땀이 나기 시작했
다. 또 사람이 별로 안 내리고 타기만 하여서 더욱 힘이 들었다. 또
붙잡을 곳도 없었다.
그래서 가운데에 섰다. 그때 버스가 갑자기 서는 바람에 나는 뒤
로 넘어져서 어떤 아저씨를 잡았다.
"아저씨, 죄송합니다."

"괜찮다" 하고 다시 일어섰다. 겨우 끼어들어서 앉지는 않고 자리만 잡았다. 그때 어떤 할머니가 일어서서 내리셨다. 그것을 보고 앉을라고 했다. 그때 어떤 아주머니도 앉으실라고 하셨다.

"아주머니 먼저 앉으세요."

"아니다. 네가 먼저 앉거라."

"고맙습니다."

앉아서 손으로 다리를 주물렀다. 다리가 시원했다. 그러자 우리 집 정거장에 도착하였다.

내리니까 속이 다 풀렸다.

"어휴, 살았다!"

버스를 탔던 이야기를 썼는데, 복잡한 차 안의 모습이 잘 나타났습니다. 도시고 시골이고 날마다 이런 만원 버스를 타고 다니는 사람이 많지요.

"그 찰나에 버스가 왔다"고 쓴 말이 있는데, "찰나"란 말을 쓰지 말고 '그때 버스가 왔다'고 쓰는 것이 좋겠습니다. 여기서는 '찰나'란 말이 맞지도 않은 데다, 글은 될 수 있는 대로 쉬운 말로 쓰는 것이 좋으니까요.

또 한 군데, "'괜찮다' 하고 다시 일어섰다" 이렇게 썼는데, "괜찮다"고 말한 사람은 아저씨니까 다음과 같이 써야 할 것입니다. "'괜찮다.' 나는 다시 일어섰다."

은영이의 초대 박상원 서울 은석초 5학년

오늘은 엄마와 선생님께 허락을 받고 친구들과 함께 버스를 타고
몇 정거장을 간 다음 은영이네 갔다.

4학년 때 1번 가 보아서 집이 어디인 줄 대충 알아보았다.

은영이네 집에 가니까 은영이네 어머니께서 반겨 주셨다.

은영이 동생 은별이도 있었다.

우리는 가방을 놓고 기다렸다.

우리는 베란다에 한 번 가 보았다.

병아리가 있었다.

냄새가 너무 났다.

은영이는 "너희들 병아리 가질래?"라고 하였다.

아이들은 싫다고 하였다.

우리는 이야기를 하면서 있었다.

그러니까, 은영이네 어머니께서 음식을 주셨다.

그래서, 케이크에다가 초를 켜고 "생일 축하합니다. 생일 축하합
니다"라고 노래로 축하해 주었다.

그다음은 선물을 주었다.

은영이는 너무 좋아하였다.

내 기분도 좋았다.

음식을 다 먹고 아이들이 "우리 밖에 나가서 놀자"라고 해서, 마

당에 나가서 '얼음 땡'이라는 놀이를 하고 놀았다.

그리고 나서 놀이터에 가서 놀았다.

마침 그네가 있어서 타고 놀았다.

처음 타 보는 것이라서 재미있었다.

바이킹이라는 것도 만들어서 타 보기도 하였다.

무섭기도 하고 재미있기도 하였다.

어느새 4시 30분이어서 짐을 싸고 집에 갔다.

영주와 나, 고운이와 집에 왔다.

왜냐하면 성가대 연습이기 때문이다.

늦었지만 연습은 시작하지 않았다.

생일에 초대를 받아서 갈 때부터 시작하여 돌아올 때까지의 일을 적은 글입니다. 자기가 한 일을 너무 간단하게 대강대강 적어 놓았어요. 글월마다 줄을 새로 바꿔 쓴 것만 보아도 쓰기 전에 미리 계획을 세우지 않고 되는 대로 쓴 것 같아요. 어느 한 대문을 힘들여 자세하게 써야 하는데, 글의 중심도 없고 처음부터 끝까지 겉스쳐 지나가듯 적어 놓아서 재미가 없는 글이 되었습니다.

그 밖에, 글이 잘못된 곳을 가리켜 보겠습니다. 첫머리부터 잘 쓰지 못했습니다. 무엇 때문에 은영이네 집에 갔는지도 알 수 없지요.

"오늘은 엄마와 선생님께 허락을 받고 친구들과 함께 버스를 타고 몇 정거장을 간 다음 은영이네 갔다."

이 글은 몇 가지 일을 한 글월에다 쓰려고 해서 시원스럽지 못합니다.

이것을 다음과 같이 쓰면 어떨까요?

'오늘은 은영이 생일날인데 초대를 받았다. 그래서 엄마와 선생님께 허락을 받고 찾아갔다. 친구들과 같이 버스를 타고 몇 정거장을 지난 다음 은영이네 집 근처에 내렸다.'

이렇게 쓰면 훨씬 쉽게 읽힐 것입니다. 그다음에 나오는 글을 볼까요?

'은영이네 집에 가니까 은영이네 어머니께서 반겨 주셨다.

은영이 동생 은별이도 있었다.

우리는 가방을 놓고 기다렸다.

우리는 베란다에 한 번 가 보았다.

병아리가 있었다.'

이렇게 되는데, 정작 은영이는 안 나오지요. 그래서 웬일일까? "기다렸다"는 말이 있으니, 아직도 학교에서 돌아오지 않은 은영이를 기다렸는가, 이렇게 생각됩니다. 그런데 은영이가 그 뒤에 갑자기 난데없이 나옵니다. 처음부터 은영이가 집에 있어서 맞아 주었다면 왜 가장 중요한 은영이는 안 나올까요? 기다렸다는 말은 무엇을 기다렸다는 것일까요? 이 대문을 잘 알 수 있게 다시 고쳐 써야 하겠습니다.

또 한 가지, 이것은 아주 틀린 것은 아닙니다.

"'생일 축하합니다. 생일 축하합니다'라고 노래로 축하해 주었다."

여기서 "……라고" 하는 말의 문제인데, 이것은 요즘 글을 쓰는 어른들이 모두 이렇게 써서 어린이들까지 닮아 가고 있구나 하는 생각이 듭니다. "……라고"보다는 '…… 하고'가 더 알맞은 말입니다.

"'우리 밖에 나가서 놀자'라고 해서……."

여기도 "……라고"가 나옵니다. 이것은 본래 우리 말에는 안 쓰던, 글에만 쓰는 글말이지요. 여기서는 "라고"를 아주 없애 버리고 '"우리 밖에 나가서 놀자" 해서……' 이렇게 쓰든지 '……고 해서'로 쓰면 입으로 말하는 그대로의 올바른 말이 됩니다.

"'너희들 병아리 가질래?'라고 하였다."

여기서도 "라고"를 아주 없애든지, '하고 말했다'로 쓰면 좋겠지요.

'라고'를 절대로 써서는 안 된다는 것이 아니고, 대부분의 경우 쓰지 않아야 될 자리에 쓰는 잘못된 글버릇이 퍼지고 있으니 조심해야 합니다.

학교를 다녀와서 숙제를 한 뒤였다. 우리 동네엔 여자아이들이 별로 없다. 나 혼자서 기둥에 고무줄을 매 놓고 '전우의 시체'를 하기 시작했다.

곧이어 오빠가 들어왔다. 그 뒤를 따라 며칠 전에 이사 온 맨 끝방에 사는 중3짜리 막내오빠가 들어왔다. 오빠가 시끄럽다고 하여 고무줄을 그만두고 책을 읽기 시작하였다. 난 책 읽기를 그렇게 좋아하지는 않지만 싫어하는 편도 아니다.

시간이 흘러 6시 정도가 되었다. 그런데 조용했던 집이 조금 잔소리가 들리는 듯했다. 옆집 아줌마네 집에서 들리는 것 같았다. 우리 옆집은 싸움이 잦다. 무슨 일 하나 가지고서도 퍽 하면 싸우고 퍽 하면 싸우고 하기 때문이다. 치고 박고 하며 싸우는 적도 많다. 하지만 오늘은 그리 흔치 않다. 흔치 않다는 흔하지 않은 싸움을 말하고 있다. 그 잔소리 한마디가 큰 싸움으로 벌어진 것이다. 매일 문을 닫고 있던 맨 끝방도 의아해하다시피 하면서 밖을 내다보았다.

무슨 클라이맥스의 한 장면 같았다. 아저씨는 아줌마 머리를 잡고 끌어당겼다. 그리고 아줌마는 아저씨 팔을 꼬집으며 "이거 놔" 하시면서 소리를 쳤다. 그러자 아저씨께서 "뭐? 놔아? 에이고 좋아하시네……." 그다음은 아저씨가 욕을 너무 많이 하셨다. 차마

귀 가지고 못 들을 소리이다. 왜 아저씨와 아줌마가 저렇게 싸우실까? 차라리 결혼을 하지 말 것을…… 하는 생각도 든다. 그래서 그런지 솔림이와 중환이는 매일 꼬집고 싸운다.

이때 나는 어린이 주제에 너무 과하지만 독신으로 사는 게 좋다고 생각했다.

이번엔 정말 끝장을 낼 것인지? 아저씨가 부엌문을 못 열게 못을 박아 버렸다. 참 한심한 부부다.

내가 만약에 결혼을 한다면 저러지는 말아야지 하는 생각이 들었다.

옆집 어른들이 싸우는 모양, 싸움을 보고 느낀 것을 잘 썼습니다.

"오늘은 그리 흔치 않다"고 쓴 말은 '오늘같이 싸운 날은 그리 흔치 않다'고 써야 할 말이 아닌가요? 그다음에 나오는 "흔치 않다는 흔하지 않은 싸움을 말하고 있다"란 말은 필요가 없습니다.

"의아해하다시피 하면서"란 말도 어수선합니다. '의아해한다'는 말 자체를 안 쓰는 것이 좋겠습니다. 이런 중국글자 말은 소리 내기도 알아듣기도 힘들지요. 더 쉬운 말 '이상하게 여기면서'라고 쓰면 되겠습니다.

"맨 끝방도…… 밖을 내다보았다"고 한 말도 좀 더 잘 알 수 있게 써야 하겠네요. 그 끝방에서 누가 내다보았던가요?

솔림이와 중환이가 누구네 집 어린이인지도 모르겠습니다.

"클라이막스" 이런 말도 될 수 있으면 우리 말로 쓰는 것이 좋겠습니다. "클라이스막스의 한 장면"은 '이야기의 한 고비'라고 쓰면 되겠지요.

딸 세 명이 어때서 이승은 대구 동도초 6학년

딸 10명과 아들 1명과는 아들이 더 크다는 옛말이 있다.

딸은 10이던 100이던 다 소용이 없고, 아들 하나만 있으면 소원이 다 이룩되었다는 옛 어른들의 말씀이 나의 가슴을 더욱더 뜨겁게 만든다.

우리 식구는 딸 3명에 어머니 아버지가 계신다.

언니 둘은 대학생, 나는 초등 6학년. 내가 바로 셋째 딸 막내이다.

엄마를 따라 엄마 친구 집에 가면 전부들 얘가 아들이었으면 좋았을 터인데…… 딸은 안 좋은데…… 하며 나를 놀리신다.

어른들께서는 나를 놀리는 셈치고 하시는 말씀이겠지만은 나의 마음은 좋지가 않다.

같은 사람으로서 왜 그렇게 남자와 여자의 차별이 있을까?

잘 키운 딸 하나가 열 아들 안 부럽다는 교훈도 있듯이, 남자와 여자를 차별하는 것은 너무한 일이다.

우리 옆집에는 아들 3명이 있는데 우리 집에는 아들 하나 없다고 우리 가문을 흉을 본다.

아들 3명만 있으면 다인가?

내가 커서 아이들을 낳는다면 아들보다는 딸 1명만 낳을 것이다.

또, 아들 부럽지 않게 곱게, 예쁘게, 똑똑하고 건강하게 키울 것이다.

남자아이들은 어른들이 남자를 더 좋아한다는 것을 어떻게 생각하는지는 몰라도 어른들이 딸보다는 아들이 좋다구 한다.

엄마와 아빠는 꼭 입버릇처럼 "네가 아들이었으면 얼마나 좋았겠누" 하고 나를 골탕 먹이신다.

내가 커서라도 남자와 여자의 차별을 꼭 해방시키겠다.

남자는 고기 살을 먹고 여자는 뼈만 먹는 사회가 되지 않도록 만들겠으며 아들보다는 딸이 더욱더 귀하도록 만들고 싶다.

꼭 지킬 것이다. (9. 30.)

어른들이 딸보다 아들을 좋아하고, 딸만 셋인 집에서 막내딸인 자기가 늘 어른들의 좋지 못한 말버릇감이 되고 있는 것을 불만스럽게 여기고 있는 글입니다. 어른들의 생각이나 말이 어린이들보다 못할 때가 너무나 많습니다.

이 글에 나타난 생각은 좋지만, 말(글)이 맞지 않은 데가 더러 있습니다. 몇 군데만 들어 보겠습니다.

"딸은 10이던 100이던 다 소용이 없고, 아들 하나만 있으면 소원이 다 이룩되었다는 옛 어른들의 말씀이 나의 가슴을 더욱더 뜨겁게 만든다."

이 글에서 "소원이 다 이룩되었다"란 말은 '소원이 다 이룩된다'로 해야 앞의 말을 순조롭게 받는 말이 됩니다. 또 "나의 가슴을 더욱더 뜨겁게 만든다"고 한 말은 어떻게 된 마음을 말하는 것일까요? 화가 났다는 것인가, 너무나 기뻐 가슴이 두근거렸다는 것인가, 마음의 상태가 어떻게 되었다는 것인지 짐작할 수 없습니다. 뒤에 나오는 글을 읽어 보니 답답한 심정이 되었다는 말 같은데, 아무튼 좀 정확한 말로 써야 합니다. 그래서 이 대문을 다음과 같이 고쳐 봅니다.

'딸은 열이든 백이든 다 소용이 없고, 아들 하나만 있으면 소원이 다 이룩된다는 옛 어른들의 말씀이 내 가슴을 더욱더 답답하게 만든다.'

다음, "어른들께서는 나를 놀리는 셈치고 하시는 말씀이겠지만은……" 여기는 '어른들께서는 장난삼아 하시는 말씀이겠지만……' 이렇게 써야 정확한 말이 되겠지요.

"잘 키운 딸 하나가 열 아들 안 부럽다는 교훈도 있듯이, 남자와 여자를 차별하는 것은 너무한 일이다." 이 글도 앞뒤가 안 맞으니 어떻게든 고쳐야 되겠어요. "있듯이"를 '있는데'로 고치면 될 것 같습니다.

"내가 커서라도 남자와 여자의 차별을 꼭 해방시키겠다"고 한 말도 틀렸습니다. 남자와 여자의 차별을 '없애겠다'고 해야 말이 됩니다. '해방'은 잡혀 있는 것을 풀어놓는다는 말입니다.

"아들 3명만" "딸 1명만"이라고 쓴 것도 '아들 셋만' '딸 하나만' 이렇게 쓰는 것이 좋겠습니다.

글 끝에다 쓴 날짜를 적어 놓은 것은 참 잘했습니다.

엄마의 사랑 이승희 서울 유석초 6학년

나는 학교에서 오자마자 가방을 던지고 밖으로 나갔다.

야~ 하는 소리와 함께 밖으로 뛰쳐나갔다.

나는 오빠 자전거를 타고 장난을 치며 자전거를 탔다.

그러다 어느새 저녁이 되었다.

집에 가려고 할 때 어떤 자전거와 쾅 하는 소리와 함께 넘어졌다.

처음에는 안 아팠다.

그리고 나서 몇 초가 지나니 손톱과 무릎에서 피가 많이 나고 있는 것이었다.

나는 눈물을 줄줄 흘렸다.

너무 아팠다.

엄마가 와서 나를 업고 집으로 갔다.

엄마가 솜으로 피를 닦고, 치료를 해 주셨다.

하루가 지나니 오른손이 다쳐서 글씨를 잘 못 쓰게 되었다.

그래서 일기는 나 대신 엄마가 써 주었다.

내가 부르는 대로 따라 써 주었다.

그때 엄마가 너무나 고맙고 좋았다.

엄마는 열심히 내 일기를 부르는 대로 열심히 써 주셨다.

너무나 고마워서 감격의 눈물이 나올 것만 같다.

나는 그때 문득 이런 생각이 들었다.

'아, 이래서 엄마가 있는 것이구나.'

엄마의 끔찍한 나에 대한 사랑에 감격하였다.

엄마가 계속 계셨으면 좋겠다.

텔레비전을 보면, 엄마가 너무 딸에게 신경을 많이 쓰셔서 돌아가
시는 줄거리의 텔레비전이 있다.

우리 엄마가 그렇게 되지 않았으면 좋겠다.

나는 엄마를 좋아하고 엄마도 나를 좋아하나 보다.

자전거를 타고 가다가 맞부딪친 이야기를 쓴 글입니다.
위험한 일을 당했지만, 좋은 글감이 되었습니다. 그런데 너
무 쉽게 써 버렸고, 잘못된 점과 모자란 점이 많습니다.

처음부터 차례로 지적해 보겠어요.

"야~" 이렇게 쓰는 법은 없습니다. 소리를 길게 낸 것은 '야아'로 써야 합니다.

"나는 오빠 자전거를 타고 장난을 치며 자전거를 탔다"고 썼는데, 말이 좀 뒤숭숭합니다. '나는 오빠 자전거를 타고 장난을 치며 갔다' 이렇게 쓰든지, 어쨌든 말이 잘되게 고쳐야 합니다. 글이란 한 번 써서 그대로 남에게 보여서는 결코 안 됩니다. 반드시 다시 읽어서 잘못된 것을 고치고 모자란 것을 바로잡아야 합니다. 두 번, 세 번을 읽어서 다듬으면 더욱 좋겠지요.

"그러다 어느새 저녁이 되었다"고 했는데, 이렇게 쓰기 전에, 자전거를 타고 어디를 돌아다녔는가, 어느 공원을 돌아다녔는가, 마을의 뒷골목을 다녔는가, 산길을 다녔는가, 학교 운동장을 돌고 있었는가를 대강이라도 좀 뚜렷하게 쓰는 것이 좋겠습니다.

"집에 가려고 할 때 어떤 자전거와 쾅 하는 소리와 함께 넘어졌다"고 했는데, 자전거 두 대가 나란히 가다가 다른 그 무엇에 부딪혀 함께 넘어졌는지, 두 자전거가 맞부딪쳤는지, 이 글로서는 알 수 없습니다. 또 '집으로 갈 때'이지 "집으로 가려고 할 때"는 아닐 것입니다.

"그리고 나서 몇 초가 지나니 손톱과 무릎에서 피가 많이 나고 있는 것이었다"고 쓴 것도 아무렇게나 쉽게 처리해 버렸습니다. 좀 더 그때 일을 자세하게 생각해 내어서 정확하게 써야 합니다. 가장 중요한 대목이니까요.

"그리고 나서 몇 초가 지나니"도 아주 정확하게 쓴 말 같지만 사실은 잘 맞는 말이 아닙니다. '얼마쯤 지났을까'라든지 '잠시 후'라고 쓰는 것이 더 맞는 말이 되지 않을까요?

"피가 많이 나고 있는 것이었다"도 아주 맛이 없는 말입니다. '피가 많이 났다'고 해야 살아 있는 말이 되지요.

이 대문에서는, 사고가 난 다음에 어디서 앉아 있었는지, 누워 있었는지, 그때 누가 와서 걱정해 주었는지, 좀 자세히 써야 합니다.

"하루가 지나니 오른손이 다쳐서 글씨를 잘 못 쓰게 되었다"도 말이 되게 고쳐야 합니다. '하루가 지나서 글씨를 쓰려고 했더니 다친 손이 오른손이라 쓸 수가 없었다' 이렇게 쓰든지, '오른손을 다쳐서, 하루가 지나도 글씨를 쓸 수가 없었다'고 쓰든지 해야 할 것입니다. 오른손을 어떻게 얼마나 다쳤는가도 알 수 있게 써야지요.

"엄마는 열심히 내 일기를 부르는 대로 열심히 써 주셨다"에서 "열심히"가 두 번이나 나오는 것도 아무렇게나 쓴 글이 되었습니다.

"너무나 고마워서 감격의 눈물이 나올 것만 같다"란 말도 흔히 남들이 쓰는 말을 그대로 썼다고 봅니다. 그리고 "같다"가 아니고 '같았다'로 써야 맞지요.

"엄마의 끔찍한 나에 대한 사랑에 감격하였다"에서는 "나에 대한"이란 말이 없는 것이 좋겠지요.

"엄마가 계속 계셨으면"은 '엄마가 언제까지나 살아 계셨으면'으로 써야 정확한 말이 됩니다.

"텔레비전을 보면……"이란 말에서도 끝에 가서 "텔레비전이 있다"가 아니라 '이야기가 있다'로 되어야 합니다.

맨 끝에 쓴 "나는 엄마를 좋아하고 엄마도 나를 좋아하나 보다"란 말은 싱겁고, 아무 필요가 없는 말이 되었습니다.

그리고 이 글 전체에서 한 글월이 끝나 마침표를 찍을 때마다 줄을 새로 바꿔 써 놓은 것도 잘못된 글쓰기 버릇임을 말해 두고 싶어요.

개미처럼 부지런히 서울 초 6학년

나에겐 아주 놀랄 만한, 기억에 생생히 남는 일이 있다. 지금부터 그 일을 쓰려고 한다.
5학년 여름방학 때 외갓집에서의 일이다.
난 가게에서 사탕을 사서 빨고 있었다. 무심코 아래를 내려다보니 개미들이 10~12마리 정도가 떼 지어 가고 있었다.
난 그냥 '밟아 볼까?' 하다가 너무 끔찍해서 그만뒀다. 개미들은

다행이라는 듯이 잠시 멈췄다가 다시 어디로 갔다. 난 살짝 따라
가 보았다. 쌍나무(나와 내 동생이 붙인 이름, 희한하게 생긴 나무) 아래 구멍
이 있고, 개미들은 그 안으로 들어갔다. 난 '사탕을 놓아둘까?' 하
다가 아까워서 그만두고 멍멍이에게 줬던 소세지 조금을 놓아두
었다. 그리고 안으로 들어갔다.

책을 25분 정도 보다가 문득 개미 생각이 나서 밖으로 나왔더니
소세지는 온데간데없었다. 그런데 개미집 옆에는 작은 모래 산이
있었다. 난 실례되지만 그 모래 산을 파 보았다. 놀랍게도 그 안
엔 모래 묻은 그 소세지가 있었다. 난 모래를 모두 다시 다른 곳에
뿌리고 소세지를 그냥 놔뒀다. 그러자 개미들은 이상하다는 듯
작업을 다시 시작하였다.

개미 한 마리가 모래 한 알을 물고 와서 놓자 또 다른 한 마리가
모래를 놓고 갔다. 이런 일이 수십, 수백 번 되풀이되었다. 난 미안
한 줄도 모르고 그저 신기해서 여러 번 모래 산을 무너뜨렸다. 그
래도 개미들은 지칠 줄 모르고 계속 모래를 물어 날랐다. 퍼뜩 정
신이 들자 벌써 어둑어둑할 때였다. 개미들의 얇은 허리가 매우 아
플 거라고 생각해서 소세지를 많이 가져다 놓고 사탕도 놓고 밥
풀도 놓고 모두 그 위에 모래 산을 만들어 주었다. 그리고는 느
낀 점이 많았다. 개미들도 저렇게 열심히 일하며 놀지도 않는데,
그에 비하면 나의 생활은 형편이 없었다고 생각하며 앞으로는 조
금이라도 노력하는 부지런한 생활을 해야겠다고 다짐했다.

이것은 개미를 살펴본(관찰한) 것을 쓴 글입니다. 개미들이 모래를 물고 와서 먹이를 묻어 놓는 일을 하는 것을 여러 시간 들여다보고 썼습니다. 그렇게 여러 시간 들여다본 태도와 그것을 이렇게 어느 정도 자세하게 잡아 쓴 것이 아주 잘한 일이라 봅니다.

그런데 이 글은 개미를 살펴보는 태도에서나 글을 쓴 태도에서 문제가 있습니다. 쓰는 태도부터 말하면, 이 글에 씌어 있는 일은 일 년 전에 있었던 일입니다. 교통사고를 당해서 병원에 입원해 치료를 받았다든가, 이웃집 친구가 죽었다든가 하는 일이라면 몇 해 전에 있었다고 해도 다시 쓸 수 있는데, 이것은 어느 날 개미를 들여다본 일입니다. 이런 일은 그때그때 일기장 같은 데나 글쓰기 공책에 적어 둘 일이지, 어째서 한 해가 지난 뒤에 썼을까, 하는 생각이 듭니다. 한 해 동안 글을 도무지 쓰지 않았던 것은 아닐 테지요.

왜 이런 것은 그때그때 적어 두어야 하는가 하면, 적어 두지 않으면 곧 잊어버리기 때문입니다. 그래도 이 어린이는 한 해가 지났는데도 어지간히 잊어버리지 않고 자세히 썼구나 하는 생각이 들지만, 역시 잊어버린 것을 쓰려고 하니 잘 안되어 그만 멋대로 썼다 싶은 데도 있고, 그때 일을 잘 되살려서 쓰지 않고 대강대강 써 나간 데도 있습니다.

몇 군데 가리켜 보기로 합니다.

"난 가게에서 사탕을 사서 빨고 있었다. 무심코 아래를 내려다보니 개미들이 10~12마리 정도가 떼 지어 가고 있었다."

이 글에서 사탕을 빨고 있었던 자리가 어디인지 알 수 없습니다. 사탕을 샀던 가게 바로 앞길인가? 집으로 오는 골목인가? 누구네 집 담 밑인가? 집에 와서 마루에 앉아 있었는가? 그리고 "아래를 내려다보"았다고 했는데, 마루에 앉았다가 마루 밑을 내려다보았는가? 아니면 마당 한쪽에 서 있다가 발밑을 내려다보았는가?

"개미들이 10~12마리 정도가 떼 지어 가고 있었다"는 말도 아주 정확한 말 같지만 그렇지 않습니다. 차라리 '개미들이 여남은 마리……' 이렇게 쓰는 것이 옳을 것입니다. 실제로 개미를 세어 보지 않고는 그 숫자를 "10~12마리" 이렇게 쓰는 것이 좀 무리가 아닌가 생각됩니다.

"개미들은 다행이라는 듯이" 이런 말도 멋대로 생각해서 쓴 말이 되었습니다.

"책을 25분 정도 보다가 문득 개미 생각이 나서……."

책을 본 시간을 어디에다 기록이라도 해 놓았다면 모르겠는데, 어째서 25분이라 썼을까요? 무엇이라도 이렇게 숫자로 분명히 나타내어야 정확한 표현이 되는 것이 아닙니다. 때로는 숫자로 자세하게 나타내는 것이 도리어 거짓이 될 수가 있지요. 책 읽은 시간을 일부러 재어서 적어 두지 않았다면 (이때 이 어린이가 책 읽은 시간을 적어 두지는 않은 것으로 볼 수밖에 없습니다.) '책을 한참 동안 읽다가' 하든지, '책을 반 시간쯤 보았을까' 이렇게 쓰는 것이 사실에 맞는 말이 될 것입니다. 그런데 그다음을 읽어 보니 개미들이 소시지를 모래로 아주 보이지 않게 묻어서 산을 만들어 놓았다고 했으니, 이것으로 미루어 보아 그동안이 적어도 두 시간쯤은 지난 것이 아닌가 싶으네요.

이번에는 개미를 살펴본 태도에서 문제가 되는 것을 말해 보겠습니다.

개미가 소시지를 모래로 묻어 놓은 것을 파헤쳐 놓았다. 그랬더니 또 개미들이 모래를 물고 와서 그것을 묻었다. 묻어 놓은 것을 또 파헤쳐 놓았다. 이렇게 하면서 "난 미안한 줄도 모르고 그저 신기해서 여러 번 모래 산을 무너뜨렸다"고 했습니다. 그러고는 "그래도 개미들은 지칠 줄 모르고 계속 모래를 물어 날랐다"고 쓰고 있습니다.

여기서 의문이 생기는 것은, 대체 이 어린이가 왜 그렇게 개미들이 묻어 놓은 소시지를 자꾸 파헤쳐 놓기만 했는가, 개미를 살펴보는(관찰하는) 목적이 어디에 있는가, 하는 것입니다. 이 의문에 대한 대답은 이 어린이가 써 놓았습니다. "그저 신기해서"입니다. 호기심으로 그렇게 한 것이지요. 그렇게 잔인한 짓을 하는 까닭이 그저 신기해서라니 좀 어처구니가 없다는 생각이 듭니다. 개미가 그렇게 애써 먹이를 묻어 놓은 까닭이 어디에 있는가 하는 의문을 마땅히 가져야 할 터이고, 그 의문을 풀기 위해 개미들이 하는 짓을 살펴보아야 할 것인데, 그렇게 기막히게 좋은 배움거리가 있어도 단지 그것이 신기해서 짓궂은 장난을 하면서 보았을 뿐입니다.

이것은 이 어린이만 나무랄 수 없지요. 학교에서 개미고 무엇이고 그것을 살피고 의문을 가지고 탐구하는 참된 과학 교육을 하지 않았기 때문에 어린이들이 이렇게 되는 것이지요.

이 글 마지막에는 "개미들의 얇은 허리"("얇은 허리"가 아니라 '가는 허리'라고 해야 맞는 말이지요)가 아주 아플 것이라 생각해서 소시지를 많이 가져다 놓고 사탕도 밥풀도 놓아두었다고 했으니 잘했습니다. 그런데 모래로 끌어 묻어 두었다니 개미들이 과연 그것을 알아낼는지 모르겠네요.

그리고 맨 마지막에 써 놓은 반성의 말을 보면 "느낀 점이 많았다. 개미들도 저렇게 열심히 일하며 놀지도 않는데, 그에 비하면 나의 생활은 형편이 없었다고 생각하며 앞으로는 조금이라도 노력하는 부지런한 생활을 해야겠다고 다짐했다"고 했는데, 이것은 그렇게 귀한 것을 보고도 깨달은 것

은 누구나 흔히 말하는 참 시시한 것이 되어 버렸다는 생각
이 듭니다. 아무리 훌륭한 것을 보아도 마음이 없으면 볼 수
없는 것이지요.

  이 글 첫머리에 나오는 "외갓집에서의 일이다"란 글월은
우리 말법이 아닙니다. '외갓집에서 있었던 일이다' 이렇게
써야 합니다.

바르게 살아가는 공부부터 하자

글은 손으로 쓰지만, 글로 되어 나오는 생각은 마음에서 나옵니다. 그리고 그 마음속의 생각은 그 사람이 살아가는 생활에서 우러납니다. 또 글로 되어 있는 말도 그 사람의 생활에서 나옵니다. 이것을 알기 쉽게 그려 보면 다음과 같습니다.

그러니까 생활이 근본이고 뿌리라는 것이지요. 생활이 잘 못되어 있으면 아무리 글재주를 부려도 절대로 좋은 글을 쓸 수가 없습니다.

언제나 제 욕심만 차리면서 약한 사람 괴롭히기를 예사로 하는 사람은 글을 써도 저 혼자밖에 모르는, 사람답지 않은 생각과 태도가 나타난 글을 씁니다. 재주만 있지, 하는 짓은 게으르고 꾀만 피우는 사람은 글을 써도 얄팍한 말재주만 부립니다. 무엇이든지 겉모양만 잘 꾸미고 다니는 사람은 글도 그와 같이 요란스런 말로 꾸미고 싶어 합니다.

그러나 마음이 착한 사람은 순진한 말로 글을 써서 얼핏 보기에는 서투른 글 같지만 그것을 읽는 사람의 가슴을 울립니다.

따라서 우리는 누가 쓴 글을 읽더라도 그 글을 쓴 사람이 어떤 마음을 가지고 있는가, 어떤 태도로 살아가는가를 판단해서 그 글의 가치를 매겨야 합니다.

글쓰기 공부를 하는 까닭은 올바르게 살아가는 사람이 되는 데 있습니다.

시험을 보고 나서 임윤숙 경기 부천 약대초 2학년

나는 시험을 보고 나서도 기분이 좋지 않다. 왜냐하면 나는 상을 탈 때까지 웃지 않을 것이라고 내 마음에 생각해 놨기 때문이다. 교실에서는 기쁜 얼굴을 하지만 마음에서는 기쁘지 않다. 집에 가서는 시험 때문에 밥을 먹지 않는다. 언니도 마찬가지다. 어머니가 밥을 먹으라 하시더라도 언니와 나는 밥을 먹지 않는다.

상을 탈 때까지 웃지 않겠다고 마음먹었다니 왜 그런 생
각을 했을까요? 참 바보 같은 생각입니다. 시험 때문에 밥을
안 먹었다는 것도 예삿일이 아닙니다. 시험 잘 쳐서 언제나
1등을 하던 사람도 어른이 되어서는 아주 비참하게 살아가
는 사람이 많고, 시험 점수가 나빠서 상급학교에 못 가도 훌
륭한 일을 한 사람이 얼마든지 있습니다. 그릇된 어른들의
말에 속지 말고 자유롭게 살아가세요. 자기 목숨은 자기가
지켜야 합니다.

놀림 정헌민 인천 남부초 4학년

나는 오늘 승민이한테 놀림을 당하였다.
왜냐하면 진단검사를 못 봤기 때문이다.
나는 최선을 다해 봤지만 이렇게 못 봤을 줄은 몰랐다.
나는 놀림을 받고 우울한 기분이 들었다.
나는 반장이 된 것이 후회스러웠다.
그렇지만 이미 늦었다. 나는 공부를 열심히 하여 놀림을 받지 않
고 반장 체면을 3월 말에 꼭 보여 주고 말 것이다. 그리고 지금도
문제집을 풀고 일기를 쓰는 거다.
그렇지만 3월 말 시험도 못 보면 어쩌나 하고 생각을 하면 꼭 진단
검사를 못 보아 놀림을 받은 생각이 떠올라 잊혀지지가 않는다.

꼭 3월 말 시험은 잘 보겠다.

시험 점수가 나쁘다고 놀리는 아이도 한심하지만, 놀림을 받았다고 그것을 그토록 괴롭게 여기는 사람도 큰마음을 가진 사람은 못 됩니다. 초등학교에서 죽자 살자 시험 점수 올리는 공부에만 정신을 파는 사람 치고 훌륭하게 된 사람은 없습니다. 점수가 나쁘다고 놀리는 아이쯤은 상대도 하지 마세요.

다롱이 차진미 인천 남부초 4학년

다롱이란 이름을 가진 인형을 샀다.

진짜 사람처럼 눈도 초롱초롱하고 머리도 금빛 머리이다. 아마 미국 아이인가 보다. 그리고, 우유를 먹으면 오줌을 싸고, 등 버튼을 누르면 고개를 끄덕이고, 배에 있는 버튼을 누르면 도리도리 고개를 젓는다.

아빠와 엄마가 공부를 잘했다고 사 주신 것이다.

나는 우선 다롱이가 살 집을 지어 주었다. 3층 집인데 1층은 침실, 그리고 2층은 응접실과 부엌, 3층은 목욕탕이다. 지금 다롱이는 1층 침실에서 코 자고 있다.

나는 앞으로 열심히 공부해서 아빠와 엄마를 기쁘게 해드리고,

다롱이가 '내 주인은 어쩌면 저렇게 공부를 잘할까?' 하고 생각하게 만들 것이다. 그렇게 만들려면 우선 학교에서 선생님 말씀을 잘 듣고, 공부 시간에는 절대로 한눈을 팔지 않겠다.

이 글을 읽고 무엇보다도 느끼는 것은, 어째서 부모들이 아이들에게 서양 인형을 사 줄까, 하는 것입니다. 서양 인형만 가지고 놀고, 서양 동화만 읽으니 글을 써도 서양 사람들이 쓰는 글같이 되고, 그림을 그려도 서양 아이 얼굴만 그리지요. 이러다가는 우리 나라 사람들이 서양 사람 다 되겠다는 생각이 듭니다. 부모님이 그런 인형을 사 주시면 "서양 아이는 싫어요" 하고 받지 마세요. 그리고 "우리 인형을 사 주셔요" 하고 조르세요. 가게에 가서도 우리 인형을 찾아야 장사꾼들이 좋은 우리 인형을 만들어 팔게 됩니다.

한 가지 더, 이 글 맨 끝에 "그렇게 만들려면…… 한눈을 팔지 않겠다"고 썼는데, 이것은 앞뒤가 맞지 않습니다. '한눈을 팔지 않아야 하겠다'고 써야 맞는 말이 됩니다.

멋진 우리 집 서울 초 4학년

수족관 아저씨께서 오셨다. 아저씨 손에는 화분이 있었다. 할머니께서는 밑에 내려가 화분을 가지고 오라고 하셨다.

우리는 밑에 내려가 화분을 옮겼다. 계단에 화분을 놓으니 초록
빛 궁전 계단 같았다.

나는 왕이 된 느낌이었다.

옮기고 있는 동안 아저씨들은 물고기의 먹이를 주고 계셨다.

조그만 물고기의 먹이는 찌리였다. 큰 물고기는 기쁠 것이다.

실버 바브와 가기앙을 가지고 와 식구도 몇 마리가 늘었고, 물레
방아도 있기 때문이다.

물고기들은 환경이 바뀌니 한곳으로 모인다.

슬픈 일이 있었다.

물고기 한 마리가 거꾸로 되었다. 그중에 메기같이 생긴 물고기가
그 물고기를 잡아 뜯어 피를 흘렸다.

제일 늙은 키싱구라밍은 말리지도 않고 가만히 있었다.

메기를 잡아 매운탕으로 만들까 보다. 메기같이 생긴 물고기는
너무나 잔인한 물고기다.

나는 '부처님 곁으로 가는 물고기를 축복해 주십시오.'

그 물고기는 쓰레기통에 들어갔다. 그렇지만 우리 집은 멋진 우리
집이다.

물고기만 해도 온갖 물고기가 있어서 그것들은 제각기 살
아가는 자리, 살아가는 모양, 먹는 먹이가 모두 다릅니다. 그
래서 그중에는 저보다 작은 산 것들을 잡아먹어야 살아가

는 물고기도 있지요. 그러니 그런 물고기를 덮어놓고 미워할 수도 없습니다. 사람도 짐승을 잡아먹고 물고기를 잡아먹고 하니까요. 그런데, 그렇게 모두 다르게 살아가는 물고기들을 잡아 와서 모두 한 어항에 넣어 놓고 한 가지 먹이만 주면 어떻게 되지요? 그래 놓고 메기같이 생긴 물고기를 미워하여 "매운탕으로……" 해서야 사람이 그 물고기보다 낫다고 할 수 없고 도리어 못한 존재가 되는 것 아닙니까? 집을 아무리 화려하게 짓고 꾸며도 그 안에서 살아가는 사람이 참되고 아름다운 마음을 가지지 못하면 결코 '멋진 집'이될 수 없다고 봅니다.

포카 장정효 경북 울진 죽변초 5학년

요즘에는 아이들이 포카를 하고 논다.

포카가 무슨 뜻인지 모른다. 포카를 트럼프라고도 한다. 트럼프도 무슨 뜻인지 모른다. 카드에 그림, 숫자, 영어 글자가 그려져 있는데, 한 묶음이 40장쯤 된다. 크기가 화투보다 2배가 크다. 놀이 방법은 2, 3명 정도 모여 똑같은 그림도 5장 모으고 숫자도 맞춘다. 이기면 이긴 아이가 진 아이에게 꿀밤을 먹인다.

하는 방법은 여러 가지가 있지만 그림을 맞추는 것은 어른들이 많이 한다. 나도 5번 정도 해 보았다. 자꾸 하니까 재미있어 하고 싶은 생각이 자꾸 났다.

지난번 내 짝이 공부 시간에 몰래 혼자서 카드를 가지고 놀다가 선생님께 들켜 혼이 났다.

선생님께서는 이 놀이는 서양에서 하는 노름이라고 하였다. 우리 나라 어린이들이 자꾸 나쁜 것을 배우니 큰일 났다고 말씀하셨다. 문구점에서 카드는 100원이나 300원 주면 쉽게 살 수 있다. 이런 것을 문구점에서 팔지 않았으면 좋겠다.

그런데 어떻게 해서 우리가 이런 카드 게임에 빠지게 되었나? 어른 들에게 나쁜 점만 배운 것 같다. 윗물이 맑아야 아랫물도 맑다는 속담이 있지만, 윗물이 맑지 않다고 해서 우리까지 똑같아서야 되 겠는가.

내가 카드 게임을 자꾸 하니 노름꾼이 된 기분이 든다.

이제는 정신을 번쩍 차리고 살아야겠다.

'포카'란 말의 뜻, 포카의 놀이 방법, 자기도 놀이를 하였 고, 동무들도 몹시 가지고 놀고 싶어 한다는 것, 선생님의 말씀, 문구점에서 팔고 있는 문제…… 이런 이야기를 쓴 다 음에 마지막에 가서 우리가 왜 이런 "카드 게임에 빠지게 되었나?"하고 스스로 묻고 있습니다. 그리고는 "어른들에 게 나쁜 점만 배운 것 같다"고 말하고, "윗물이 맑지 않다고 해서 우리까지 똑같아서야 되겠는가" 하고는 "정신을 번쩍 차리고 살아야겠다"고 맺은 것은 참으로 훌륭한 생각입니다. 생각에 그치지 않고 부디 올바르게 살아가 주세요.

"카드 게임"이라 했는데, "게임"이란 말은 우리 말 '놀이'라고 써도 됩니다.

나의 생일 성재욱 경북 경산 부림초 6학년

오늘은 나의 음력 생일이다. 그런데, 우리 집 식구 중에서 나의 생일을 기억해 주는 사람이 없었다. 일주일 전에 누나가 나의 생일이 오늘이라고 온 집안 식구들에게 다 알렸는데 막상 오늘이 되고 나니 다 잊어 먹고 아무도 기억해 주는 사람이 없었다.

저녁이 되어 엄마가 오시고 누나도 다 왔다. 그런데 제일 큰누나가 "아차! 오늘 재욱이 생일이다. 엄마, 깜빡하고 잊어버렸다" 하였다.

엄마는 그 말을 듣고 "그래? 그러면 와 내한테 안 그켔노" 하셨다.

"재욱아 미안하다. 니 생일인 줄 몰랐다 아이가아……."

"괜찮아예. 안 그래도 생일 안 할라 켔어예."

그러니 엄마가 나를 안으면서 "아이구 그랬나. 나중에 생일 해 주께 실망하지 마래이" 하셨다.

엄마가 나를 안을 때 포근함과 엄마가 나를 사랑하시는구나 하는 생각으로 기분이 말할 수 없이 좋았다. 엄마가 나를 사랑하기만 하면 생일 같은 거 안 해도 된다. 그래도 다음부터는 생일을 기억해 주는 사람이 있었으면 좋겠다. (1987. 9. 14. 월요일)

• 그켔노: 그랬나. • 할라 켔어예: 하려 했어요.

자기 생일을 식구들이 모두 잊어버리고 넘겼지만 엄마가 미안하다고 하면서 안아 주셔서 "엄마가 나를 사랑하시는구나" "엄마가 나를 사랑하기만 하면 생일 같은 거 안 해도 된다"고 기뻐했다고 합니다. 참 착하고 훌륭한 마음이지요. 정말 어머니 아버지의 사랑이 생일날 하루 잘 차려 먹는 것으로 결정되어서는 안 되겠습니다.

첫머리에 "오늘은 나의 음력 생일이다"고 썼는데, 이 말은 '오늘은 음력으로 내 생일이다'고 쓰는 것이 좋겠습니다. 또 그다음에 나오는 "나의 생일"도 '내 생일'로 쓰면 좋지요. '나의 학교' '나의 집' '나의 생일'…… 이렇게 쓰는 것은 일본식 말법입니다. 우리가 입으로 말을 할 때를 생각하면, 이런 말은 아무도 하지 않는다는 것을 알 수 있습니다. 어디까지나 '우리 학교' '우리 집' '내 생일' 이렇게 말하지요. 그러니까 글을 쓸 때도 우리가 하는 말로 써야 합니다. 어른들은 일본글을 많이 읽어서 일본말 따라서 잘못된 글을 씁니다. 일본글을 모르는 사람도 그 앞에 일본글 읽은 사람들이 잘못 써 놓은 글을 읽으니 이렇게 되지요. 그러니까 어른들 말과 글을 따르지 말고, 어린이들이 하는 쉬운 입말을 쓰는 것이 우리 말을 지키고 살리는 가장 슬기로운 길이 됩니다.

옳고 그름을 판단하고
비판하는 정신

골목에서 두 아이가 싸우고 있는데, 힘이 센 아이가 약한 아이를 덮쳐서 마구 때리고 있습니다. 알고 보니 싸움이 일어난 까닭이 큰 아이가 작은 아이를 마음대로 부리려고 했지만 작은 아이가 고분고분 들어주지 않아서 주먹질을 하게 된 것이랍니다. 작은 아이는 참을 수 없어 큰 아이에 맞서 싸우다가 당하고 있는 것이지요.

자, 이런 싸움이 벌어지고 있다고 할 때 그 골목길을 지나가는 아이들은 어떤 태도를 가지게 될까요? 사실 우리가 살고 있는 사회에는 이와 비슷한 싸움이 곳곳에서 일어나고 있습니다.

이 싸움을 본 아이들이 가지게 되는 태도는 다음 세 가지 가운데 하나가 될 수밖에 없습니다.

① 힘센 아이 편을 들어 잘한다고 응원한다.

② 힘이 약한 아이 편을 들어 싸움을 말린다.

③ 어느 편도 들지 않고 구경한다.

여러분은 어느 쪽에 들고 싶어 합니까? 어느 쪽에도 들지 않고 지나갈 수는 없습니다. 그냥 지나가는 것은 결국 ③에 들게 되니까요.

그리고 이 ③에 들어 있는 아이들도 아주 나이 어린 아이라서 어쩔 수가 없다면 모르지만, 싸우는 아이들과 비슷한 나이가 되어 있는 아이라면 힘이 센 아이를 편드는 ①의 아이와 같다고 할 수밖에 없습니다. 왜 그런가 하면, 그냥 구경하고 있는 것은 약한 아이가 당하고 있는 것을 그대로 보면서 즐기고 있는 것이 되니까요.

결국 우리는 이 세상을 살아가면서 비뚤어진 짓을 하는 사람 편에 서는가, 바르게 살아가려고 하는 사람 편에 서는가, 이 두 길밖에는 갈 길이 없다고 봐야 합니다. 여기서 양심을 가지고 살아가는가, 양심을 버리고 살아가는가 하는 갈림길이 있습니다. 옳고 그름을 판단하여 슬기롭게 살아가는가, 그런 판단을 하려 하지도 않고 편리한 대로 살아가는가 하는 갈림길이 됩니다. 또 사람답게 살고 싶은 정신과 용기가 있는가, 그런 용기고 정신이고 다 버리고 비참한 동물이 되어 살아가는가 하는 갈림길도 됩니다.

시골이고 도시고 우리 나라 골목길에서는 흔히 아이들이 깡패 같은 사람들에게 돈을 빼앗기고 얻어맞고 합니다. 그런 광경을 보면 못 본 척 지나가거나 그 자리를 피해 가야 자기만은 당하지 않게 됩니다. 힘이 너무 약하면 어쩔 수 없지만, 그런 경우에도 어른들에게 달려가 알린다든지, 그 밖에 할 수 있는 수단을 다 써야 하겠지요.

그런데 어린이들이 정직하게 쓴 글을 보면 거의 모두 맑고 깨끗한 마음으로 세상을 보고 생각합니다. 어린이들이 세상의 모든 일들을 보고 판단하는 것은 아주 정확합니다. 어른들은 온갖 어려운 말을 늘어놓고 유식해 보이는 글을 쓰면서 때로는 아주 비뚤어지고 병든 생각을 근사하고 아름다운 말로 꾸며 보이는 속임수도 쓰지만, 어린이들은 그런 재주를 부릴 줄 모릅니다. 어쩌다가 장사꾼 같은 어른들의 훈련을 받아 말재주 같은 것을 부리는 어린이가 있지만, 그런 것은 빤히 드러나는 것으로 되어 있습니다. 본래 어린이들은 그 본성이 거짓말을 할 수 없게 되어 있으니까요. 어린이들은 어디까지나 약한 사람, 바르게 세상을 살아가려는 사람들 편입니다.

우리가 살고 있는 이 사회는 온갖 일들이 제대로 되어 있지 않고 아주 엉망입니다. 그러니까 어린이들의 눈과 귀로 정직하게 보고 듣고 생각한 글에서 어른들의 말과 행동, 어

른들이 해 놓은 일들이 흔히 잘못된 것으로 나타나는 것은
당연하다 하겠습니다. 물론 어린이들도 아주 어릴 때부터
잘못된 어른들의 가르침을 받거나 어른들이 만들어 놓은 환
경에서 살다 보니 잘못하는 수가 많습니다. 그래서 어린이
들은 스스로 잘못하는 일들, 어른들 닮아 잘못된 생각을 하
고 잘못된 행동을 하는 것도 정직하게 반성하고 비판해야
할 것입니다. 이렇게 해서 옳고 그름을 판단하고 비판하는
정신을 길러 가는 것이 어린이 마음을 키워 가는 것이 됩니
다. 깨끗한 어린이 마음을 키워 가는 것, 이것이 우리 모든
사람들의 희망이 되어야 합니다.

어머니 김윤경 경북 봉화 석포초 3학년

우리 어머니는 꼭 새어머니 같다. 왜냐면 나만 미워하고 내 동생만
좋아하신다.
내 동생이 돈 달라고 하면 주고, 내가 달라고 하면 다 큰 지지바가
무슨 돈이야 하고 소리를 지른다. 나는 그러면 엄마가 미워진다.
그리고 여자는 미워하고 남자만 좋아하는 것도 싫다.
내가 어른이 되면 남자 여자 구별 없이 잘 키우겠다. (11. 9.)

• 지지바: 계집애.

246

동생이 남자라고 해서 더 귀여워하는 어머니의 태도는 잘 못입니다. 이 글을 어머니께 보여드리세요. 그러면 어머니의 생각이 달라질 것입니다.

크리스마스 이지욱 경기 남양주 심석초 2학년

나는 크리스마스가 우리 나라와는 상관없다고 생각한다. 왜냐하면 거기에는 두 가지 이유가 있다.
첫 번째 이유는 크리스마스는 외국의 명절이기 때문이다.
두 번째 이유는 만일 크리스마스를 즐기게 되더라도 돈 많은 부자들만 즐기게 되고 돈 없는 시골 사람들은 기쁨은커녕 슬픔만 더 쌓이기 때문이다.
그러니까 나는 돈 많은 도시 사람, 돈 없는 시골 사람 다 기쁘게 하는 것은 크리스마스를 없애고 우리의 명절을 더 뜻깊게 보내는 것이라고 생각한다.

2학년으로서는 자기의 생각을 아주 조리 있게 잘 썼습니다. 누구나 당연하다고 생각하는 일이라도 자기는 그렇게 보지 않는다면 남의 생각에 따를 필요가 없습니다. 자신의 생각을 귀중하게 여겨야 자기를 훌륭하게 키워 갈 수가 있습니다.

'예수님 오신 날' '예수님 나신 날' 하면 되지, 왜 "크리스 마스"라고 할까, 생각합니다.

공부 함명옥 경북 봉화 석포초 3학년

공부는 어린이에게만 필요한 것인가? 어른들도 공부를 하시겠지.
공부는 자기 실력대로 하면 된다고 생각한다.
그렇지만 부모님들은 우리들의 능력도 생각해 보지 않고 무조건
공부를 잘해야만 된다고 하신다. 공부를 조금이라도 못하면 야
단치시고, 또 공부를 안 해도 야단치신다.
이 세상 아이들이 공부만 잘하면 어떻게 될까? 똑똑한 아이들만
생기면 어떻게 될까?
나는 너무 똑똑한 사람들만 이 세상에 산다면 지금보다 살기가 더
나빠질지도 모른다는 생각이 든다. 어른들은 그런 생각이 조금
도 없나 보다. (1988. 11. 7.)

사실은 어른들도 공부를 해야 하는데 자기들은 하지 않고
어린이들에게만 죽자 살자 공부를 시킵니다. 그 공부도 착
한 사람이 되는 공부가 아니고, 재주 부리고 꾀 많은 사람이
되도록 하는 공부지요.
"이 세상 아이들이 공부만 잘하면 어떻게 될까? 똑똑한 아

이들만 생기면 어떻게 될까? 나는 너무 똑똑한 사람들만 이 세상에 산다면 지금보다 살기가 더 나빠질지도 모른다는 생각이 든다. 어른들은 그런 생각이 조금도 없나 보다" 이 말은 모든 어른들에게 들려주고 싶은 참으로 훌륭한 말입니다.

나를 죽이는 공부 현종찬 서울 신목초 2학년

오늘부터 왠지 공부가 미워졌다. 공부가 날 죽이는 것 같다. 공부 또 공부 공공공부부부 공부 미운 공부 때려 주고 싶은 공부. 난 공부가 유괴범 같다. 도둑 강도 같기도 하고 깡패 같기도 하다. 공부 없으면 뭐 하냐. 나는 공부 안 했으면 좋겠다. 공부 있는 세상은 나를 죽이는 원수다. 원수는 나쁘다. 절대로 공부가 있어서는 안 된다. 과일처럼 공부가 대롱대롱 매달렸으면 좋겠다. 그렇다고 공부가 없으면 안 된다. 공부도 좋지만 유괴범 같은데 하는 것이 좋을까? 여태껏 일기에 공부를 열심히 한다고 그랬는데 싫다. 그래도 공부는 좋은 친구다. (1991. 3. 28.)

마음속에 꽉 차 있는 느낌을 한꺼번에 마구 터트려 놓아서같이 된 글입니다. 이 글도 일기로 쓴 것인데, 평소에는 공부를 열심히 한다고 일기에 썼지만 그것은 진심이 아니고 어른들께 보이기 위한 글이었습니다. 그렇게 마음에도 없는 글을 날마다 쓰자니 마음속에 자꾸 쌓여 가는 것이 있었지요. 그래 그것이 이와 같은 글로 한꺼번에 터져 나온 것입니다. 마음속에 있는 것을 아주 시원스럽게 잘 토해 내었습니다. 공부가 원수고 유괴범이고 강도 깡패 같다는 말이 잘 맞고, 옳은 말입니다.

마지막에 가서 생각이 또 왔다 갔다 하여 어지럽게 된 것 같은데, 선생님과 부모님 눈이 무서워 그만 또 마음이 오그라들었다고 봅니다.

어른들의 마음 이은희 경북 경산 부림초 5학년

오늘은 죽을 뻔한 날이다. 아침에 시험 치로 좀 늦게 학교에 갔는데 엄마는 괜히 화를 내셨다. 난 그 이유를 잘 몰라서 겁이 났다. 피아노 학원 갔다가 집에 왔는데 엄마는 냉정하게 대했다. 손발 다 씻고 방에 들어와 보니 엄마가 "숙제 있니? 국어책 좀 소리 내어 읽어라. 또 한문도 써라. 그리고 매일 10시 30분에 자도록 하며, 늦게 집에 돌아오지 말아라. 대홍이랑 놀면 매 맞을 것이고, 내일 몇 시에 올 건지 종이에 적고, 선생님께 물어볼 테니 빨리 오너라" 이런 말씀을 하셨다. 내가 입을 삐죽 내면서 산수책을 보았더니 "소리 내어 읽어라"라는 소리가 들리자 속으로 '눈으로 읽은 것도 읽은 것 아니냐?' 이런 생각을 했더니 엄만 소리 내서 안 읽었다고 뺨을 때리며 골프채로 때렸다. 울음을 참다못해 "나가면 될 것이다"고 하면서 밖에 나가서 맨발로 200m 정도 뛰었다. 수위 아저씨도 나서다가 내가 뿌리쳐서 잡지 못했다. 계속 달리다가 7층까지 와서 여러 가지 생각을 하였다. '창문에서 뛰어서 죽을까, 굶어 죽을까?'라고 하면서 '비참하게 죽을 수는 없지. 통에 있다가 서서히 죽자'라고 했다. 그러나 하필이면 통에 들어가서 좀 있다가 엄마가 와서 기어코 집에 끌고 갔다. 나도 "엄마 자식 아니다"고 말했지만 헛수고였다. 또 내가 "나쁜 일을 많이 했으니까 그냥 두라"고 했고 "깨달았다"고 했으나, 엄마가 "깨달았으면 됐다"고 하면서 다정하게 대해 주셨다. 그러나 집에 들어와서 또 냉정하게 대해 주는 게 아닌가? 난 '엄만 여전하구나' 하면서 생각했다. 나는 도저히 엄마의 마음을 모르겠다.

끔찍한 생각이 듭니다. 어른들은 이렇게 잘못하고 있습니다. 초등학교 4학년만 되어도 특별한 경우가 아니면 책을 읽을 때 소리를 내지 않는 것이 좋습니다. 더구나 산수책을 소리 내어 읽지 않는다고 뺨을 때리고 골프채로 때리다니, 정신이 어찌 된 어머니구나 싶네요. 그렇게 미친 사람같이 공부를 시키는 어른들이 한없이 미워집니다.

그러나 여러분은 굳게 살아가 주세요. 절대로 꺾여서는 안 됩니다. 부모님들이 그렇게 공부만 하라고 하는 것은 자식이 미워서 그런 것이 아니고 아주 잘못된 생각에 빠져서 그렇게 하는 것이니, 부모님의 잘못된 생각을 돌리도록 꾸준히 애쓰면서 늘 바르다고 믿는 길만 걸어가 주세요. 그리고 여러분의 먼 앞날을 위해 건강한 몸과 삶을 스스로 지켜가 주세요.

이 글은 자기가 당한 일, 겪은 일을 아주 잘 썼습니다만, 좀 분명하게 쓰지 않은 대문도 있습니다. "계속 달리다가 7층까지 와서" 했는데, 어디를 어떻게 달렸는지 좀 더 자세히 써야 하겠고, "통에 있다가" "통에 들어가서" 했는데, 어디 있는 무슨 통인지 모르겠습니다.

감옥에 갇힌 우리들 최라영 서울 교동초 6학년

우리 주위 분들은 모두 우리에게 머릿속에는 공부만이 있도록 하게 하신다. 죄수가 갇힌 감옥이 아닌 공부의 감옥이다.

조금 못해도 더 잘해야지. 잘했어도 좀 더 잘해 봐. 우리들이 잘되라고 하시는 말씀들이지만 어쨌든 우리에겐 감옥이 된다. 만약 이 세상에 공부가 없고 명예가 없다면 공부도 안 하고, 명예 때문에 싸우는 일도 없을 텐데……

우리가 갇혀 있는 감옥은 도망치지도 못하고 헤엄을 쳐서 빠져나오지도 못하는 끝없는 감옥이다.

공부 때문에 꼼짝 못하고 늘 괴로운 시간만 보내고 있는 어린이들의 사정과 마음을 짧은 글로 잘 썼습니다. "우리가 갇혀 있는 감옥은 도망치지도 못하고 헤엄을 쳐서 빠져나오지도 못하는 끝없는 감옥이다"고 말했는데, 이 말은 어린이들의 심정을 아주 잘 나타내었다고 생각합니다. 그런데 내가 보기로는 어린이들이 만약 생각만 있다면 그런 감옥에서 빠져나올 수도 있다고 봅니다.

"만약 이 세상에 공부가 없고 명예가 없다면……" 하는 말은 별로 소용이 없는 말입니다. 이런 글은 그냥 생각만 쓰지 말고 뚜렷한 보기―실제 이야기를 써 놓고 생각을 적으면 읽는 사람이 더 절실하게 느끼게 되지요. 어린이들이 공부 때문에 고통을 받는다는 것은 누구나 다 알고 있는 일이지만 실제로 자기가 당하는 사실을 들어 보이는 것이 더 좋겠습니다.

텔레비전에 대하여 박문희 경기 의정부 의정부초 6학년

나는 텔레비전을 많이 보았다. 이 프로그램만 보고 보지 말아야지 하고 생각하다가도 다음 것을 보면 더욱더 보고 싶어진다. 그래서 이것을 보게 된다. 텔레비전은 우리에게 선전을 많이 한다. 우리에게 선전하기 위해 무조건 다 좋다고 한다.

선생님께서는 시골에 사는 사람들이 텔레비전에서 선전하는 것을 보고, 또 드라마 게임 같은 것을 볼 때 호화롭고 잘산다고 생각하여 서울로 자꾸 모여 인구 문제가 심각하다고 한다.

텔레비전은 우리에게 즐거운 오락으로 즐거움을 주기도 하고, 그 밖에 우리에게 흥미를 느끼게 한다.

그렇지만 텔레비전에서의 선전은 우리에게 나쁜 욕심을 품게 한다.

외국 영화에서 무서운 무기로 싸우는 것 등에서 착한 사람은 죽지 않고 나쁜 사람은 죽었으면 하는 생각도 든다.

그렇지만 다 같은 사람인데 죽인다는 것은 옳지 못한 생각이다.

나는 앞으로 텔레비전은 우리에게 도움이 되는 프로그램만 보아야겠다.

텔레비전에 대해 제 나름의 의견을 쓴 것이 좋습니다. 텔레비전을 안 보는 어린이는 거의 없을 것입니다. 그래서 어린이들이 텔레비전을 보고 난 느낌을 글로 많이 썼으면 좋겠습니다. 텔레비전을 '바보상자'라고 하지요. 그것은 텔레비전이 사람답게 생각하는 힘을 빼앗아 버려서 사람을 멍청한 동물로 만들기 때문입니다. 그럴수록 우리는 텔레비전을 보고 나서 항상 그 내용이 잘못됨을 서로 이야기해서 우리가 정신 빠진 허수아비가 되지 않게 해야 합니다.

"텔레비전에서의 선전은"이라고 쓴 말은 '-에서의'가 일본 말투이니 '텔레비전의 선전은' 하든지 '텔레비전에서 하는 선전은'이라고 써야 합니다.

오염된 중량천 이희원 경기 의정부 의정부초 6학년

우리 집에서 시장으로 가려면 중량천 다리를 건너야 한다. 다리에서 내려다보는 중량천은 더럽고 냄새나며 온 찌꺼기가 흘러간다. 그런데 따지고 보면 그렇게 더러워진 이유는 우리 사람들 때문이다. 내가 총싸움을 하며 중량천 길을 따라가 본 적이 있다. 가다가 쪼르르 쪼르르 소리가 났다. "응, 뭐지?" 하고 보니 파이프 속에서 더러운 물이 조금씩 조금씩 흘러나왔다.

그래서 나는 느꼈다. 이런 것들 때문에 중량천이 조금씩 조금씩 오염된다는 것을. 저번 여름에 겪은 일이다. 중량천 물에서 물고기를 잡는데 좀 이상했다. 눈이 툭 튀어나왔고, 몸이 휘어지는 등, 지느러미가 없었다. 지금 보면 이젠 완전히 물고기가 멸종되었다. 물고기를 잡고 집에 와서 세면을 하는데 냄새가 났다. "어디서 냄새가 나지?" 하고 코를 내밀며 냄새가 어디서 나나 보니 바로 내 몸에서 나는 것이었다. 아무리 씻어도 냄새는 지워지지 않았다. 몇 십 분가량 지나니 점점 지워지기 시작했다. 그때도 더러운 것을 한참 느꼈다. 중량천 물을 깨끗이 하는 수는 없을까 생각해 보았다.

역시 한 가지, 더러운 것을 중량천에 버리지 않는 일밖에는 없다.

냇물이 오염되어 물고기가 다 죽게 되는 땅에는 사람도 살 수 없습니다. 그 냇물은 누가 더럽힐까요? 돈벌이에 눈이 멀어 더러운 물을 마구 쏟아 놓는 공장의 주인들이 가장 큰 범인이지만, 한편 도시에 살고 있는 모든 사람들이 얼마쯤은 다 죄를 짓고 있습니다. 도시 사람들이 공해를 일으키는 데 어떤 죄를 짓고 있는지 잘 생각해 보세요.

이 글에서 줄 바꾸기에 대한 문제를 말해야 하겠습니다. 맨 첫째 단에서 다음 단으로 옮긴 대문이 잘못되었습니다.

"…… 더러운 물이 조금씩 조금씩 흘러나왔다" 이렇게 해서 끊고 다음에 새 단락을 시작했지요? 그런데 여기서 끊지 말고 "…… 더러운 물이 조금씩 조금씩 흘러나왔다. 그래서 나는 느꼈다. 이런 것들 때문에 중량천이 조금씩 조금씩 오염된다는 것을" 여기 와서 끊고 "저번 여름에 겪은 일이다……"에서부터 새로 줄을 시작해야 합니다.

"세면"이란 말은 '세수'라고 써야 합니다.

요즘 어른들 김영 경남 거창 샛별초 6학년

어른들은 어린이의 말을 들어주지 않는다. 꼭 당나귀 고집을 세

256

우고 그 시간이 지나면 "아휴, 네 말을 들을 걸 그랬구나!" 하시고도 이렇게 해야 하신다며 고집을 세우신다.

심부름도, 한두 걸음만 가도 손에 잡히는 것도 "야야, 뭐 가져와라."

가지고 오지 않겠다면 "이 녀석이……" 하시며 겁을 주신다.

무조건 어른 말씀이 옳다며 고집을 세우신다. 그렇게 말씀하신 대로 해서 틀리면 "뭐 그럴 수도 있는 거지" 하시며 넘어가시나, 우리가 틀리면 "이 녀석아, 그것도 못 해! 어?"

우리에게는 말할 기회도 주시지 않으신다. 그냥 앞뒤도 가리지 않고 해야 하는 일을 이렇게 해도 되냐고 물어보면 "안 돼! 해. 아니 그것도 못 해. 이 녀석이 누굴 닮았는지 이렇게 해. 아니야! 아니 아니."

어른들의 그런 지배 때문에 쉬운 일도 우리는 어른들에게 물어본다.

"이거 해도 돼요? 이렇게 하면 되지요? 엄마, 이것 좀 해 줘요."

어른들은 공산당처럼 우리들의 자유를 빼앗고 마구 부려 먹는다. 우리가 어리다고 의견들을 무시한다.

요즘 어른들은 옛날 어른들보다 좋아졌다고는 하나 언제나 부려 먹는 일은 똑같은 것이다. 언제나 자기의 주장만이 옳다고 생각하는 이기주의자들이다. 난 공익주의자가 되겠다. 담배만 피우고 술만 먹는 어른들이 나는 싫다. 그중에서 한 만분의 일은 그렇지 않겠지만 우리가 소중하다는 걸 모르는 어른들은 내 눈에는 모두가 바보로 보인다.

이제 우리들은 어른들의 억압과 지배를 받았으니 커서는 다시는 어른들께서 한 행동을 우리는 절대로 하지 않을 것이다. 절대로.

아주 말을 잘 만들어 재미있게 쓴 글입니다만, 억지로 만든 말이 아니고 누구든지 대체로 인정할 수 있는 어른들의 잘못을 지적한 이야기라, 우리 어른들이 읽기에 부끄럽습니다. 마지막의 결론도 잘되었습니다.

그런데 말을 잘 만들어 썼다고 한 것은, 대체로 어른들이 이것저것 잘못한다 싶은 것을 생각나는 대로 들어 놓았다는 것입니다. 이렇게 쓰지 말고 어느 때 어디서 어느 어른이 어떤 말을 하고 어떤 행동을 하더라고 써 놓으면 더 좋은 글이 되지요. 그러나 그렇게 쓰기는 좀 어려울 것 같습니다. 역시 이렇게 쓸 수밖에 없는가, 하는 생각이 들기도 합니다.

창피하다 창피해 박현경 서울 성일초 6학년

나는 어머니의 심부름으로 슈퍼로 가고 있었다. 그런데 젊은 여자와 젊은 남자가 어깨동무를 하고 가고 있었다. 내가 보기에도 창피하였다. 우리 나라는 '동방예의지국'인데 오늘날에는 그 말이 옛말에 불과하다. 밝은 대낮에 어찌 그렇게 할 수 있을까? 오늘뿐만이 아니다. 길거리를 다니다 보면 이런 모습을 자주 볼 수가 있다. 아무리 좋다 하여도 여러 눈이 지켜보고 있는데 말이다. 나는 처녀가 되어도 그러지는 않겠다. 정말이다.

사회의 모습은 어린이의 눈으로 보아야 비로소 바로 보인다는 것을 이 글은 가르쳐 줍니다. 모두가 그것을 예사로 보고 또는 당연하게 여기더라도 제 마음만은 '저게 아닌데' '저렇게 해서는 안 되는데' 하고 생각한다면 그 생각을 말해야 합니다. 그것이 정직한 말이요, 글입니다. 어린이의 말과 글은 이래서 귀합니다.

이 글은 어떤 사건(어디로 가다가 무엇을 보았다는 것)을 본 대로 말한 다음 여기에 대한 느낌을 썼습니다. 누구나 알고 있는 사실이라도 이렇게 실제 사실을 들어 보인 다음에 자기 생각을 말해야 '그렇구나!' 하고 더 깊이 공감하게 됩니다.

옷과 요즘 사람들 양윤우 서울 교동초 6학년

옷은 추위를 벗어나기 위해 입는 것이다. 그런데 요즘 사람들은 추위를 벗어나기 위해 옷을 입는 것이 아니고 멋을 내기 위해서 옷을 입는다. 요즘 사람들은 입으면 멋있게 하기 위해 옷에다 헝겊을 붙여 놓고, 옷을 찢어서 입고, 옷을 걸레처럼 하고 입고 다닌다.

아무리 멋을 부린다고 하여도 그렇지, 어떻게 우리 생활에 제일 중요한 옷을 걸레처럼 입고 다닐까? 요즘 사람들은 눈이 너무 높아서 창피한 줄도 모르고 옷을 찢어서 입고 다닌다.

옷을 단정하게 입고 다니는 것이 제일 멋있는데, 왜 사람들은 그것을 모르는지 이해가 가지 않는다.

이 글을 읽고 느끼는 것은, 어린이들이 세상을 보고 갖는 느낌은 역시 깨끗하고 바르구나 하는 것입니다. 어른들 가운데는 잘못된 짓을 많이 하고, 그 마음이 병든 어른들이 많습니다. 그리고 그런 어른들은 자기들의 잘못된 생각과 행동을 또 어린이들에게 보여 주고 가르치고 합니다. 그러나 다행하게도 어린이들은 나이가 어릴수록 어른들에 물들지 않고 깨끗한 마음을 가지고 세상을 봅니다. 참으로 반가운 일입니다.

이 글과 같이 사람들이 하는 모든 일을 그대로 보고 솔직한 생각을 글로 쓰는 공부를 하면서 자기의 바른 생각을 키워 나갑시다.

그런데 이 글도 생각만을 이렇게 쓰지 말고, 어느 날 어디서 어떤 사람이 어떤 모양의 옷을 입고 다니더라고 하여 실

제로 본 것을 뚜렷하게 써 놓고 자기 생각을 썼더라면 더 좋
았을 것입니다.

말을 정확하게 써야 할 곳도 있네요. "요즘 사람들은 입
으면 멋있게 하기 위해…… 입고 다닌다"고 쓴 대문은, 사
람들이 죄다 그렇지는 않으니까 '요즘 사람들 가운데는……
입고 다니는 사람들도 있다' 이렇게 써야 할 것입니다.

"눈이 너무 높아서" 그런 것이 아니라 눈이 비뚤어져서
그렇겠지요.

"추위를 벗어나기 위해"라는 말도 '추위를 막기 위해'가
낫겠네요.

영어 박윤정 서울 신목초 6학년

난 영어에 대해서 불만이다. 왜 영어가 세계 공통어가 되었는지?
그래서, 영어를 가지고 고민하는 사람들을 많이 보았다. 나도 그
중에 한 사람이다. 학원을 다니고 있지만, 정말 따라가기가 힘들
다. 훌륭한 사람이 되려면 다 겪는 일이겠지만, 난 이해를 할 수 없
다. 아무리 미국이 강대국이더라도 왜 우린 영어만을 제일 우선으
로 받아들여야 하나? 난 글은 얼마나 과학적이고 이치에 맞는지
에 따라서 순위를 정해야 한다고 생각한다. 왜 우린 한글이 얼마
나 과학적이고 이치에 맞는다고 실컷 얘기하면서 순위에 들지 못

하는지 알 수 없다. 이것도 아부의 한 일종일까? 우리 한글, 정말 다른 나라 사람들이 알려고 노력해야 한다. 아직 나라가 부유하지 못하고 땅이 작다고 우리에 대해 알려고도 하지 않는 세계의 사람들, 정말 문제가 있는 것 같다. 우리 한글을 더욱더 갈고닦아서, 더욱 아름다운 글을 만들어야겠다.

중학교에서 영어 시간이 국어 시간보다 더 많은 것도 잘못되었지만, 초등학생들에게 영어를 가르치는 것은 더욱 잘못된 일입니다. 이 점에서도 우리는 참교육을 해야 하고 참공부를 해야 합니다. 영어를 억지로 배워야 하는 데 대한 윤정이의 불만은 당연한 것이라 봅니다.

다만 세계 여러 나라 글들을 그 좋고 나쁨을 따져서 무슨 차례 같은 것을 정한다는 것은 있을 수 없어요. 그리고 우리가 억지로 영어를 배워서는 안 되듯이, 우리 한글을 다른 나라 사람들이 억지로 배워 주기를 바라는 것도 잘못된 생각입니다. 외국어는 필요에 따라 배워야 하겠지만, 아무리 필요하더라도 자기 나라 말글보다 더 힘들여 배우는 것은 제정신을 잃은 짓이기 때문입니다.

교무실 청소 최해숙 충북 충주 동신초 6학년

난 숙직실 청소였다. 하루하루 시간이 지남에 따라 지금은 교무실 청소이다.

우리는 선생님들로부터 자기 방은 자기가 스스로 치워야 한다는 말을 많이 듣는다.

학교에서는 교실이 우리 방이며, 교무실은 선생님들의 방이라 할 수 있다.

우리 학교 선생님들은 아침에 차를 타고 오시기 때문에 아침에는 청소를 할 수 없다.

그럼 오후에는 적어도 선생님들이 청소를 하여야 한다고 생각한다.

우리는 학교에서 4시 전까지 학교에서 끝난다. 선생님들의 퇴근 시간은 5시니까 20분만 청소하여도 된다고 생각한다.

이 어린이의 주장은 아주 정당합니다. 자기가 옳다고 믿는 생각은 무슨 일이든지 이렇게 당당하게 말하고 쓸 수 있어야 합니다.

글을 좀 다듬어야 할 데가 두 군데 있습니다.

첫머리에 "난 숙직실 청소였다. 하루하루 시간이 지남에 따라 지금은 교무실 청소이다" 이렇게 썼는데, 언제까지 숙직실 청소를 했고, 언제부터 교무실 청소를 하게 되었는지, "하루하루 시간이 지남에 따라"라고 한 말에서는 알 수 없게 되어 있습니다.

또 마지막에 가서 "우리는 학교에서 4시 전까지 학교에서 끝난다"고 쓴 것도 "학교에서"가 두 번 나오고, "4시 전까지"도 좀 이상합니다. 그러니까 '우리는 학교에서 4시까지 끝난다' 이렇게 써야 되겠습니다.

자신의 생각은 버린 채 강영정 서울 교동초 6학년

선생님께-

아이들이 이럴 땐 참으로 얄미워요. 자신의 생각은 버린 채 무조건 선생님 의견에만 끌려가요. 물론 선생님의 생각은 무척 훌륭해요. 하지만 아이들은 무조건 선생님 생각만 쫓아가려 해서 싫어요. 선생님 말도 들으면서 자신의 생각을 키워 나가야겠다는 생각은 않고, 선생님의 생각이 좋든 나쁘든 무조건 따라 해요.

우리는 선생님과 생각이 틀린 것도 있어요. 물론 선생님이니까 선생님 말을 듣는 건 좋지만, 자신의 생각은 없어진 채 우리의 마음을 가득 채우는 건 싫어요. 선생님의 좋은 생각만 따라 할래요. 저만이라도 저는 저 나름대로 생각을 키워 나가겠어요. 아이들의 생각도 모두 이랬으면 좋겠어요.

선생님이 비판하고 나쁘다는 점, 모든 아이들이 그쪽으로만 생각해서 사실 별로 나쁘지 않은 것도 더 나쁘게 만들어요. 저는 선생님의 좋으신 생각만 닮겠어요. 또 저의 생각도 더 키워서 선생님의 좋은 생각을 저의 생각으로 만들겠어요. 아이들이 선생님 생각을 무조건 따라 할 때 저는 그것이 선생님에게 잘 보이려고 하는 것 같아 무척 얄미워요. 만약 선생님이 '불공평한 세상' 하면 아이들은 무조건 세상이 불공평하다고 생각한 채 그 의견만 따라가려 하며 비판적으로 생각하는 건 싫어요. 세상에 불공평한 것만 있지는 않잖아요? 물론 저도 그렇게 생각했어요. 하지만 더 생각하고 보면 그렇게 불공평한 것만 있는 건 아니에요.

제 생각은 아이들이 무조건 선생님 의견만 닮아 가지 말고 자신의 생각을 더 키워 가며 자신의 생각을 갖는 거예요. 아이들이 제발 이러지 말았으면 좋겠어요. 너무 선생님 의견만 따라갈 땐 정말 얄미워요. 꼭 선생님께 잘 보이려고 하는 것 같고, 또 그렇게 생각하면 선생님이 자신에게 관심을 가져 줄 줄 알고 마음에서 우러나지도 않는 말을 지껄이게 돼요. 이럴 땐 속으로 비웃고 말아요. 제 생각이 잘못된 것일까요?

참으로 훌륭한 의견입니다. 아무리 선생님이 힘들여 말씀하시는 것이라도 그것이 잘못이라고 생각되거나 자기의 생각과는 맞지 않는다고 느낄 때는 따르지 말아야 합니다. 한편 아무리 힘없는 사람이나 어린아이가 하는 말이라도 그것이 옳으면 따라야 합니다. 이 글은 자기 자신의 느낌이나 생각이 중요하고 자기의 마음을 귀하게 여겨서 그것을 키워 가야 한다는, 참으로 중요한 의견을 말한 좋은 글입니다.

글도 어른들이 쓰는 어려운 말, 멋 부리는 말을 흉내 내지 않고 자기 말로 썼습니다. 다만 같은 말을 좀 되풀이했다는 느낌은 듭니다.

이렇게 아이들이 주체성을 가질 줄 모르고 어른들 말에 덮어놓고 따르기만 하는 일반의 태도를 비판하는 글도 쓸 수 있지만, 한 가지 뚜렷한 문제를 붙잡아서 선생님의 말씀과 아이들의 태도를 따지는 글을 쓴다면 읽는 사람들이 더욱 공감할 것입니다.

데모와 최루탄 황지영 경남 거창 샛별초 6학년

오늘 대구에 가서 이빨 치료를 마치고 나서 75번 버스를 타고 갔다.

잘 가는데, 운전사 아저씨가 신경질을 내시면서 "그 위에 문 좀 닫으이소. 개새끼들 또 데모하는가배" 하셨다. 전경들이 총을 메고 왔다 갔다 하는 게 심상치 않더니, 계명대학교에서 데모를 했다.

코가 막혀서 냄새를 못 맡았지만, 조금 있으니까 코에서 자극적인 냄새가 나고 코가 마구 따가워 왔다. 최루탄 가스가 새어 들어온 것이다. 서부 정류장에 빨리 가려면 계대를 지나가야 하는데, 길이 막혀서 못 갔다.

나는 서 있는데, 앞에 앉아 계시는 어떤 아주머니께서 하시는 말씀이 "저런 미친놈들, 씨가 빠지도록 돈 벌어서 대학 보냈더니 데모나 하고, 어구 미친놈들" 하셨다.

텔레비전에서 나오는 전경들과 실제로 보는 전경들은 너무나도 달랐다. 무서웠고 으시시했다.

내가 본 바로는 방패가 전경들의 키보다 조금 작았고, 모자는 앞에 철조망 같은 게 있었다.

전경들이 줄 서서 대학생들을 잡고 있을 때, 그 뒤에는 돌멩이며 화염병, 유리창이 깨진 조각들, 너무나도 무서웠다.

아마도 데모의 내용은 전두환 씨와 이순자를 징역시키라는 내용일 것이다. 정말 전두환 씨가 그럴 줄 몰랐는데, 좋은 경험을 했다. 최루탄 가스의 냄새는 맡아 본 사람만이 알 수 있다.

그 한국화약 회사의 사장은 못 믿을 인간이다. 사람 죽이고 돈 얻는 것을 사업으로 하다니, 못돼먹은 인간!

대학생 언니 오빠들이 무사해야 할 텐데 걱정이다.

(오늘 소매치기를 당했다. 얼마나 빠르던지, 지갑을 잃고 나서 둘러보니 없었다.

소매치기는 정말 빠르다. 참으로 어이가 없고, 되게 재수가 없다. 하지만 좋은 경험 많이 했다.)

어느 날 버스를 타고 가다가 대학생들이 데모하는 것을

본 느낌을 쓴 일기입니다. 어른들이야 무슨 말을 하든지 자기의 생각을 든든하게 가지고 있는 태도가 훌륭합니다. 운전사와 아주머니가 한 말을 그대로 잘 기억해서 쓴 것도 좋습니다. 끝에 소매치기당한 일을 따로 간단히 적은 것도 잘되었습니다.

"코에서 자극적인 냄새가 나고"이렇게 썼는데, '코를 자극하는 냄새가 나고'라 하든지 '코를 찌르는 냄새가 나고' 이렇게 쓰는 것이 좋겠습니다.

같은 글감으로 쓴 글을
견주어 생각하자

여기 같은 글감으로 쓴 글을 몇 가지 모아 놓았습니다.

맨 처음에 나오는 글 여섯 편은 어린이들이 '장래 희망'을 쓴 것입니다. 여기서 시골에 사는 어린이와 도시에 사는 어린이들이 앞으로 어른이 되었을 때 어떤 직업을 가지고 싶어 하는가, 어른들의 직업에 대해서 어떤 생각을 하고 있는가를 살펴보세요. 한 가지 참고로 말해 두고 싶은 것은, 시골 어린이가 앞으로 자라나면 공장에 가서 일을 하겠다든지, 솜사탕 장사를 하겠다든지 하고 생각하는 것은, 자기 집 생활이 그만큼 힘들고 부모님들이 언제나 일을 하면서 살아가기 때문에 하루빨리 자라나 나도 일을 해서 집안 살림살이를 도와야 하겠다는 사람다운 태도에서 나오는 말이라 보아야 합니다. 그런데 도시고 농촌이고 무슨 학자가 되겠다든지, 운동선수가 되겠다든지, 가수가 되겠다든지 하는 어린이들은 부모님들이 어디서 어떤 일을 하시는지, 세상 사람들이 어떻게 살고 있고 우리는 어떻게 살아야 하는가, 하는 문제에는 관심이 없고 다만 텔레비전에 나오는 사람들만 쳐다보고 부러워서 그런 사람이 되고 싶어 하는 것은 아닌가, 좀 걱정된다는 점입니다.

그다음에 차례로 나오는 '점심시간'과 '시험' '독서감상문' '전학 간 친구' 네 가지 글감들은 각각 두 편씩 들어 놓았으니 잘 견주어 보시기 바랍니다.

학교에서 점심시간에 도시락을 먹은 이야기를 쓴 두 어린이는 똑같이 빵과 우유를 가지고 온 은실이 이야기를 썼지만, 그 글이 많이 다릅니다. 여기서 어떤 모양이나 일을 그려 보이는 표현의 문제를 생각할 수 있습니다. '시험'에 대한 생각을 쓴 글 두 편은 어린이들에게 언제나 걱정거리가 되어 있는 시험을 두고 두 아이의 생각이 다르게 나타나 있는 것이 재미있습니다. 독서감상문 두 편은 영웅들의 전기를 읽고 쓴 두 사람의 생각이 아주 달라 재미있습니다. '전학 간 친구'란 제목으로 쓴 두 편은 내용이나 표현이 대조가 될 만큼 다른 것은 아니고, 다 같이 오늘날 우리 나라 농촌 학교의 형편을 잘 보여 주고 있는 글이 되어 있습니다.

같은 제목이나 같은 글감으로 쓴 글을 읽고 견주어 보는

270

데서 어떻게 하면 더 좋은 글을 쓸 수 있는가 하는 글쓰기
문제를 좀 쉽게 풀어 볼 수 있을 것입니다.

버스 운전기사 김규환 서울 구의초 1학년

나는 커서 버스 기사가 되겠다. 소형 버스 1대를 몰고 돈도 벌겠
다. 운전도 잘하고 안내방송도 잘하겠다. 음주 운전도 하지 않고
양보 운전을 하겠다. 신호도 잘 보겠다. (1992.)

이 어린이가 공부하고 있는 반의 어린이들이 써 놓은 장
래 희망을 보니 '과학자' '의사 선생님' '피아노 선생님' '유
치원 선생님' '초등학교 선생님' '경찰' 이런 사람이 되겠다
는 어린이가 대부분이고, '버스 운전기사'가 되겠다는 어린
이는 이 어린이뿐입니다. 아마도 이 어린이의 아버지나 친
척 어른 가운데 버스를 운전하는 분이 있어서 자주 버스 운
전 이야기를 해 준 모양이지요. 어른들이 쓰는 "음주 운전"
"양보 운전" 같은 말도 그대로 쓰고 있습니다. 어른들 따라
자기 앞날을 생각해 보는 것은 자연스러운 일이지만, 초등
학교 1학년생이 앞으로 어른이 된 다음에 어떤 직업을 가지
고 싶어 하는 것은 별로 뜻이 없습니다. '과학자' '선생님'
'의사' '경찰' 이런 사람이 되고 싶어 하는 어린이도 마찬가

지입니다.

이 어린이의 글과 함께, 경기도 광명시 가림초등학교 6학
년 어느 반에서 나온 문집을 보았더니 졸업생들의 장래 희
망이 모두 '사업가' '과학자' '선생님' '의사' '그룹 회장' '운
동선수' '학자' '아나운서'…… 이렇게 되어 있는데, 무슨 직
업을 가리키지 않고 그냥 '가장' '애 아빠'라 써 놓은 어린이
들도 여럿 있었습니다. 어린이들이 이렇게 빨리 어른이 되
고 싶어 하는가, 이렇게 벌써 어른이 되어 버렸는가 싶어 좀
씁쓸한 생각이 들었습니다. 어린이가 어린이로서 살아가지
못하고 어른으로 살아간다는 것은 불행한 일입니다.

나의 생각 김정성 경북 봉화 석포초 3학년

나는 나중에 크면 장사를 할 것입니다. 지금 우리 아버지는 영주
에서 솜사탕 장사를 하고 계십니다. 그래서 내가 크면 우리 아버지
가 쓰시던 기계를 물려받아 나도 장사를 할 것입니다.

내가 나중에 크면 김윤경 경북 봉화 석포초 3학년

나는 나중에 크면 공장에 들어갈 것입니다. 나는 공부하는 것보
다 공장에서 열심히 일을 더 하고 싶습니다.

공부를 해서 나중에 대통령이 되고 싶다든지 하는 헛된 생각을 하지 않고, 장사를 하거나 일을 하면서 세상을 바르게 살아가고 싶어 하는 것은 얼마나 건강한 생각입니까? 공장이나 논밭에서 일하는 사람을 훌륭하게 보는 이런 사람이 많아야 우리 나라 앞날에 희망이 있습니다.

앞으로 나는 정지년 경기 고양 성사초 6학년

나는 처음에 만화가가 되고 싶었다. 그런데, 나의 만화는 단순하여서 기술자로 꿈을 바꾸었다. 이곳으로 이사 오자 움직이는 프라모델에 마음이 끌렸고, 전동기, 탱크 등의 원리를 알게 되었다. 총도 한 번 만져 보았다. 재미있다고 생각하여 원리를 연구해 보았다. 그 결과 총의 생명은 스프링에 있다는 것을 알았다.
나의 꿈은 많이 바뀌었다. 그러나, 나는 연구한 것을 만들 수 있는 사람이 돼야겠다. 즉, 연구하고 그것을 설계로 우리에게 필요한 것을 만드는 발명왕이 되겠다는 결심이다. 장래에 내가 무엇이 될지는 모르지만 발명가의 길로 가기 위해 나는 노력할 것이다.

무엇에 재미를 붙여 열중하다 보면 '나도 장차 어른이 되었을 때 이런 일을 하는 사람이 되어야지' 하고 흔히 생각하게 됩니다. 이것은 자연스런 마음이지요. 그러나 아직 초등학생이라면 어른이 된 뒤에 무슨 직업을 가지나, 하는 문제에는 마음 쓸 필요가 없습니다. 무슨 직업을 가질까, 하는 문제보다 어떤 마음을 가지고 살아갈까, 하는 것이 중요합니다. 그리고 6학년이라면 만화책이나 장난감보다는 사람의 마음을 더 크고 깊게 열어 주는 책을 많이 읽는 것이 좋겠습니다.

장래 희망 강은미 광주 백운초 6학년

나는 어렸을 땐 언제나 이런 생각을 했었습니다.
'나는 누구보다 더 훌륭한 사람이 되겠다'고 생각을 했습니다.
그러나, 커 가면서 그 생각이 잘못된 점이 있다는 걸 알아냈습니다.
훌륭한 사람이란 꼭 높은 벼슬, 돈 많은 부자, 인기 많은 가수가 아니라는 걸 깨닫게 되었습니다. 자기의 이치에 맞게 행동하고, 착하고, 성실하게 자기의 소질을 키워 가는 사람을 말하는 것입니다.
나의 희망의 첫걸음은 TV 탤런트가 되는 것이었지만 너무 화려해서 그만 그 꿈은 버렸습니다. 내가 1학년 피아노 학원에 다닐 때부터 피아니스트가 되는 게 저의 꿈이었습니다.
하지만 세월이 감으로써 꿈은 바뀌었습니다. 요즘은 음대 교수

274

가 되는 게 꿈입니다.

음대 교수의 꿈은 좀처럼 싫증을 느끼지 않았습니다.

하지만 언젠간 또 꿈이 바뀌어지겠지……. (1989. 1. 19.)

"훌륭한 사람이란 꼭 높은 벼슬, 돈 많은 부자, 인기 많은 가수가 아니라는 걸 깨닫게 되었"다니 다행입니다. 그런데 이번에는 또 음대 교수가 되려고 했군요. 교육자가 되고 싶으면 유치원이나 초등학교의 선생님이 되어도 좋지요. 이 세상에서 가장 훌륭한 사람은 남을 위해 땀 흘려 일하는 사람입니다. 이런 참이치를 빨리 깨닫는 사람일수록 더 훌륭합니다.

글을 고쳐야 할 데가 여러 군데 있습니다.

"'나는 누구보다 더 훌륭한 사람이 되겠다'고 생각을 했습니다" 이렇게 썼는데, 바로 앞에 생각했다는 말이 나와 있으니 "고 생각을 했습니다"는 없애는 것이 좋겠습니다.

"그러나, 커 가면서 그 생각이 잘못된 점이 있다는 걸 알아냈습니다"고 했는데, 훌륭한 사람이 되고 싶어 하는 것이 왜 잘못되었는가요?

"나의 희망의 첫걸음……"이란 말도 입으로 하는 말로 쓰는 것이 좋겠네요.

다음은 바로 써야 할 낱말을 지적해 둡니다. "했었습니다"는 '했습니다'로 써야 합니다. 어른들이 더러 '했었습니다' '갔었습니다'로 쓰더라도 따라 쓰지 마세요. 그것은 서양말법 흉내 내는 아주 잘못된 말입니다. 여러분들이 어른들 하는 것 그대로 따르다가는 말이고 글이고 우리 것 다 잃게 됩니다. "탤런트"도 서양말이니 '연기자'라고 말해야 됩니다.

제정신이 없이 살아가면 글도 이렇게 어른들 따라 잘못 쓰게 된다는 것을 깨달아야 합니다.

나의 앞날 주지용 경남 거창 샛별초 6학년

아버지는 고제국민학교를 졸업하고 대구에 가서 구두 닦기, 휴지 팔기와 비 올 때는 비닐우산을 팔았다고 한다.

지금은 국민학교를 졸업하고 중학교는 안 다니는 아이들이 없다. 나는 중학교 다하고, 고등학교 붙으면 계속하고, 떨어지면 공장에 일하든지 아버지 밑에서 옷 만드는 일을 하겠다. 아버지는 사장, 나는 직공이 되어 돈을 잘 벌면 된다. 또 엄마는 고등학교 떨어지면 나하고 같이 과자 장사나 술장사를 하자고 했다.

왜 나하고 할라 하는 사람이 많을까? 수원 고모부도 오라 하고, 수원 이모 집에서도 오라고 한다. 참말로 걱정이다.

고등학교를 나와야지 겨우 장가를 들지, 중학교를 나온 사람에게는 시집을 안 갈라고 한다. 그래서 공부를 푸지기 해야 한다. 나한테 시집올 사람이 없으면 노총각으로 살면 되지 뭘 걱정하나, 우리 반 아이들아.

• 국민학교: 초등학교. • 푸지기: 푸지게. 아주 많이. 넉넉하게.

이 글을 읽으니 저절로 웃음이 나고, 마음이 기쁩니다. 요즘 세상에도 이렇게 마음을 크게 가지고 살아가는 아이가 있구나, 하고 놀라게 됩니다.

"나한테 시집올 사람이 없으면 노총각으로 살면 되지……."

그렇다. 이제 초등학교에 다니는 아이들이 장차 어른이 되어 장가가고 시집갈 걱정, 무슨 직업을 가질 걱정, 그런 걱정까지 당겨서 하다니! 그렇게도 빨리 어른이 돼 버렸는가? 걱정하지 마라. 고등학교 못 붙으면 그만이고 공장에 가서 일하면 되지. 공장에 못 가면 장사하면 되고, 장사 못 하면 농사 짓고…… 할 일은 얼마든지 있다!

이 글을 쓴 어린이가 "돈을 잘 벌면 된다"고 했는데, 이것은 그냥 해 본 말이라 생각됩니다. 그까짓 돈은 또 악착스럽게 벌어 무엇을 하겠어요? 그것도 다 어른들이나 하는 짓이지요.

"왜 나하고 할라 하는 사람이 많을까?" 했는데, 아마 이 어린이가 무슨 일이든지 부지런히 하면서 마음이 넓다는 것을 모두가 아는 모양이지요. 부디 그런 사람다운 마음으로, 크고 넓은 마음으로 언제까지나 살아가세요. 그러면 세상이 다 제 것으로 될 테니까요.

점심시간 이경은 경남 거창 샛별초 3학년

오늘 점심시간의 일이다.

오늘 점심시간에는 선생님께서 우리 분단에서 점심을 잡수시는 날이다. 선생님께서는 반찬을 2통이나 싸 오셨다.

우리들이 먹고 있는데, 은실이가 빵과 우유를 싸 왔다. 은실이는 선생님께 이렇게 말했다. (자세히는 모르겠다.)

"선생님, 빵과 우유 싸 와도 됩니까?"

선생님이 말씀하셨다.

"그건 좀 곤란한데" 하고 말씀하셨다.

"은실아, 너 그 빵 가지고 이리 와."

은실이는 선생님 옆으로 갔다. 선생님께서 말씀하셨다.

"은실아, 그 빵 나 주고, 너 밥 나하고 같이 먹자."

은실이는 "네" 하고 작은 목소리로 대답했다. 내가 은실이의 얼굴을 보니 울음이 나올 것 같았다.

다 먹고, 이제 선생님께서 은실이에게 빵을 주고 이렇게 말씀하셨다.

"은실아, 빨리 다 나누어 줘."

은실이는 아이들에게 빵을 다 나누어 주었다.

이제 우리가 나가 놀려 하니 종이 쳐서 공부를 시작했다.

밥 박보현 경남 거창 샛별초 3학년

학교에서 있었던 일이다.

점심시간에 학교에서 도시락을 먹고 있으니 은실이가 빵과 우유를 사서 들어오고 있었다.

선생님께서 이리 오라고 하시며 선생님 밥을 은실이에게 반을 주었다. 난 선생님 밥이 적을 것 같아서 "선생님 밥은요?" 하고 물어보았다. 선생님께서 잠깐 생각하시더니 "아! 너희가 나한테 밥을 한 숟가락씩 주고 이 빵을 나중에 밥을 다 먹고 나서 조금씩 갈라 먹어라"고 하셨다. 우리는 그렇게 한다고 했다. 그리고 선생님께서는 "괜찮겠지? 은실아" 하고 은실이에게 물었다. 은실인 울려고 하면서 고개를 끄덕거렸다.

난 다시 밥을 먹다가 은실이를 보니 밥은 조금씩 줄어들고 있었다. 그런데 반찬은 줄어들지가 않았다. 선생님께서도 그것을 보셨다. 그러더니 은실이에게 "은실아, 반찬도 먹어야지" 하시며 숟가락에 반찬을 놓아 주셨다. 은실이는 고개를 살래살래 흔들었다.

은실이가 앞으론 밥을 싸 왔으면 좋겠다.

점심시간에 도시락을 먹은 이야기인데, 같은 시간에 같은 일을 두고 쓴 것이지만 두 어린이가 쓴 것이 달라서 재미가 있습니다. 어떻게 다른지 잘 견주어 보세요. 그리고 왜 그렇게 달리 썼는지 생각해 보세요. 똑같은 나무나 사람의 얼굴을 그림으로 그려도 그리는 사람의 자리에 따라 달리 보이는 것이 당연하겠지요. 또 자세히 보았는지 겉으로 스쳐보았는지에 따라서도 다르겠지요.

이 두 이야기에 나오는 선생님은 은실이에게 도시락밥을 나누어 주셨습니다. 그리고 은실이가 먹으려던 빵은 모두 같이 먹도록 나누어 주게 했습니다. 선생님이 하신 이런 일들을 어떻게 생각하는지요? 나는 참 훌륭한 선생님이라고 봅니다.

시험에 대하여 서희연 경기 의정부 의정부초 6학년

시험은 나에게 제일 지겹고 고달프다. 그 이유는 시험을 본다고 엄마에게 말씀드리면 공부, 공부, 공부란 말씀밖에 들리지 않는다. 정말 고달프다. 90점의 평균 점수를 넘지 못하면 화만 내신다. 성적표를 받아 오면, "이게 시험 본 거냐?" "니가 요즈음 아주 이상해졌어!"라고 야단만 치실 뿐 다른 말씀은 없으시다. 그래서 나는 시험이 나를 위한 것인지 부모님을 위한 것인지 모른다.

시험 보는 날이면 집에 가기 싫고 엄마의 무서운 얼굴도 보기가 싫다.

지겨운 시험!

고달픈 시험!

엄마에게 눈총받기가 싫어진다.

고달프다. 고달퍼! 시험은 왜 생겨났을까? 사람들을 혼내기 위해서? 정말 너무한다.

시험에 대하여 오정미 경기 의정부 의정부초 6학년

우리가 학교에 다니는 것은 많은 지식을 쌓고 공부하기 위해서다. 우리가 배우는 것을 평가하는 것이 시험이다. 다른 아이들은 시험이라는 말만 들어도 지겨워하면서 시험이 없어졌으면 좋겠다고 말한다.

하지만 난 시험이 좋다고 생각한다. 그것은 시험을 보면 나의 실력을 알 수 있기 때문이다. 아이들이 컨닝을 하고 시험 점수를 고치고 짜고 하는 것은 부모님들과 선생님들이 만드신 것이다. 집에 가면 엄마는 "시험 잘 봤니?" 하고 물으신다. 그럼 못 봤다고 말씀드리면 엄마는 화를 내시면서 누구는 잘하는데 너는 왜 그렇게 못하냐고 하시면서 핀잔 반, 꾸중 반이고, 학교에서는 선생님께서 시험 못 보면 화를 내시며 매를 드시기도 한다.

아마 어른들과 선생님들께서 그렇게 부담만 안 주신다면 아이들
은 자기들의 실력으로 열심히 할 것이다.

시험에 대하여 두 어린이가 쓴 생각이 서로 다르게 나타
나 있지만, 선생님과 부모님들이 잘못하고 있다는 생각은
같습니다. 두 편 다 자기의 생각을 썼습니다. 이런 감상문을
쓸 때는 무엇보다도 자기의 마음을 솔직하게 써야 합니다.
그리고 자기 혼자 처지만 생각하지 말고, 다른 모든 어린이
의 처지를 함께 생각하는 태도가 필요합니다.

《플루타르크 영웅전》 경기 의정부 초 6학년

오늘 《플루타르크 영웅전》이라는 책을 보았다. 알렉산더는 비록
33세에 죽었지만 세계를 정복하려는 용기가 나를 크게 감동시켰
다. 또한 케사르가 로마를 점령하려는 용기가 매우 인상 깊었다.
나도 용감해져야겠다.

전쟁을 일으켜 사람을 수없이 죽이고, 남의 나라를 쳐서
점령하여 이름이 난 사람을 훌륭하다고 높이 볼 수 있을까
요? 그런 사람을 영웅이라고 찬양한 것은 군국주의자들, 독
재자들이 그렇게 한 것입니다. 악마와 같은 살인자들의 용

기를 본받다니! 잘 생각해 보세요. 사람의 역사는 이제 민주주의로 가고 있고, 남의 나라를 정복하는 미치광이 같은 영웅은 절대로 용서하지 않는 시대가 되었습니다.

나폴레옹과 알렉산더대왕 장수민 서울 가락초 6학년

익진이가 내가 책을 읽는데 와서 "누나, 나폴레옹이 나쁜 놈이지?" 하고 물었다. 나는, "나폴레옹이 남의 나라 땅을 빼앗아서 누나는 나쁜 놈이라고 생각해" 하고 말해 주었다. 익진이도 내 말에 찬성하면서 "도둑놈"이라고 했다. 정말 익진이의 말이 맞는 것 같았다. 내가 읽는 책에서 '알렉산더대왕'이 나왔는데, 알렉산더대왕도 나폴레옹과 똑같은 도둑놈이라고 생각된다. 남의 나라에 쳐들어가고 세계를 정복하려는 허황된 생각을 하는 나쁜 왕이다. 이렇게 남의 나라를 무력을 써서 빼앗는 왕을 훌륭한 위인으로 생각하는 것이 잘못된 것 같다. 나는 나폴레옹과 알렉산더대왕의 이런 나쁜 점을 본받지 않아야겠다. (1987. 9. 11.)

앞의 글 《플루타르크 영웅전》과 잘 맞견줌이 되는 글입니다. 이 글을 쓴 어린이는 나폴레옹도 알렉산더대왕도 똑같은 "도둑놈"이라고 말하고 있습니다. 이런 생각은 어디서 배웠을까요? 책이나 어른들께 배웠을 수도 있지만, 배우지

않고서도 어린이들은 잘 압니다. 어린이의 깨끗한 마음은
세상의 참이치를 바로 느끼고 알아낸다고 나는 믿습니다.

전학 간 친구 김경란 경북 봉화 석포초 4학년

내 친구 중 미진이와 소희는 각기 다른 곳으로 전학을 갔다. 미진
이와 소희는 나랑 친한 친구였다. 그중에서도 소희가 나랑 제일
친한 친구였다.

나는 소희가 전학을 갈 때 제일 친한 친구이면서도 잘 가란 인사
도 한마디도 하지 못했다. 편지도 써 놓고는 부치질 않았다.

나는 소희가 생각난다. 매일 같이 다니고 내가 무슨 말을 해도 삐
지지 않는 친구였다. 그리고 공부도 잘하고 얼굴도 예뻤다.

소희가 전학 가기 전에는 서로 편지하고 전학을 가고 나서 편지를
쓰려고 하니 용기가 나지 않았다. 그래서 편지는 써 놓고도 부치
질 않았다.

나는 소희가 전학을 가지 않았으면 좋겠다고 생각했지만, 공부
때문에 서울로 간다니 어쩔 수 없다.

'소희는 지금쯤 공부는 잘하고 친구는 많이 사귀었을까?'

정말 궁금하다. 소희는 주은이한테는 편지를 보내면서 나한테는
왜서 편지를 안 보내 주는지 모르겠다. 편지를 보내 주지 않을 때
에는 제일 친한 친구인 소희도 밉게 여겨진다.

소희는 방학 때에는 석포에 온다. 소희네 아빠가 석포에 있기 때문이다. 그때의 소희 모습은 조금 달라졌을 것 같아서 만나면 "잘 있었니?"라는 말도 못 하고 그냥 웃기만 하고 헤어질 것 같다. 이제까지 그렇게 해 왔기 때문이다.

제발 그렇게 되지 않았으면 좋겠다. 재미있었던 일들을 다 말하고 즐겁게 놀다가 헤어졌으면 좋겠다. 그렇게 되기를 바란다.

전학 간 내 친구 소희가 정말 보고 싶다. 용기를 내어 내가 먼저 편지를 쓰겠다. 멀지만 전화도 해 보겠다.

전학 간 아이를 생각하는 마음이 잘 나타난 글입니다. 더구나 "소희는 방학 때에는 석포에 온다.…… 그때의 소희 모습은 조금 달라졌을 것 같아서 만나면 '잘 있었니?'라는 말도 못 하고 그냥 웃기만 하고 헤어질 것 같다. 이제까지 그렇게 해 왔기 때문이다"고 쓴 대문은 자기의 마음을 아주 자세하게 살펴서 정확하게 나타내었습니다.

그런데 "나는 소희가 전학을 가지 않았으면 좋겠다고 생각했지만, 공부 때문에 서울로 간다니 어쩔 수 없다"고 쓴 것은 앞뒤 말의 줄거리로 보아 잘못되었어요. 이것은 지나간 일로 써서 '…… 서울로 간다고 해서 어쩔 수 없었다' 이렇게 해야 앞뒤의 말이 잘 이어질 것입니다.

또 "왜서"란 말은 사투리로 썼다면 모르지만 잘못 유행하

는 말이 아닌지, 그냥 '왜'라고 쓰는 것이 옳지 않은가 생각
합니다.

전학 간 친구 김옥희 경북 봉화 석포초 5학년

나랑 친하게 지내던 친구들은 거의 다 다른 학교로 전학을 갔다.
친구들은 전학을 가는 것이 좋은가 보지만, 나는 정든 학교를 떠
나는 게 왠지 싫다.

하기야 이런 촌 학교에 다니다가 도시 학교로 전학을 가면 좋은
친구들도 많이 사귈 수 있고, 공부도 잘할 수 있게 되니까 좋을
거다. 하지만, 학교 아이들이 전학을 너무 많이 가면 우리 학교가
어쩜 분교가 될지도 모른다.

전학 가는 아이들을 보면 나도 전학을 가고 싶은 마음이 굴뚝같
다. 나는 전학을 간다면 분교로 가고 싶다. 분교는 학교도 작고,
학생 수도 적지만, 아이들 마음씨가 착할 것 같다. 하지만, 난 아
무래도 중학교를 졸업할 때까지는 전학을 가지 못할 것 같다. 전
학 간 친구들 중 정임이와 지원이는 나랑 별로 친하지는 않았지
만, 웬일인지 생각이 많이 난다. 그리고, 나랑 가장 친했던 친구 경
희도 지금은 나를 몰라볼지도 모를 것이다.

전학 간 친구들 중에는 지금도 한 달에 몇 번씩 편지를 보내는 친
구들도 있지만, 그렇지 않은 아이들도 있다. 아예 우리 학교를 잊

고 있는 아이들도 있는지 모른다. 아무리 그래도 우리 학교를 잊어서는 안 되겠다. 다른 친구들은 몰라도 작년에 전학을 간 순화가 제일 기억에 남는다. 순화는 집안 형편도 그리 좋지 못한 데다가 엄마까지 돌아가셨다. 아이들은 왠지 모르게 순화랑 놀지 않으려고 했지만, 나랑은 조금 친하게 지냈다. 그때 선생님과 반 아이들은 많지는 않았지만, 조금씩 돈을 모아서 라면과 연필을 샀다. 우리 반을 대표해서 몇 명의 아이들이 선물을 들고 순화네 집에 찾아갔는데, 그중에 나도 끼어 있었다. 선물을 전해 줄 때 정말 눈물이 글썽거렸지만, 아이들 덕분에 웃을 수 있었다.

그런데, 순화는 작년 겨울방학 때 우리들에게 아무 말도 없이 전학을 가 버려 무척 보고 싶었다. 다행히도 얼마 전 석포에서 순화를 만났다. 그때 얼마나 반가웠는지 모른다.

전학 간 친구들을 생각하면 '흉보지 말걸' '싸우지 말걸' '미워하지 말걸' 하는 후회도 많이 한다. 하지만, 지금은 가고 없다. 친구들이기에 사과를 할 수도 없다. 우리 학교가 조금 더 발전하면 아이들이 전학을 가지 않으리라 믿으며 이 글을 쓴다.

전학 간 아이들에 대한 생각, 더구나 그중에서도 잊지 못하는 순화 생각을 잘 썼습니다. 시골에는 이렇게 도시로 떠나는 사람들이 많고, 도시로 가는 부모를 따라 아이들도 전학을 가니 마을도 교실도 텅 비게 되지요. 그러나 도시로 가는 아이들보다 시골에 남아서 자연과 함께 살아가는 아이들이 행복하다고 생각합니다.

 "몇 명의 아이들이"는 흔히 이렇게 쓰지만 '몇몇 아이들이'라든지 '몇 아이들이'라고 쓰는 것이 좋겠습니다.

깨끗한 우리 말로 쓰자

지금 우리 나라 사람들이 가장 크게 걱정해야 할 일이 무엇인가, 하고 묻는다면 나는 서슴지 않고 우리 말이 죽어 가고 있는 일이라고 대답하겠습니다. 민주주의도 통일도 언젠가는 반드시 이뤄질 것입니다. 그러나 우리가 우리 말을 잃어버리면 그때는 나라고 겨레고 아주 끝장이 납니다. 우리는 영원히 그 어떤 나라—아마도 미국이 아니면 일본이 되겠지요—의 종이 될 수밖에 없습니다. 우리 말은 우리 겨레의 피요, 목숨이기 때문입니다. 우리 말에는 우리들의 얼이 깃들어 있기 때문입니다. 우리가 모조리 양복을 입고 양옥에서 빵을 먹으면서 서양 사람과 다름없이 살게 된다는 것은 참으로 서글픈 일입니다만, 우리 말만 버리지 않고 빼앗기지 않고 잘 지키고 간직하고 있으면 희망이 있는 까닭이 이러합니다.

우리 말이 죽고 있다니 어디 그런 수가 있는가, 우리는 우리 말로 살고 있지 않은가, 할는지 모릅니다. 바로 이것이 문제입니다. 자기가 늘 쓰고 있는 말이 병들고 죽어 가도 그런 줄 모르고 있으니 기가 막히지요.

지금 우리 어른들이 쓰고 있는 말은 엄청나게 잘못되어 가고 있습니다. 신문에서 쓰고 있는 말, 텔레비전과 라디오에서 들려주는 말이 모두 병들었습니다. 우리 말은 아주 내버리고 우리 말이 될 수가 없는 중국글자말과 일본말과 서양말투성이가 되어 있습니다. 남의 나라 말이 우리 말을 짓밟고 있다! 우리 말이 죽어 가고 있다! 이렇게 아무리 말해도 어른들은 조금도 반성하는 기색조차 없습니다.

이쯤 말하면 어린이 여러분들은 그 보기를 들지 않더라도 잘 알아차릴 것입니다. 어른들은 병든 말을 쓰지만 어린이들은 깨끗한 우리 말을 쓰고 있으니까요.

그런데 요즘은 어린이들도 어른들 말을 하는 것 아닌가요? 텔레비전과 신문과 책으로 어른들이 하는 유식한 말(이게 바로 병든 말입니다)을 그대로 따라 하는 것 아닙니까? 말을, 산과 들에서 뛰어놀고 일하면서 익히는 것이 아니라 책과 텔레비전으로 배우는 것 아닙니까? 이래서 우리 겨레의 앞날이 이만저만 걱정이 아닙니다.

나는 늘 어른들에게 말합니다. 제발 아이들이 말하는 것 같이 말하고, 아이들이 쓰는 것같이 글을 쓰라고요. 아이들이 쓰는 글을 많이 읽고, 그래서 아이들 말을 배우라고요. 어린이들이 쓰는 쉬운 말, 학교에도 들기 전에 집에서 부모님들에게 배운 말, 이웃 사람들한테 듣고 배운 말, 그것이 가장 깨끗한 우리 말입니다.

어른들은 어린이들한테서 깨끗한 우리 말을 배워야 하지만, 같은 어린이라면 중학생은 초등학생에게 배워야 합니다. 같은 초등학생도 5, 6학년은 3, 4학년한테 배워야 하겠습니다. 또 도시와 농촌을 견주어 보면 농촌 말이 더 깨끗합니다. 그러니 도시 사람들은 농촌 사람들한테 배워야 하지요. 그런데 학교 공부를 아주 하지 않아 글을 읽지 못하는 농사꾼 할아버지나 할머니가 계신다면 그런 분이야말로 가장 훌륭한 우리 겨레말의 스승이 되어야 합니다.

우리 말은 남의 나라에서 들어온 글 때문에 다 병들었기 때문입니다.

로울러스케이트 김준희 서울 유석초 2학년

엄마께서 외출을 하시더니 로울러스케이트를 사 가지고 오셨다. 참 기뻤다.

그동안 얼마나 가지고 싶었던 로울러스케이트였는지 모른다.

엄마께선 이렇게 내가 해 달라는 것은 모두 해 주신다.

그런데 나는 어떤 때 엄마 말씀을 안 들어서 속상하게 해드린 일이
있었다.

땀을 뻘뻘 흘리며 무거운 로울러스케이트를 들고 오시는 엄마를
보는 순간 기쁘기도 하였지만, 그동안 내가 엄마 말씀 안 듣고 속
상하게 해드린 것이 무척 미안하기도 했다.

"엄마 고맙습니다!"

이제부터는 엄마 말씀 잘 듣는 착한 딸이 되겠습니다.

나는 마음속으로 수없이 다짐을 해 본다.

롤러스케이트를 사 오신 엄마가 고마워 이제부터는 엄마
말씀 잘 듣는 착한 딸이 되겠다고 다짐한 글입니다. 2학년
어린이니까 이 정도 써도 되겠지요.

다만 우리 말 쓰기에 대해서 두 가지만 알리겠습니다. 맨
처음에 "엄마께서"라 했는데, '께서'란 말을 붙여 쓸 줄 아
는 어린이라면 '엄마'라 하지 말고 '어머니'라 부르고 쓰는
것이 좋겠습니다. 나이 아주 어린 아이들이 '께서'라고 하는
것은 어른들이 지나치게 높임말 쓰기를 가르친 때문입니다.
어른들은 어린이들에게 '께서'를 쓰도록 하면서 왜 '어머니'
'아버지'란 말은 가르칠 줄 모르는지 딱합니다. '께서'는 안

써도 좋으니 '어머니' '아버지'는 쓰도록 하세요.

또 한 가지, "땀을 뻘뻘 흘리며" 하는 말이 좋지 않습니다. 땀을 흘릴 때는 어째서 꼭 '뻘뻘' 흘리는가요? 또 무엇이든지 애쓰기만 하면 '땀을 뻘뻘……' 하는 것이 아주 잘못되었습니다. 결국 교과서의 글이나 남들이 써 놓은 글을 흉내 내니까 이렇게 됩니다. 이 글을 보면 엄마가 롤러스케이트를 들고 오신다고 "땀을 뻘뻘" 흘렸다고 했는데, 롤러스케이트가 얼마나 무거웠는지 모르지만 도무지 그렇게 땀을 흘렸을 것 같지는 않습니다. 무슨 일이든지 사실대로 정직하게 쓰는 것이 글쓰기의 첫걸음입니다.

서울랜드 유상원 서울 유석초 2학년

오늘은 우리 식구와 옆집 누나와 같이 과천 서울랜드에 갔다. 들어가는 입구가 멀어서 코끼리 열차를 타고 갔다.
내 동생은 신이 나서 소리를 질렀다.
표를 사 가지고 들어가니까 고적대 누나들이 멋있게 연주를 하고 있었다.
맨 처음 놀이 기구를 탔는데 비행접시와 자동차 박치기를 했다.
문어 발이 있는데 그것은 무서워서 우리는 안 탔다.
다음은 극장 같은 곳을 가 보니까 화면이 넓고 빠른 동작으로 움직였다. 오토바이가 가면 의자도 같이 흔들거려서 재미가 있었다.
우주선을 탔는데 이것도 좀 무섭다. 흔들카랑 똑같은데 우리는
운전만 하고 자동차는 저절로 움직였다.

서울랜드는 넓어서 한참 동안 구경하였다. 누나와 우리 식구는 점
심을 먹고 민속촌 같은 곳을 구경하였다. 아저씨, 아주머니들이
옛날 옷을 입고 떡을 만들어서 사람들에게 팔았다. 어머니가 떡을
사 주셔서 먹어 보니까 맛이 있었다.

우리는 돌하루방에서 사진도 찍고 공놀이를 하였다. 88열차 타는
곳을 가 보니까 사람이 너무너무 많았다.

우리는 무서워서 못 타고 누나와 엄마만 탔다. 사람들은 88열차
가 돌아갈 때마다 소리를 지르고 재미있어하였다.

낙하산은 사람들이 줄을 길게 서 있어서 시간이 많이 걸렸다. 우주
선 옆에 귀신의 집이 있는데 그곳은 너무 무서워서 들어가다가 다
시 나왔다.

놀이 기구를 다 타고 나니까 저녁때가 되어서 집에 오려고 하는데
동네 친구를 만났다.

친구도 엄마 아빠 동생과 같이 서울랜드 구경을 왔다고 하였다.
그래서 주호네 식구와 우리 식구하고 같이 차를 타고 집으로 왔
다.

오늘은 즐거운 하루였다.

구경한 것을 차례로 잘 썼습니다. 이렇게 어쩌다가 무엇을 구경한 일뿐 아니라 언제나 집과 학교에서 겪는 일도 자세히 쓰면 재미있지요.

"입구"란 말은 일본 사람들이 쓰던 한자말인데 어른들도 잘못 쓰고 있습니다. '들머리' '들목' '어귀'라고 써야 합니다. 여기서는 '들어가는 길이 멀어서' 하든지 '들어가는 어귀가 멀어서' 하면 되지요. 또 "빠른 동작으로 움직였다" 하는 말도 '빨리 움직였다'고 쓰면 좋겠습니다.

"서울랜드"란 말도 어른들이 서양식으로 잘못 지은 이름입니다.

미소 짓는 내 짝 정문경 서울 고척초 4학년

언제나 미소 짓는 내 짝. 꾸중을 들어도 빙그레 미소 짓는 내 짝. 어려운 일이 닥쳐와도 차근차근 해결해 가는 미소 짓는 내 짝. 미선이도 집에 가면 귀염받는 아이다. 나는 4~5반에서 제일 좋다. 나는 운이 좋은 아이나 보다. 짝도 여자 짝이고. 참으로 마음이 흐뭇하다.

왜 '웃음 짓는다'를 '미소 짓는다'라고 할까요? '웃는다'를 '미소한다'로 쓰는 것도 마찬가지입니다. '웃는다'고 말

하면 아기들도 다 아는 말이고 '미소한다'고 말하면 공부를
좀 한 사람이라야 알 수 있는 말이어서 같은 값이면 유식한
말을 쓰자고 '미소한다' '미소 짓는다'를 씁니까? 그렇겠지
요. 그런데 그게 아주 잘못입니다. 아기들도 잘 알 수 있는
말이 좋은 말이고 깨끗한 우리 말입니다.

이 '미소'란 말은 일본 사람들이 쓰는 중국글자말을 따라
잘못 쓰게 된 말입니다. 어른들이 뽐내어 쓰는 유식한 말에
는 이와 같이 잘못 쓰는 말이 아주 많습니다. 이게 바로 '유
식이 무식'이란 것입니다. 될 수 있는 대로 어렸을 때 배운
깨끗한 우리 말을 써야 합니다. 책에 나오는 어려운 말, 어
른들이 쓰는 유식한 말을 따라 쓰지 않도록 하세요. '손님들
이 차에서 내려서' 할 것을 '승객들이 하차해서' 한다든지
'쉬운 말을 써서' 할 것을 '평이한 언어를 사용해서' 하는 것
은 모두 자기가 유식함을 자랑해 보이려는 부끄러운 말버릇
임을 알아야 합니다. 서양말 즐겨 쓰는 것도 그렇지요.

일기 이민혜 경북 구미 지산초 6학년

6월 4일: 엄마에 대하여

나는 비로소 엄마가 이 세상에서 가장 불행하다고 생각했다.

'엄만 우리들 잘되기 위해 온갖 힘을 다 기울였는데…… 아빠 아

296

빤 뭐야. 돈만 생기면 불쑥 나가 술이나 퍼마시고……'

난 이 세상에서 아무리 값비싼 보석을 준다 해도 엄마를 버리지 않을 것이다.

우리 엄만 아빠를 잘못 만나 맨날 맞고 하지만 다음 날은 아무 일 없었다는 듯 밝은 미소로 하루를 훌쩍 넘긴다. 그러면 나도 입가에 미소가 번진다.

난 오늘 비로소 엄마가 불행한 것을 알았다. 비로소…… 난 정말 불행한 엄마를 따라 불행하게 산다는 것을 생각하니 힘이 쪽 빠진다.

6월 5일: 울음

나는 오늘 많이 울었다. 엄마한테 맞아서이다. 얼마나 맞았는지 모른다.

내가 잘한 것을 쏙 빼고 못한 것을 골라 뒤집어씌운다. 나는 그러는 엄마가 밉다.

6월 14일: 노력

난 기분이 좋아 집에 빨리 오고 싶었다. 선생님께 상을 탔다. 그동안 노력이 오늘에 알려진 것이다. 정말 기뻤다.

일기장을 잘 썼다고 공책 한 권, 책을 많이 읽었다고 연필 한 자루, 정말 기뻤다.

나 말고 지선이, 미영이도 탔다.

'그 애들도 물론 기뻤겠지?' 하고 생각하고 들뜬 마음으로 집으로 빠른 걸음으로 걸어왔다. 더욱더 열심히 노력해서 이런 상을 더 많이 타겠다.

6월 28일: 미술 시간

미술 시간만 되면 소리치고 싶다. 공작, 미술 그리기 등 재미있는 일이 여기 모두 들어 있다.

오늘은 그리기이다. 과일을 가져와 정물화를 그렸다. 재미있었다.

과일 먹는 재미로 많이 가져왔다. 참외 하나는 선생님께 빼앗긴 게 아니다. 드렸다. 과일이 맛이 있었다.

이 일기는 이 어린이의 가정과 학교의 여러 가지 문제를 생각하게 합니다. 이렇게 무엇을 생각하게 하는 글이 좋은 글입니다. 이 어린이는 일기를 마지못해 쓰거나 보이기 위해 쓴 것이 아니라 쓰고 싶어서, 쓰지 않을 수 없어서 썼습니다.

한 가지, 6월 4일 일기에 "난 오늘 비로소 엄마가 불행한 것을 알았다"고 했는데, 과연 그날 처음 알게 된 것일까요? 그리고 그날 무슨 일이 있었는지 썼더라면 좋았겠습니다.

또 "미소"란 말은 쓰지 말고 '웃음'이란 말을 써야 깨끗한
우리 말이 됩니다.

"공작, 미술 그리기 등……" 여기 나온 "등"도 일본식 말
이니 '같은'이라고 써야 합니다.

나의 초파리 허보윤 부산 동래초 4학년

며칠 전에 어머니와 함께 초파리 밥을 만들었다. 그리고는 학교에
가져갔다.

그 병을 책상 위에 올려 두었는데 주아가 와서 선생님께 드렸다.
나도 그냥 따라갔었다.

"선생님, 보윤이가 초파리 밥 가져왔어요."

"응, 초파리를 잡아 달라고 그러니?"

"아니요."

"그러면?"

"제가 학교에서 기를 거예요."

"학교에 놔두는 것은 나한테 잡아 달라는 거잖아."

"아니예요."

마음속으로 생각했다.

'어이쿠 선생님과 마음이 달라서 대화가 되지 않네? 에이 속 터져,
사람이 말을 못 하겠어.'

선생님께선 옆에 화분 밑에 놔두셨다. 나는 가끔씩 청소 시간에 나의 초파리 밥을 쳐다보았다. 아무리 사방을 보아도 초파리라곤 한 마리도 없었다. 집에 가서 어머니께 말씀드렸다.

"초파리 밥이 잘못 만들어진 것 때문에 그런 것 같구나."

계속 관찰을 했으나 날아오지 않았다.

다음 날 타자 시간을 다 마치고 교실에 오니까 재혁이가 나에게 말했다.

"있잖아, 너 초파리 밥에 나비가 날아왔었는데 날아갔어."

이 말을 들으니까 웃음이 나왔다. 집에 가서 또 어머니께 말씀드렸다.

"어머니, 재혁이가 말하던데 초파리 밥에 나비가 날아왔었는데 날아갔다고 했었어요."

"설탕을 많이 넣었는가 봐."

"예, 그런가 봐요."

나는 초파리가 날아오는 모습을 관찰하려고 했는데 잘되지 않는다.

초파리가 이제 우리 교실에 오길 싫어하는가? 정말 궁금하다.

포도 껍질에 해 둔 것은 잘 날아오던데…….

꼭 내가 초파리를 잘 길러 볼 것이다. 그러나 아쉬운 점은 처음부터 초파리가 잘 날아왔으면 관찰기록문도 잘 쓸 수 있었을 텐데…….

그 이유는 2학년 때 관찰기록문을 적어 보았기 때문이다.

동생이 4학년이 되었을 때 다시 초파리 밥을 만들어 초파리를 새로 길러 볼 것이다.

자기가 한 일을 잘 썼습니다. 그런데 이 글에서는 무엇보다도 잘못 쓰고 있는 말이 몇 가지 있는 것을 가리키지 않을 수 없군요.

"나는 가끔씩 청소 시간에 나의 초파리 밥을 쳐다보았다."

여기 나오는 "가끔씩"은 '가끔'으로 써야 합니다. 또 "쳐다보았다"도 잘못 쓴 말이지요. 쳐다본다는 말은 위에 있는 것을 볼 때 쓰는데, "옆에 화분 밑에 놔두셨다"고 한 것을 "청소 시간"에 보았다면 분명히 쳐다본 것은 아니고 가까이 가서 '들여다보았'거나 좀 사이를 두고 '바라보았'을 것 같아요. 아무튼 본 대로, 사실에 맞는 말로 써야 합니다.

"초파리 밥이 잘못 만들어진 것 때문에 그런 것 같구나."

실제로 말을 이렇게 했다면 말부터 잘못되었습니다. 여러분들은 설명을 해도 잘 모르는 일이겠는데, '만든다'를 공연히 '만들어진다'로 쓰는 버릇은 일본말을 따라 쓰는 것입니다. '공부가 잘된다'를 '공부가 잘되어진다'고 쓰는 것도 일본말 따라 쓰는 부끄러운 짓이지요. 위의 말(글)은 마땅히 다음과 같이 써야 합니다.

'초파리 밥을 잘못 만든 때문에 그런 것 같구나.'

또 한 가지 아주 잘못 쓰는 말이 있는데, 그냥 '갔다'고 하면 될 것을 '갔었다'로 쓰는 것입니다. 이것은 서양말 따르는 짓입니다. "나도 그냥 따라갔었다"는 '나도 그냥 따라갔다'로 써야 우리 말이 됩니다.

"있잖아, 너 초파리 밥에 나비가 날아왔었는데 날아갔어."

여기 나오는 "날아왔었는데"는 '날아왔는데'로 써야 합니다.

"어머니, 재혁이가 말하던데 초파리 밥에 나비가 날아왔었는데 날아갔다고 했었어요."

여기서는 "날아왔었는데" "했었어요" 두 번이나 잘못된 말이 나왔네요. '날아왔는데' '했어요'로 고쳐야 합니다.

진달래꽃 문수회 서울 은석초 4학년

지난주 일요일 날 인천 구경을 마친 뒤 홀가분한 기분으로 집으로 돌아오는 길목에 조그마한 휴식처와 함께 언덕이 있어 잠깐 쉬었다.

그리고 언덕에서 맑은 공기를 마시며 이리저리 돌아다니다 보니 진달래 봉오리가 있어 몇 가지만 꺾었다. 원래 이런 식물을 꺾지 말아야 되는데 그만 그 진달래 봉오리가 하도 귀여워서 나도 모르게 꺾었다.

어머니께 좀 꾸지람을 듣긴 했지만, 할 수 없이 집으로 가지고 와물이 담긴 조그만 꽃병에 꽂아 놓았다. 색도 어두워 처음에는 별것도 아닌 것처럼 관심을 두지 않았다. 아직까진 봉오리였기 때문에 나무 색깔의 갈색만 있을 뿐이었다. 그런데 오늘 아침 베란다에서 아빠께서 출근하시는 것을 배웅하였다. 그 순간 진달래 꽃병을 보았더니 진달래 한 송이가 활짝 피어 있었다. 너무 아름다워나도 모르게 이렇게 "엄마! 이리로 와 보세요!" 하고 외쳤다.

엄마께서는 뒤늦게 베란다로 달려오셨다.

"엄마, 진달래가 피었어요"

하고 손가락으로 가리켰더니 엄마는 싱긋 웃으시며 제자리로 돌아가셨다. 난 참으로 이상했다. 엄마께서는 진달래꽃이 핀 것이 예쁘지도 않으신가 보다.

그러나 내 생각은 '진달래가 꽃나라에서 제일가는 미인이라고 뽑히지 않을까?' 하는 생각이 들기도 하였다.

분홍 꽃잎에 연보라 꽃술이 열한 개나 되어 더욱 예쁘다. '진달래꽃의 여왕님도 꽃술을 열한 개를 갖고 계실까? 아마 더 많이 갖고계실 거야.' 이제는 진달래에게 물도 자주 갈아 주고, 맑은 공기도마실 수 있도록 잘 가꾸어야 되겠다. '이히히! 내일은 틀림없이 진

달래꽃이 두 송이 필 거야. 그런데 진달래야! 미안하다. 언덕에 있
는 친구들과 놀지 못하게 하여서…….'

이른 봄, 진달래 가지를 꺾어다가 병에 꽂아 놓은 것이 어
느새 활짝 꽃을 피웠을 때의 그 기쁨을 잘 썼습니다. 다음에
는 그 꽃이 시든 이야기도 쓸 수 있겠지요.

"휴식처"란 말은 '쉴 곳' '쉬는 곳'이라 쓰면 깨끗한 우리
말이 되지요.

"아빠께서" "엄마께서"도 '아버지께서' '어머니께서'라고
쓰면 좋겠어요.

"이히히!" 웃음소리를 나타낸 이 말은 바로 그때 자기가
웃었던 소리를 잘 나타낸 말인지 생각해 보세요. 책에 흔히
나와서 남들이 많이 쓰는 소리시늉을 따라 쓰지 말아야 합
니다.

게임 윤여정 서울 유석초 4학년

"가위, 바위, 보."

"야, 내가 이겼다!"

나와 세희, 미현, 완은 게임을 했다.

그런데 내가 이겨서 내가 좋아하는 사람의 이름을 적는 것이다.

나는 "기권!"이라고 썼다.

또 "가위, 바위, 보!"를 했다.

이번에는 세희가 이겼다.

세희가 쓴 종이를 보니 "양병무"라고 썼다.

세희는 양병무를 좋아한 것이다.

나는 세희보고 놀렸다.

그랬더니 세희가 나보고 "잠자리?" 말했다.

나는 잘 몰랐다.

그런데 내 뒤에 앉은 전형이가 "날아갔다!"라고 말하라고 했다.

그래서 "날아갔다!" "어디로?" "너한테로!" 했더니 세희가 자기를
때렸다.

그리고 "청개구리?" "뛰어갔다!" "어디로?" "나한테로!"

그래서 또 세희가 맞았다.

청개구리는 반대기 때문에 세희가 또 속았다.

게임은 재미있다.

유모어가 있어서 말이다.

게임을 자주 하니 실증이 나기도 한다.

그래도 재미있는 게임!

놀이를 한 것을 쓴 것인데, 재미있게 놀았던 이야기를 쓰
면 읽는 이도 재미있지요. 놀이 이야기는 놀이를 어떻게 하

였는가를 남들이 잘 알 수 있게 쓰는 글도 나와야 하겠지만, 그보다는 그 놀이를 하는 아이들의 모습이 눈앞에 나타나도록, 놀이를 하는 아이들의 마음까지 나타날 수 있도록 써야 좋은 글이 됩니다. 이 글은 마주이야기를 중심으로 써서 잘 읽힙니다만, 놀이를 하는 모양이나 마음이 좀 더 잘 나타나도록 쓸 수는 없었을까 하는 생각이 듭니다.

"게임"이란 말은 쓰지 말고 '놀이'라고 하면 좋겠어요.

"유모어"(유머)도 '익살'이나 '우스개'로 쓰는 것이 좋겠습니다.

한 글월이 끝날 때마다 줄을 새로 시작한 것도 잘못된 글버릇이 아닐까요?

나는 영어조 유하나 서울 유석초 4학년

"자! 우리는 고학년이 될수록 영어를 잘해야 하는데 영어조 할 사람?"

"야! 손들어! 빨리."

나는 급하게 손들고 우리 조 아이들에게 소리쳤다.

우리 선생님께서는 각 과목마다 조를 만들어 그 과목의 어려운 문제 같은 것을 내고, 그 과목을 연구하는 조를 만드신다.

우리 조는 나, 병욱, 혜정, 세열이인데, 영어조를 연구하게 되었다.

이튿날 우리 아빠는 한 10개 국어를 아신다.

그래서 아빠와 영어 문제를 6개 내서 학교에 가지고 왔다.

우리 조 아이들과 몇 문제를 더 내서 10문제를 만들었다.

"선생님! 저희들이 영어 문제를 내 왔는데 어떻게 해요?"

"오늘 점심 먹고 내요."

"네."

드디어 점심시간이 되었다.

난 점심 먹고의 일을 생각하니 슬그머니 가슴이 설레었다.

밥도 대충대충 먹고는, 조 아이들과 문제집을 들고 앞으로 나아
갔다.

"자, 얘들아! 우리 영어연구조가 문제를 내 왔으니까 잘 듣고 답
해라!"

"네."

우리는 드디어 영어 문제를 내기 시작했다.

먼저 내가 물었다.

"내가 하는 말이 무엇인지 답하시오. 이즈 디스 어 노우트 북?"

사실은 연필을 들고 이것이 공책이냐는 등을 물어보았다.

아뭏든 10문제를 잘 해결했다.

생각보다는 아이들이 잘 맞추었다.

난 들어오면서 생각했다.

'나는 커서 꿈이 외교관인데, 영어도 잘해야 하지만, 불어를 더 잘

해야지! 불어는 어려운 것이니까 어려운 것을 잘할수록 훌륭한 사
람이나 우선 영어부터 열심히 해야겠다!'

영어조에서 한 일을 쓴 글인데, 영어 공부를 한다는 것을
자랑스럽게 여기는 마음이 잘 나타나 있습니다.

글을 바로 써야 할 곳이 몇 군데 있어 지적해 보겠습니다.

"이튿날 우리 아빠는 한 10개 국어를 아신다"고 한 말은
아무래도 잘못되었습니다. '우리 아빠는 한 열 개 국어를 아
신다. 그래서 이튿날⋯⋯' 이렇게 써야 할 것입니다.

"이것이 공책이냐는 등을⋯⋯"에 나오는 "등을"은 '따위
를'로 써야 우리 말이 됩니다.

"난 점심 먹고의 일을 생각하니⋯⋯" 이런 말도 외국 말
법이니 고쳐야 합니다. '나는 점심 먹고 할 일을 생각하
니⋯⋯' 이렇게 써야 우리 말이 되지요.

마지막에 가서 "어려운 것을 잘할수록 훌륭한 사람이나
우선 영어부터⋯⋯"라고 썼는데, 여기 나온 "사람이나"는
'사람이지만'이라고 쓰는 것이 좋겠습니다.

누구든지 필요에 따라 외국어를 배우는 것은 좋지만, 우
리 말을 바로 쓰는 공부가 훨씬 중요합니다. 초등학생들이
영어 공부를 하는 것은 좋지 않습니다. 그렇잖아도 우리 말
이 일본어와 영어의 영향으로 아주 잘못되어 가고 있는 판

에 초등학생 때부터 영어 공부를 하면 영어는 잘하게 될는
지 모르지만 우리 말을 대수롭지 않게 여기게 되고, 우리 말
을 할 때도 저도 몰래 영어의 말법을 따라 하게 되니 이것은
예삿일이 아닙니다.

또 한 가지, 이 글을 쓴 이는 외교관이 되는 것이 꿈이라
고 했는데, 먼 훗날 어른이 된 다음에 어떤 직업을 가질 것
인가를 지금부터 생각할 필요는 없다고 봅니다. 어린이가
빨리 어른이 되는 것은 불행하니까요.

사투리를 아끼자 최정훈 전북 정읍 정읍동초 5학년

우리 나라의 각 지방에는 모두 그 지방의 사투리가 있다. 우리들
은 그 사투리를 대수롭게 생각하지만, 실지로 사투리는 여러 가지
중요한 구실을 하고 있다.
사투리가 하는 일 중 첫째로는 조상의 뿌리를 알 수 있다는 점이
다. 우리 조상들이 어떤 생활을 하였는지는 모두 사투리를 통해
서 알 수 있다.
둘째로는 그 지방의 사람들이 그 지방의 사투리를 쓰면 서로의
뜻을 정확히 알 수 있다. 그러므로 사투리는 우리에게 있어서 매
우 중요하다.
셋째의 이유는 사투리를 통하여 우리 나라 글인 한글의 뿌리를

알 수 있다는 점이다. 우리 조상들은 사투리를 사용하여 왔다. 그렇기 때문에 옛날에 사용하던 한글을 알 수 있다.

사투리는 대개 시골 사람들이 많이 쓴다. 그런데 시골 사람들을 자세히 관찰하면 재미있는 점을 알 수 있다. 사투리를 쓰는 시골 사람들은 외국어를 쓰지 않는다는 것이다. 걸핏하면 영어를 쓰는 도시 사람들은 모두 이 점을 본받아야 할 것이다.

사투리가 하는 일 중 가장 중요한 일은 뭐니 뭐니 해도 외국어로부터 우리의 한글을 지켜 준다는 것이다. 사투리 속에는 소박했던 우리 조상들의 마음이 담겨져 있어 외국어의 침략을 받고 있는 우리의 한글을 지켜 줄 수 있다.

우리 모두 사투리를 중요하게 생각해서 한글에 대해 자세히 알아야겠다.

참 좋은 생각이고, 이치를 세워서 잘 썼습니다. 더구나 사투리를 쓰는 시골 사람들이 외국어를 쓰지 않는다는 관찰은 재미있는 발견입니다. 한 가지 충고할 것은, 글을 쓸 때 '말을 하는 것같이' 쉽게 쓰세요. 어른들은 글을 잘못 쓰는 수가 흔하니 어른들 글을 본받지 마세요. 보기를 들면 "서로의 뜻을 정확히 알 수"는 '서로 뜻을 정확히 알 수'로 써야 하고, "우리에게 있어서"는 '우리에게'로, "사용하여 왔다"는 '써 왔다'로, ("사용하던"은 '쓰던'으로) "마음이 담겨져 있어"는

'마음이 담겨 있어'로 써야 바른 우리 말이 됩니다.

이렇게 어른들이 쓰는 글투가 되어 있는 것을 보니 여기 적어 놓은 생각들이 완전히 제 것으로 된 것이 아니고 책이나 선생님 말씀으로 공부한 것을 정리해 놓은 것 같습니다.

또 하나 있습니다. 첫머리에 "우리들은 그 사투리를 대수롭게 생각하지만……" 이렇게 썼는데, 여기 나오는 말 "대수롭게"는 '대수롭지 않게'라고 써야 말이 됩니다.

김 이원규 서울 성자초 6학년

아침의 일이었다.

우리 식구는 여느 때와 다름없이 자기 일에 바빴다.

어머니께서는 아침밥을 지으시고, 우리는 씻고 체조를 했다. 식사를 하려고 방에 들어왔는데 어머니께서 내 도시락을 싸고 계셨다.

도시락을 싸시던 어머니께서, "김 넣어 줄까?" 하고 물으셨다.

"아니요. 랩에다가 싸서 가니 이상한 냄새도 나고 맛이 이상해서 먹지 못했어요. 그래서 친구들 나눠 줬어요."

내가 대답을 하자, "야, 이 녀석아 너도 못 먹는 걸 아이들을 줬니?" 옆에서 듣고 계시던 아버지께서 한마디 하셨다.

나는 그제서야 가슴이 뜨끔했다.

그때는 아무런 생각 없이 친구들에게 주었었는데 지금 생각하니 너무나 잘못된 일인 것이다.

그날 배가 아프단 애가 있었는데 그 김 때문은 아닌지, 그 김 때문에 병이 나면 어떻게 할지, 여러 생각이 든다.

애들에게 미안하다.

부처님께 참회를 하며 다시는 그런 일이 일어나지 않도록 주의하겠다.

자기가 한 일을 쓰고 잘못한 일에 대해 뉘우친 생각을 잘 썼습니다.

"그때는 아무런 생각 없이 친구들에게 주었었는데……"
여기 나오는 "주었었는데"는 '주었는데'라고 써야 합니다.

"아버지께서" "어머니께서"를 '아버지가' '어머니가'로 쓰면 글이 훨씬 부드러워지고 말이 살아 있다는 느낌이 듭니다. '어머니는 아침밥을 지으시고……' 이렇게 쓰면 높임말이 되는 것이지, '어머니' '아버지'가 나올 때마다 굳이 '께서'를 붙여야 되는 것이 아닙니다.